J. S. Wonda
SMOKE
Du bist sein Besitz

SMOKE

Du bist sein Besitz

J. S. WONDA

BAND 1

Meine Bücher und Produkte gibt es auf:

www.wondaversum.de

SMOKE
Du bist sein Besitz

Dark Romance
Band 1 einer Reihe

2. Auflage Taschenbuch
Copyright: J. S. Wonda, 2020, Deutschland
Bildmaterial: shutterstock.com, freepik.com, rawpixel.com
Korrektorat: Claudia Matheis
Plotfee: Iris Gierga

ISBN Taschenbuch: 978-3-98595-461-2

Druck: CPI books GmbH, Leck
Printed in the EU

Jane S. Wonda
Am Himmelkamp 10
30890 Barsinghausen
www.facebook.com/janeswonda
Instagram: @janes_wonda
TikTok: @janes.wonda
www.wondaversum.de/shop

Für Justin.
Sie haben dich getötet, weil es Helden wie dich nicht
geben darf. Zeigen wir ihnen, wie unrecht sie damit
haben.

Got a hard road ahead
   Anybody gonna stand in my ways
   Gonna wish they were dead

— FINISH LINE – SATV MUSIC

SOUNDTRACK

Can't Stop Winning – SATV Music
Pale Sun Rose – FDVM, Matthew And The Atlas
Cinder and Smoke – Iron & Wine
Prisoner – Raphael Lake, Aaron Levy, Daniel Ryan
Murphy
Finish Line – SATV Music
Here She Comes Again – Röyksopp
Toxic – 2WEI

Zu finden unter:
Cinder & Smoke Soundtrack auf Spotify

BEFINDLICHKEITEN
VORWORT
SMOKE

Du bist ein Monster, du weißt es nur noch nicht. Ich werde es aus dir hervorlocken, bis du vor dir selbst fliehen willst. Nichts, was dich erwartet, ist vergleichbar mit dem, was du in deinem langweiligen Leben zu erwarten hast. Das wissen wir beide. Deswegen erzähle ja auch ich diese Geschichte – und nicht du.

Deine Moral klebt an dir wie Honig, aber du benutzt sie nur, um sie deinem Spiegelbild ums Maul zu schmieren. Es hat genug davon, von dir verleugnet zu werden. Dein Jammern klingt nach einem verzogenen Kind, das nicht weiß, wann es genug ist. Wenn dich verdammt noch mal irgendein Scheiß triggert, dann ist es genug. Verschon mich mit deinem Geschrei nach besseren Werten. In meiner Welt gibt es keine Werte. Nur mich und das Recht der Natur.

. . .

Was ich sage, ist keine Einladung, ein bisschen in meinem Kopf zu stöbern, um zu sehen, wie tief der Abgrund darin reicht. Ich werde in *deinem* Kopf stöbern. Und wenn dir am Ende gefällt, was ich mit dir tue, wissen wir, dass ich recht behalten habe.

Du warst immer schon verdorben.
Ich musste es dir nur beweisen.

Smoke

DARK ROMANCE
BITTE VERANTWORTUNGSVOLL LESEN

Enthält eventuell weinende Katzenbabys und was du sonst noch so von Dark Romance gewöhnt bist. Vorsicht, Ironie. Die folgenden Seiten könnten an deinem Moralverständnis kratzen. Ist Absicht. Falls du es nicht verstehst, ist das okay. Letztendlich sind es nur ein paar sehr böse Worte hintereinandergereiht. Falls du es verstehst, dann ... ist uns beiden wohl nicht zu helfen.

Willkommen auf der dunklen Seite!

Nicht lesen, wenn du eine Triggerwarnung brauchst.
Dark Romance für erwachsene Leser.

CINDERMINDER, NEUES
FORUMMITGLIED
09:30 PM IN VORSTELLUNGSRUNDE

H~~i, mein Name ist Cinder.~~
Ich schreibe diese Worte, weil ich keinen Ausweg weiß. Mir fällt keine andere Möglichkeit ein, um Hilfe zu rufen. Vielleicht werden es meine letzten Worte sein, denn wenn ich hierbei erwischt werde, bin ich tot. ~~Vielleicht beobachtet er mich bereits vom Stall aus, schmunzelt über mein Vergehen und überlegt sich eine angemessene Strafe ...~~

Ich weiß nicht, wie viel Zeit mir bleibt. Bitte kontaktiert meinen Onkel, sein Name ist Brad Atkinson, ~~er könnte allerdings auch längst tot sein vor Sorge,~~ unter folgender Nummer: 917-359-8463.

~~Meine Freundin Ivy könnt ihr ... Ach, vergesst Ivy. Ivy ist vermutlich auch tot. Warum sucht denn sonst niemand nach mir?~~

Ich werde gefangen gehalten. Auf einer abgelegenen Ranch in Montana, nahe dem Blackwolf-Reservat, von einem ~~Cowboy~~ Mann, der in der Stadt als ›Smoke‹ bekannt ist. Die örtliche Polizei scheint sein bester Freund zu sein und der einzige Angestellte auf seiner Ranch will mir nicht helfen. ~~Niemand will das.~~

Es ist wie verhext, als gälten hier noch die Regeln des Wilden Westens. Das Einzige, was mich daran erinnert, in der Neuzeit zu sein, ist der Computer, an dem ich gerade schreibe.

Ihr könntet euch fragen, warum ich nicht einfach fliehe. Jetzt, da er offenbar nicht da ist. Die Türen stehen offen, der Computer ist an, ich kann mich frei bewegen. Da wären nicht nur die wilden Tiere draußen – ihr wisst nicht, wie gefährlich es sein kann, diese Ranch zu verlassen –, sondern auch die Angst davor, was er mit mir tun wird, wenn er mich wieder einfängt.

Er tut grausame Dinge mit mir.

Er benutzt mich.

Er schlägt mich.

Er behandelt mich wie Vieh.

~~Und er fickt mich so gut, dass ich im Anschluss nicht mehr laufen kann. Möglicherweise bettle ich darum. Leise und manchmal lauter. Deswegen wird mir keiner helfen. Weil mir nicht mehr zu helfen ist.~~

Bitte gebt diese Nachricht weiter.

Auch wenn es meine letzte sein wird.

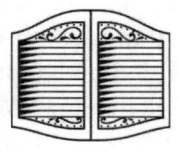

DER SALOON

HIER GIBT ES NICHTS FÜR DICH, KLEINE CINDER. NUR MICH UND DAS GESETZ DER NATUR.

Drei Wochen zuvor

»**M**ach den Song lauter!«, schrie Ivy von hinten über den Bass der Boxen hinweg und wippte stilvoll auf dem Bett auf und ab.

»Es geht nicht lauter!«, rief ich zurück. Die Boxen des Campers waren nicht die besten und schon jetzt wurde jeder *Wums* auch von einem *Krisseln* begleitet. Das schien Ivy nicht zu stören.

Sie grölte in voller Lautstärke mit und spielte den sterbenden Schwan in Rockgitarrenmanier, während sie darauf achtete, dass ich sie über den Rückspiegel beobachten konnte. »SWEET HOME ALABAMA! Dedededededeee!«

Ich fischte auf dem Boden des Beifahrersitzes nach meinen Over-ear-Kopfhörern und konnte das nächste »WHERE THE SKIES ARE SO BLUE« damit abdämpfen. Wir waren so weit von Alabama entfernt wie ein Fisch davon, an Land zu leben, und wir hatten auch nie vorgehabt, nach Alabama zu fahren. Aber Ivy hielt alles westlich von Pennsylvania bis Kalifornien für den gleichen Bundesstaat, und ich hatte es längst aufgegeben, sie aufzuklären. Dass sie überhaupt mitgekommen war, obwohl sie Campingtoiletten und Waldboden hasste, ließ mich nichts als dankbar sein. Und wenn es dafür den Klassiker von Lynyrd Skynyrd brauchte, damit sie gute Laune hatte, sollte es mir recht sein.

Alleine hätte ich mir diese Reise niemals zugetraut – und wäre ich alleine gefahren, hätte mir mein Onkel den Van auch nicht ausgeliehen. Er hatte es nur getan, weil Ivy ihm versichert hatte, ihr Freund Braiden würde uns begleiten. Was er natürlich nicht tat, weil Ivy nichts davon hielt, ihn Tag und Nacht um sich zu haben.

»Sag mal, wo sind wir eigentlich mittlerweile?« Nachdem das Lied verstummt war, zwängte sich meine Freundin zwischen den beiden Sitzen nach vorn und ließ sich auf den Beifahrersitz plumpsen. Sie griff nach der Karte, schlug sie auf und studierte den Flussverlauf des Mississippi.

Ich seufzte und nahm die Kopfhörer ab. »Da«, sagte ich und deutete grob auf die obere Kartenecke.

»In Denver?«, fragte Ivy skeptisch.

»In Montana!«, verbesserte ich sie leicht genervt. »Du kannst den Kartenausschnitt nicht sehen, weil du den Süden aufgeklappt hast.«

»Montana?« Ivy runzelte die Stirn. »Das ist doch auch ein Bundesstaat, oder? Ist das nicht dieser Bundesstaat, dessen Hauptstadt so viele Bewohner hat wie ein Wolkenkratzer New Yorks?«

»Wow, du kennst dich wirklich aus«, lobte ich sie.

»Und was wollen wir hier? Uns noch mehr Berge und Täler ansehen? Und Flüsse und Stauseen und Berge und Täler?«

Antworten, schoss es mir durch den Kopf, doch das war nichts, womit Ivy etwas anfangen konnte. »Hier lebte meine Großmutter.«

»Ach was.« Ivy klang, als höre sie davon zum ersten Mal.

Ich seufzte noch lauter.

»Ausgerechnet hier? Ich dachte, sie sei schwer krank gewesen? Wieso ist sie nicht irgendwo hingezogen, wo man es aushält und so was wie eine medizinische Versorgung hat?«

»Sie ist gerade *deswegen* hiergeblieben, weil sie es *nur hier* ausgehalten hat.« Zumindest glaubte ich, das zu wissen. Über die Mutter meiner Mutter wusste ich noch weniger als über meine eigene.

»Komische Frau.« Ivy begann die Karte umzudrehen, auseinanderzufalten, Montana zu suchen und scheiterte. Schließlich ließ sie das knisternde Papier einfach offen fallen und stopfte es zurück in den Fußraum.

»Hey! Das ist die einzige Karte, die wir haben!«

Sie zuckte mit den Achseln. »Die ist vollkommen unnütz. Wozu haben wir ein Navi?«

Ich verdrehte die Augen, verkniff mir aber einen Kommentar. *Selbst schuld*, sagte ich mir, *du hast ja keine Zeit für andere Freunde, die du statt Ivy auf einen Roadtrip mitnehmen könntest.*

Während ich mir einredete, dass Ivy nur so tat, als hielte sie die gesamte Reise auch nach drei Tagen Fahrerei für einen großen Witz, surfte sie auf ihrem Handy herum.

»Endlich wieder Empfang«, stöhnte sie glückselig und vertiefte sich eine halbe Stunde in ihre Social-Media-Eingänge. Dass sie süchtig nach ihren Instagramstorys, ihrem Twitteraccount und diesem neuen, sinnlosen Videoding TikTok war, kam mir entgegen. Während sie surfte, konnte ich die Ruhe genießen. Außerdem schoss sie ständig Fotos und hielt damit unsere Reise fest. Und sie fand coole Sightseeingpunkte, die ihr irgendeine Reiseapp im Minutentakt vorschlug, worum ich mich selbst nie gekümmert hätte.

»Oh, schau mal, in Great Falls gibt es heute ein Live-Festival.« Sie hielt mir das Handy vors Gesicht, und ich musste daran vorbeischielen, um die Kurve richtig nehmen zu können. »Ah, nee, doch nicht. Ist Techno. Wie kann man so was überhaupt erlauben? Ein Technofestival?« Sie surfte noch etwas weiter. »Also, wir müssen umkehren, Cin. Hier ist einfach gar nichts los. *Gar nichts.* Lass uns zurück nach Lewistown. Da ist heute ein Feuerwerk, weil irgendeine Statue 100 Jahre alt wird.«

»Ich bin müde«, sagte ich nur. Lewistown lag über hundert Meilen zurück. *Natürlich würde ich umkehren. Nur für Ivy. Ganz bestimmt.* Ich merkte, wie meine Nerven dünner wurden, als sie nicht aufhörte, sich darüber zu beschweren, in was für eine Pampa ich sie gefahren hatte. Um uns herum wurde es dunkler.

Wir hatten die letzten Nächte an Savespots geschlafen, ausgewiesenen Stellplätzen von Frauen für Frauen wie uns. Bis zum nächsten war es nur noch eine Dreiviertelstunde Fahrt und ich versuchte mich an der ins Dämmerlicht getauchten Landschaft aufzumuntern.

Bald habe ich es geschafft. Bald.

Die Berge um uns herum öffneten sich hier und da zu Tälern und ließen spektakuläre Blicke auf den rosa verfärbten Himmel frei. Was wohl passieren würde, wenn ich mein Ziel erreichte? Und wenn mein Onkel recht damit behielt, dass meine Großmutter mir etwas hinterlassen hatte? Was würde ich dann tun?

Was?

»Können wir wenigstens irgendwo etwas trinken gehen?«, fragte Ivy mich nörgelnd wie ein Kind. »Es ist Freitagabend. Was *dich* wie auch sonst nicht zu interessieren scheint, aber *mich* schon.«

»Okay.« Irgendetwas musste ich ihr bieten als Gegenleistung für die lange Fahrt, die sie für mich durchgestanden hatte. »Such einen Saloon raus.«

»Einen was?!«

»Eine Bar. Saloon. Da spielen sie Countrymusik.«

Ihre nussfarbenen Augen weiteten sich zu aufgeregten Glubschern. »Oh, wie toll! Ich *LIEBE* Countrymusik, Cin.«

Ja. Ist mir nicht entgangen.

Sie drängte mich dazu, auf einem Rastplatz zu halten, um sich umziehen zu können, nachdem sie die Adresse eines gut bewerteten Saloons ausfindig gemacht hatte. Dafür leerte sie ihre gesamte Reisetasche auf unserem schmalen Bett aus und wühlte in den Klamotten herum.

Damit wir nicht für alle Truckfahrer, die um uns herum Pause machten, eine Stripshow lieferten, schloss ich die Vorhänge und setzte mich auf den Hocker, den wir zum Ein- und Aussteigen benutzten. Eine Sitzbank besaßen wir nicht, da der Van von innen nur mit einer Küchenzeile, einem provisorischen Bad und dem Bett ausgestattet war.

»Was hältst du hiervon?«, fragte sie mich strahlend und hielt etwas in die Höhe, das auch ein Bikinioberteil hätte sein können.

»Du solltest so was wie ich tragen. Sonst fallen wir auf.«

Ivy blickte an mir herunter, als würde sie es normalerweise vermeiden, mich genauer anzusehen, und rümpfte die Nase. »Du trägst eine Jogginghose, Sneakers und ein Shirt. Dein BH hat nicht mal Push-ups drin. So wirst du ewig Jungfrau bleiben.«

»Ich bin *keine* Jungfrau«, zürnte ich.

»Aber fast! Dieser eklige Typ aus der Highschool zählt nicht.« Während Ivy in der Schulzeit den Cheerleadern nachgeeifert hatte, war ich eines der Mädchen gewesen, die sich lieber wie ein Junge kleideten, damit sie von diesen in Ruhe gelassen wurden. Mein Plan war nicht aufgegangen. Ausgerechnet der beliebteste Sportler der Schule hatte einen Narren an mir gefressen. Er stellte mir so oft mit Briefen, Geschenken und Flirtversuchen nach, bis ich genervt aufgab und auf ein Date mit ihm ging. Leider wurde daraus aus dem einfachen Grund mehr, weil er unglaublich charmant und sportlich gebaut war. Am nächsten Morgen verschwand ich und hinterließ ihm eine deutliche Nachricht, in der ich unfairerweise den Sex schlechtmachte, damit er sich mir nie wieder nähern würde. Die Vorstellung, von ihm in eine Beziehung gedrängt zu werden, ließ mich flüchten. Möglicherweise trauerte er mir noch immer hinterher. Und Ivy ihm.

Seitdem hatte ich einige One-Night-Stands gehabt, ohne jemandem davon zu erzählen. Ivy glaubte noch immer, mein erstes Mal sei auch mein einziges Mal gewesen. Dabei war sie niemand, vor dem ich mich hätte schämen müssen, wenn ich ihr von meiner Beziehungsphobie erzählte. Ihr ging es ja ganz genauso. Warum sprach ich dann nicht darüber?

Vermutlich, weil mein Grund ein so ganz anderer war als ihrer.

»Wenn du dich wie eine Prostituierte anziehen willst, nur zu, aber ich weiß nicht, ob sie uns dann überhaupt reinlassen«, erklärte ich ihr schlicht.

»Tse«, machte sie und kramte weiter in dem Haufen ihrer Klamotten.

Während Ivy stets darauf achtete, ihren Lippenstift nachzuziehen, die Haare jeden Morgen zu legen und die Fingernägel zu lackieren, machte ich überhaupt nichts aus mir. Doch die Leute sagten, dass ich nicht ohne Grund dem Quarterback aufgefallen war; angeblich sah mein Gesicht selbst ohne einen einzigen Lidstrich so aus wie das einer Puppe. Ein Vergleich, für den ich mich weder schämte noch freute. Nicht, dass ich mich nicht ansehen mochte, aber das Äußere eines Menschen war für mich nichts wert, wenn der Charakter dahinter nicht stimmte. Bei Ivy stimmte er – bis auf ihre schräge Art der Eifersucht – und bei mir, hoffte ich, auch.

»Cin«, sie schlug einen oberlehrerhaften Ton an, als sie auf mich hinabblickte, »wir sind am Ende der Welt. Hier gibt es vermutlich keine heißen Typen unter 40. Wir haben unser Leben noch vor uns, die Jugendsündenzeit ist *jetzt*, und daher sitz nicht da und tu so, als würdest du ernsthaft in Erwägung ziehen, *mit diesen Schlabbersachen* auszugehen.«

Wir gehen nicht aus! Wir gehen in einen Saloon! Aber ich ersparte mir das Verbessern und fügte mich meinem Schicksal. Es wäre unfair von mir gewesen, wäre ich ihr nicht ein Stückchen entgegengekommen, bei dem, was sie für mich auf sich genommen hatte. »Also gut.«

Sie kreischte vergnügt und griff sofort nach einem Oberteil, als hätte sie es schon für mich zurechtgelegt. »Dann trag das! Habe ich gerade gefunden, und es ist *genau* das, was du willst! Das weiß ich!«

Ich nahm ihr das blusenartige Ding ab und richtete mich auf. Da wir nur einen Spiegel hatten – vor dem Ivy saß –, musste ich das Teil wohl erst anprobieren, um zu wissen, ob es mir stand.

»Hm, hm«, machte sie kopfschüttelnd und hielt mir einen ihrer BHs hin, als ich schon dabei war, mir die Bluse überzuziehen. »Tu der Welt einen Gefallen und zeig deine kleinen Möpse.«

Die Zähne zusammenbeißend wechselte ich auch meinen BH, zog schließlich das Oberteil über und ließ mir von ihr eine Leggings geben. Meine Sneakers durfte ich anbehalten. Auch sie übertrieb nicht, sondern zog sich ein weites, kleidartiges Shirt, eine lockere offene Jacke und eine Hotpants an, dazu flache, hochgeschnürte Sandalen. Ich bewunderte sie für ihren Stil und dafür, dass sie es schaffte, mit dem wenigen Geld, das sie als Collegestudentin verdiente, immer die richtigen Sachen zu shoppen. Sie sah einfach toll aus – und überhaupt nicht wie eine Prostituierte.

»Komm her«, verlangte sie und zog mich vor sich.

Aus ihrem Schminkköfferchen holte sie Puder und Lippenstift hervor, klatschte mir einiges davon ins Gesicht und durchstrubbelte mein dunkelblondes Haar. »Du siehst so toll aus«, sagte sie und auch in ihrer Stimme lag Bewunderung. »Wie kann jemand so natürlich schön geboren worden sein? Das ist unfair.«

»Dafür werde ich nicht so braun wie du und habe keinen Style.«

Sie zwickte mich zärtlich in die Wange. »Wie süß du bist. Aber was nützt mir der Style, wenn ich aussehe wie ein Pferd?«

Ich rollte mit den Augen. Ivy ähnelte einem Pferd so sehr wie ein Schwan einem Walross. Ihre Zähne waren gerade, ihr Kinn etwas hervorstehend, dafür waren ihre Lippen breit und zierten ihr gewaltiges Lächeln. Ihre Wangenknochen lagen hoch und die blond gesträhnten Haare rahmten ihre schlanke Gesichtsform.

»Fertig, Madame«, sagte sie und packte ihre Pinsel wieder weg. »Dann bitte, fahren Sie uns zur besten Party dieses Bundesstaats. Denn überall dort, wo wir auftauchen, wird es gut.«

»Wow, ist das eine Mottoparty?«, fragte Ivy mich, nachdem wir ausgestiegen waren und auf die Gruppe Männer zugingen, die neben dem Eingangsschild standen und rauchten. »Ich will auch so einen Hut, Cin.«

»Das ist keine Verkleidung«, flüsterte ich ihr leise zu, weil wir uns bereits in Hörweite befanden.

Sie ignorierte mich und zeigte auf zwei Frauen, die

abseits vor dem Saloon auf den Treppen der Veranda saßen. »Schau mal, die tragen sogar ein ...«

Ich riss sie an mich, sodass sie das ›Indianerkostüm‹ verschluckte und es hoffentlich niemand zu hören bekam. »Keine ›Kostüme‹«, zischte ich in ihr Ohr. »Das ist ihre traditionelle Kleidung.«

»Ist ja cool«, flüsterte sie zurück, ohne sich für irgendetwas zu schämen. Wir traten durch die Flügeltür und den Vorhang dahinter und atmeten einen Schwall Barstimmung ein.

Der Saloon war überraschend gut besucht. Schon im Eingangsbereich standen die Gäste an den Stehtischen. Girlanden hingen quer an den Holzbalken des Innenraums und Luftballons zierten die Ecken. Es wurde sogar Live-Musik gespielt, und die klang gar nicht mal so schlecht.

Trotzdem entgingen mir die hundert Blicke nicht, die sich auf uns zwei fremde Städterinnen richteten und uns verfolgten, als Ivy auf den Tresen zuschritt und mich an der Hand hinterherzerrte.

»Hi!«, rief sie dem Barkeeper zu. »Wir kommen von außerhalb, kriegen wir was zu trinken?«

Der Typ – ein bierbäuchiger Karohemdträger mit Cowboyhut – grinste sie schief an und zeigte sein zahnarmes Lächeln. »Dieses ›Außerhalb‹, liegt das z'fällig an d'r Ostküste?«, fragte er mit starkem Slang und zwinkerte. »Was wollt'n ihr trinken?«

»Ich muss noch fahr-« Doch Ivy fiel mir ins Wort.

»Whisky. Aber nicht pur.«

Er betrachtete sie für ein paar Minuten abschätzig, als überlege er, ob er die dreiundzwanzigjährige Ivy nach einem Ausweis fragen solle, doch er ließ es bleiben. »Whisky trinkt man nur pur. Aber ich misch euch was.«

Ivy strahlte ihn an, was ihn sofort vergessen zu lassen schien, dass sie drei Jahrzehnte jünger war als er.

Während wir auf die Getränke warteten, blickte ich mich verstohlen im Raum um. Noch immer verfolgte uns das ein oder andere Augenpaar, und es gab nur eine Menschengruppe an einem Tisch in der Nähe, die uns völlig ignorierte. Jetzt war es mein Blick, der an den Kartenspielern hängen blieb, weil sie zwar mitten im Geschehen und doch irgendwie für sich saßen. Die Runde bestand aus drei Männern und einer Frau. Letztere trug etwas Ähnliches, wie Ivy vorhin anziehen wollte, war also entsprechend freizügig gekleidet. Obwohl sie älter war, hatte sie eine tolle Figur. In ihre Haare waren Bänder eingeflochten und sie trug lederne Stiefel mit Fransen. Rechts von ihr saß ein kleiner, rundlicher Mann, der auf einem Strohhalm herumkaute und seine Karten konzentriert studierte, links ein großer, schlanker, der mit seinem ausgemergelten Gesicht wie eine freundliche Vogelscheuche wirkte, doch der Frau gegenüber ...

Ich war niemand, der sich leicht vom Aussehen anderer faszinieren ließ, doch dieser Mann hatte etwas, das meinen Blick gefangen hielt. Sein Gesicht war halb von der Krempe seines Cowboyhutes, halb von seinem mehrtägigen Bart verborgen, nur seine Lippen lagen sichtbar frei. Die Karten verschwanden fast in seinen Händen, so groß waren sie, und auch seine restliche Statur war die zweier Männer zusammen. Sein Bizeps sprengte das knappe Shirt, das er trug, und über seinem Gürtel ließ der anschmiegsame Stoff noch mehr solcher straffer Muskeln erahnen. Alles um ihn herum wirkte klein im Vergleich, was an mehr liegen musste als an seinem Körperbau. Er strahlte etwas aus. Irgendetwas, das ...

»Holla«, wisperte Ivy in mein Ohr, drückte mir ein Glas in die Hand und folgte meinem Blick. »Der ist ja ultraheiß.«

»Er sieht aus wie jemand, der Bullen den Hals umdreht, bevor er sie schlachtet. Ich weiß nicht, ob ich das so heiß finde.«

»Hä? Er sieht aus wie jemand, der *wie ein Bulle* im Bett abgeht. Also ich läge gerne auf seiner Schlachtbank.« Sie kicherte. »Danke, Cin, dass du mich hierhergebracht hast. Jetzt weiß ich plötzlich warum.«

Ivy stieß gegen mein Glas und trank ihres dann in einem Zug aus. Sie donnerte es zurück auf die Theke und ging erhobenen Hauptes auf die Tischgruppe zu. Keiner der Kartenspieler sah auf, bis sie direkt vor ihnen stehen blieb und irgendetwas sagte. Auch wenn ich es nicht wollte, musste ich den breitschultrigen *Cowboy* dabei beobachten, wie er auf Ivy reagierte. Von allen am Tisch nahm er sie am wenigsten wahr. Erst als sie nicht aufhörte zu reden und der kleine Dicke einen Scherz darüber machte, über den sie laut lachte, fasste er sie ins Auge. Er fragte sie etwas, was eine Gänsehaut auf meinen Armen erzeugte, weil er dabei so rau und einschüchternd wirkte, und sie antwortete ihm, ohne Scham zu zeigen, die er garantiert in mir ausgelöst hätte. Daraufhin neigte er sofort den Kopf, und ich konnte nicht schnell genug wegsehen, bevor sich unsere Blicke begegneten. Seine Augen waren die einzigen sichtbaren Punkte in seinem dunklen Gesicht und ich starrte wie hypnotisiert in den silbrigen Glanz seiner Pupillen.

Niemand von uns sah zur Seite, auch wenn ich das

Gefühl hatte, vollkommen von ihm durchleuchtet zu werden. Als genüge für ihn ein einziger Blick, um alles über mich herauszufinden. Ich versuchte es ihm gleichzutun, doch je länger ich zurückschaute, desto weniger verstand ich. Meine gesamte Haut schien elektrisiert zu werden, meine Hände wurden kalt und mein Magen flau. Ich hatte plötzlich das Gefühl, dass ich laufen sollte, obwohl diese Bar vermutlich kein sichererer Ort hätte sein können. Überall um uns herum waren Leute. Männer und Frauen, gut gelaunte Gesichter, freundliche Stimmen.

Aber die Gänsehaut auf meinen Armen kam nicht von ungefähr. Dieser Mann löste sie in mir aus. Etwas Derartiges war mir noch nie zuvor passiert.

»Hey, Kleines.«

Dankbar, angesprochen zu werden, fuhr ich zu dem Barkeeper herum.

»Das ist doch deine Freundin, die da hinten bei Smoke steht, oder?« Der Karohemd tragende Typ hatte sich zu mir vorgebeugt und sprach leiser als zuvor. »Hol sie da mal lieber weg, sag ich dir.«

Ich war nicht naiv. Es gab gefährliche Menschen auf dieser Welt und auch in den Staaten lief ein Großteil von ihnen frei herum. Dennoch spürte ich vor allem Neugierde in mir aufkeimen. Smoke. Dieser Name passte zu dem Mann wie kein zweiter. Und es war auch auszuschließen, dass der Barkeeper irgendjemand anderes meinte. Von niemandem in diesem Raum ging Gefahr aus, außer von ihm.

Ich blickte zurück und wusste, dass jede Warnung bereits zu spät gekommen war: Ivy setzte sich gerade zwischen die Kartenspieler an *Smokes* rechte Seite und plapperte dabei fröhlich vor sich hin. Sie würde so lange allen auf den Senkel gehen, bis sie hatte, was sie wollte. Und das war dieser Fremde.

Aber im Gegensatz zu ihr wusste ich, dass dieser Mann einfach ein Kaliber zu groß war für Ivy. Er würde nicht mehr aufhören, sollte sie doch irgendwann auf die Idee kommen, ›Nein‹ zu sagen, und er würde auch nicht bloß mit ihr flirten oder rumknutschen.

Dieser Mann mit seinen sonnengebräunten Armen, den Tattoos am Hals, den hohen, festen Stiefeln und der verwegenen Kleidung eines Abenteurers würde eine wie Ivy nicht vögeln, er würde sie verspeisen. Mit allem, was ihr lieb und teuer war.

»Danke für die Warnung«, murmelte ich dem Barmann zu, der besorgt die Stirn gerunzelt hatte, nachdem Ivy nach dem Kartendeck gegriffen hatte.

Gezwungenermaßen näherte ich mich dem Tisch und wollte jetzt schon in Grund und Boden versinken, weil sie einfach nicht aufhörte zu plappern. Ivy kam gut an – in der City, wenn alle bereits betrunken waren und auf ihren Arsch glotzen konnten. In Clubs, in denen man nicht redete, sondern die Zunge für andere Dinge benutzte. Mit diesem Selbstbewusstsein spazierte sie durch die Welt, ohne sich darüber klar zu sein, dass ihre Art nicht überall gleich gut aufgenommen wurde.

»... und dann kam sie mit dieser völlig beknackten Idee um die Ecke. Ich meinte nur: Klar, ich habe nichts Besseres zu tun, als dreißig Stunden durch Nordamerika zu fahren. Mich hat der Grund auch gar nicht interessiert. Ich bin einfach so mit. Spontan und verrückt.«

Oh nein. Wenn Ivy nervös war, plapperte sie vor sich hin und erzählte den größten Blödsinn. Eigentlich sollte ich zu ihr gehen, irgendeine Geschichte erfinden und sie weglocken – mein Onkel sei im Krankenhaus, Ivys Kreditkarte sei gesperrt worden, irgend so etwas – doch als ich an den Tisch herantrat, wusste ich, dass jeder meine Notlügen sofort entlarven würde. Allen voran *Smoke*, der die plappernde Ivy auszublenden schien und dafür mich fixierte.

Normalerweise konnte ich locker mit männlichen Blicken umgehen, aber gerade war alles anders. Ich traute mich nicht, seinen zu erwidern, und war in einer Unsicherheit gefangen, die mich allmählich zerriss. Einerseits wollte ich schleunigst verschwinden und andererseits unbedingt bleiben, einerseits nichts wissen und andererseits alles erfahren. Unsinnige Ängste paarten sich mit krankhafter Neugier und lähmten mich, bis Ivy selbst es war, die mich ansprach.

»Hey, Cin, setz dich zu uns.«

»Ich ...«

»Das ist Sheela«, stellte Ivy die knapp bekleidete Mittvierzigerin vor, »Gavin«, Ivy deutete auf den kleinen Dicken, »Smoke und Hugh«, schloss sie, woraufhin der hagere Schweigsame mich mit einem ›Hi‹ grüßte. Er schien derjenige zu sein, der sich am meisten erhoffte, Ivy hätte sich seinetwegen an den Tisch gesetzt. Er warf ihr immer dann einen verstohlenen Blick zu, wenn sie woanders hinsah.

»Also, das Spiel, das ihr gerade gespielt habt, kenne *ich* so ...« Ivy teilte munter die Karten aus und ignorierte dabei völlig, wie eisig die Stimmung am Tisch geworden war.

Gavin hörte ihr zwar zu, aber auch er schien nur die Aussicht auf ihren Ausschnitt zu genießen.

»Ivy, ich glaube ...« Wieder brachte ich den Satz nicht zu Ende, weil mich Smoke nicht aus den Augen ließ. Das wurde langsam peinlich. Diese Situation schaltete einen Großteil meines Denkens aus und ich stand wie ein jämmerlicher nasser Hund da, übergossen von Scham.

»Man kann also mit einem Ass das Spiel beenden, wenn man ...«

»Wie heißt du richtig?«, fragte Smoke plötzlich und unterbrach Ivy damit mitten im Satz, als säße sie gar nicht neben ihm.

Sie starrte ihn verwirrt an, bemerkte dann aber, dass er in meine Richtung blickte.

Auch wenn die Frage eindeutig an mich ging, war ich noch damit beschäftigt, den Klang von Smokes Stimme zu verarbeiten. Sie war nicht nur rauchig, tief und melodisch, sie machte ihn in seiner Erscheinung erst perfekt. Ich konnte mich gar nicht sattsehen an diesem Mann, der so düster und gleichzeitig maskulin wirkte, so verwegen und dennoch gefestigt. Als könne er locker jede Brandung überstehen und im nächsten Moment selbst zu einer alles verschlingenden Welle werden.

Ivy lief rot an und blinzelte zu mir hoch. »Ja, wie heißt du richtig, Cin?«

Die anderen am Tisch schwiegen. Es war, als wären sie nur Puppen, die Smoke insgeheim unter dem Tisch führte. Solange er seine Antwort nicht bekommen hatte, würde keiner etwas sagen.

Ich setzte zum Sprechen an, da ich die peinliche Stille nicht länger ertrug, als in diesem Moment die Musik ausging und der Ansager meine Antwort übertönte.

»Ladies and Gentlemen, soll ich euch noch einmal daran erinnern, weswegen wir heute Abend hier sind?« Lautes Gegröle ging durch die Menge. Selbst Hugh von unserem Tisch stimmte mit ein. »Unser Sheriff, Toby Stevens, der seit Jahren dafür sorgt, dass wir in diesem kleinen Städtchen sicher sind, hat ... Geburtstag!« Wilder Applaus folgte, bevor *Happy Birthday* angestimmt wurde.

Ein weiterer Mann trat aus der Menge an den Tisch der Kartenspieler und flüsterte Smoke etwas ins Ohr. Dieser schüttelte den Kopf.

Der andere ließ nicht locker. Sie unterhielten sich leise im Wechsel, bis Smoke seinen Hut in die Stirn zog und aufstand. Der veränderte Lichteinfall erhellte erstmals sein Gesicht, doch ich erkannte nicht mehr als Schemen, weil ich angestrengt versuchte, ihn nicht wie Ivy anzustarren.

Er nickte Sheela, dem leicht bekleideten Cowgirl, zu, die überrascht die Brauen hob.

»Wirklich?«, fragte sie ihn. »Dafür bist du dir nicht zu schade?«

Ich konzentrierte mich auf sie, statt zu Smoke zu sehen, weshalb ich seine Reaktion nicht mitbekam. Er musste ihre Frage bestätigt haben, denn Sheela schob ihren Stuhl zurück, zuckte die Achseln und stand ebenfalls auf. Dann folgte Gavin. Nur noch der große, hagere Hugh blieb, um Ivy Gesellschaft zu leisten. Ich konnte geradezu riechen, wie sehr sie innerlich qualmte, auf diese Art abgewiesen worden zu sein.

Doch noch tat sie so, als könne ihr das niemand anmerken. »Was sie wohl vorhaben?«, fragte sie mich und reckte den Kopf.

»Sie werden ein Ständchen singen«, antwortete Hugh. »Für den Sheriff. Spiel ihm ein Lied vor und er ist dein Freund.«

»Wirklich?«, fragte Ivy skeptisch und rückte unmerklich von Hugh weg, der ihr näher gekommen war. »Dann sollten wir uns das ansehen, oder, Cin?«

Als Hugh gerade noch näher an sie heranrücken wollte, sprang sie auf und ließ den armen Kerl zurück. Sie umfasste meine Hand und zog mich in die Menge, Smoke und Sheela hinterher.

»Gott, was für ein Widerling«, murmelte sie in mein Ohr und blickte angewidert zurück.

»Er dachte halt, du kommst zu ihm, weil es vermutlich keine Frau sonst wagt, Smoke anzumachen.«

»Ein toller Name, oder?«, schwärmte sie, ohne auf mich einzugehen, und zog mich inmitten der Partygäste auf die Tanzfläche. Auch wenn Ivy uns nicht in sexy Club-Kleidung gezwängt hatte, fielen wir unter all den Leuten in ihrer Alltagskleidung und den Lederstiefeln auf. Selbst die Frauen in unserem Alter trugen Schlabberpullis und Cargohosen und hatten nicht einmal Lippenstift aufgetragen. Ich begann mich einerseits unwohl für mein Auftreten, andererseits sehr wohl zu fühlen. Ich liebte es, wenn Menschen sich nicht um ihr Äußeres sorgten und jeden unter sich akzeptierten, egal wie er sich kleiden mochte.

Da wir uns in der Menge befanden, starrte uns auch niemand mehr so an wie zuvor. Wir gingen zwischen den anderen auf, was mich um einiges entspannter werden ließ.

»Da er aussieht wie ein Cowboy, glaubst du, dass er reiten kann?«, fragte ich mehr mich selbst als Ivy, die ihren Kopf nach Smoke reckte, der verschwunden zu sein schien.

»Reiten?«, fragte sie. »Ich wette, auf ihm lässt es sich *wunderbar* reiten.«

»Pferde«, erläuterte ich augenverdrehend. »Pferde, Ivy.« Diese Tiere hatten schon immer eine Faszination in mir ausgelöst, auch wenn ich noch nie vor einem stand. Ich wollte unbedingt einmal auf einem sitzen und vielleicht sogar ausreiten. Allein wenn ich daran dachte, dass dieser Smoke möglicherweise mit Pferden umgehen konnte …

Ivy antwortete mir nicht mehr, bis sie plötzlich mit voller Kraft in meinen Unterarm zwickte. »Oh mein Gott, Cin, siehst du das?« Einer ihrer feuchten Träume schien wahr zu werden, als Smoke zusammen mit Sheela auf die Bühne trat und zu einer Gitarre griff. Ich erwartete noch, dass er ausholen und sie auf dem Boden zertrümmern würde, so wenig wirkte dieser Mann wie ein Musiker, aber dann ließ er sich damit nieder und nahm das Instrument in seine mächtigen Arme, als wäre es nur dafür geschaffen.

Sheela trat vor und schon in diesem Moment verstummte der Raum. »Ich habe ihn überredet, meinen Lieblingssong zu spielen. Und wirklich, Leute, markiert euch diesen Tag im Kalender, das wird vermutlich für ein paar Jahre das letzte Mal gewesen sein.«

Die Menge grölte, doch Smoke reagierte nicht darauf. Er stimmte leise vor sich hin seine Gitarre und schien den Kult um seine Person gar nicht zu bemerken. Meine Faszination wuchs um ein ganzes Stück, als er den ersten Akkord anspielte. Nicht nur, dass dieser wunderschön klang und Smoke definitiv das Gitarrespielen beherrschte, wie die nächsten Griffe bewiesen, er strahlte dabei auch etwas aus, das sich in mir anfühlte wie heiße Lava, die mir den Rachen hinunterglitt und sich in meinem Magen zu Stein verfestigte. Mir war der Widerspruch klar, dass ich einerseits Ivy für ihr Schmachtverhalten verurteilte, andererseits selbst nichts anderes tat, als Smoke anzugaffen, und ein kleiner Rundumblick zeigte mir, dass es fast allen Frauen um uns herum genauso ging.

Obwohl Sheela zu singen begann, klebten die Augen der Frauen auf Smoke, während die einiger Männer wiederum an Sheelas knappem Outfit hingen. Aber niemand löste einen solchen Magnetismus aus wie der breitschultrige, muskulöse Mann mit Cowboyhut vorne neben der Sängerin.

»Oh Gott, er ist einfach sooo heiß«, rief Ivy im Bühnenflüsterton in mein Ohr und wippte mit wilden Armbewegungen im Takt, als befände sie sich in einem R'n'B-Club. Dabei war der Song ruhig, geschmeidig und sorgte eher dafür, dass jeder hin- und herwippte, statt abzutanzen.

Sheela sang von einem amerikanischen Mädchen, das sich in einen Wolf verliebte, der einsam in den Bergen Montanas lebte. Hin- und hergerissen zwischen ihrer Liebe zu dem wölfischen Mann und ihrem Leben in der Zivilisation verließ sie ihn schließlich.

Smokes Gitarrenspiel untermalte die gesungene Geschichte und sorgte für eine Gänsehaut auf meinen Armen, als er plötzlich das Mikro vor seine Lippen zog und die Geschichte weitererzählte.

Ich spürte nicht mehr, wie Ivy sich an mir festklammerte, und schon gar nicht irgendwelche Blicke auf mir.

Seine raue, melodische Stimme über die Boxen zu hören, stellte mit meinem Körper etwas an, worauf ich mich niemals hätte vorbereiten können.

»*The wolf doomed to the shadowed moon*«, sang er, während Sheela seine Worte mit Summen begleitete, »*followed her scent to the city's gloom.*«

Sheela stimmte wieder ein und erzählte davon, wie der Wolf, nachdem er dem Duft des Mädchens gefolgt war, seinen Geruchssinn durch die Ausdünstungen der Stadt verlor und sich aufgab.

»*But since then*«, Smoke blickte auf und direkt in meine Richtung, »*the wolf aroused in us. Desperately searching for the American Girl, we'll never find.*«

Ich spürte seine Augen auf mir, als würde er wirklich mich ansehen. Als hätte er dieses ganze Lied nur für mich gespielt, als wäre sonst niemand in dieser überfüllten Bar, niemand, der zuhörte, außer mir.

Mein Wunschdenken wurde mir peinlicher als alles an diesem Abend zuvor, und ich senkte schnell den Blick, als der letzte Akkord erklang und der Applaus um uns herum aufbrandete.

»Er hat mich angesehen«, flötete Ivy, »er hat mich gerade direkt angesehen!«

Wer von uns beiden litt mehr unter närrischer Verknalltheit, weil ein großer, muskelbepackter Mann vor uns aufgetaucht war und Gitarre spielte?

Ich lächelte ihr bestätigend zu und murmelte etwas von Toilette. Ich musste dringend diesen Raum verlassen, mir am besten Wasser ins Gesicht spritzen oder gleich meine wirren Gedanken im Klo hinunterspülen. Der Stein in meinem Magen hatte sich festgesetzt, und ich fühlte mich ungewohnt schwach dabei, mich durch die Menge zu drängeln, als würde er mich ausbremsen. Meine Zunge war belegt, und ich wollte am liebsten schreien, damit dieses schreckliche Gefühl des Verlusts verschwand, weil ich nie mehr über diesen Mann erfahren würde, obwohl ich es so sehr wollte. Nachdem ich das Ende der tanzenden Menge erreicht hatte, stürmte ich durch eine Lücke in einen Bereich frischerer Luft und stieß prompt mit jemandem zusammen.

Mein Herz kollabierte, als ich aufsah und Smoke mitten ins Gesicht blickte. Lichterloh entzündete sich meine Haut, als sich seine Hände um meine Oberarme legten und mich so davon abhielten, zu stürzen.

»Fall nicht, Kleines.« Sorge lag in seiner rauen Stimme, und ich konnte sein Gesicht zum ersten Mal schattenlos aus nächster Nähe betrachten, aber der Kosename ›Kleines‹ verpasste meinem Gefühlsrausch einen Dämpfer. Mich so zu nennen, kam einer Beleidigung gleich. Als wäre ich wirklich nichts weiter als all die anderen Frauen, die hinter mir schon Reihe standen und darauf warteten, mit ihm zusammenzustoßen.

Ich schüttelte Smokes Hände ab und wollte an ihm vorbeigehen, als er mich an meinem Oberarm zurückhielt. »Was soll das?«, fuhr ich ihn eine Spur zu verbissen an, was ihn seine Hand sofort zurücknehmen ließ.

Er betrachtete mich durchdringend. Eine Furche entstand zwischen seinen dichten Augenbrauen und seine Miene wurde zu Granit. Undurchdringbar. »Du bist kein typisches *American Girl*, hm?«, fragte er leise, rau, und schickte allein mit seiner Stimme Stromstöße durch meinen Magen. Die Spur eines Lächelns entstand auf seinen geschwungenen Lippen und ich schluckte.

»Wohl nicht.«

»Deine Freundin sagte, ihr kommt aus Philadelphia. Ein langer Weg bis in die Prärie Montanas.«

»Eine Abenteuerreise«, nuschelte ich schnell und schaffte es nicht mehr, ihm ins Gesicht zu sehen. Dafür starrte ich auf eine Stelle unterhalb seines Kinns. Warum sprach er überhaupt mit mir? Was wollte er? Und warum war er viel freundlicher, als ich von Weitem erwartet hätte?

»Nach Montana«, fügte er an. Es war keine Frage, sondern Sarkasmus, der in seiner Anmerkung mitschwang. »Gilt es in Pennsylvania als Abenteuer, von Wölfen und Bären zerfleischt zu werden?«

»Das hatten wir nicht vor«, verteidigte ich mich wenig schlagfertig.

»Sondern?«, fragte er. Ein Blitzen in seinen Augen verriet, dass ihn die Antwort wirklich interessierte. Aus Versehen hatte ich wieder hineingesehen und nun wurde ich erneut von ihnen gefesselt. Während mein Gehirn in Zeitlupe nach einer Antwort suchte, ließ ich mich von ihm durchleuchten. Als wäre ich aus Papier und auf meiner Haut stünde in großer, fetter Schrift alles, was es über mich zu wissen gab.

Plötzlich beugte er sich vor. Ein Schwall seines Geruchs strömte in meine Nase und ließ mich benommen werden. Ich hielt die Luft an, damit ich nicht jegliche Kontrolle verlor, und spürte seinen warmen Atem an meinem Ohr. »Fahr zurück, kleine Ostküstlerin, hier gibt es keine Abenteuer. Nur reißende Flüsse, karge Landschaften und die Gewalt ... der Natur.«

Ich stieß die Luft aus und sog sie gierig wieder in meine Lungen. Mir war schwindelig geworden, und sein unbeschreiblicher Geruch nach Leder, Wald, Fell und

Rauch sorgte nicht unbedingt dafür, dass der Schwindel abnahm. »Warum sagst du mir das?«, fragte ich beklommen. *Die zweite Warnung an diesem Abend, kaum dass ich mich dem Land meiner Großmutter genähert hatte.* Als würde mich eine unsichtbare Kraft davon abhalten wollen, nach ihrem Erbe zu suchen.

»Weil deine *Freundin* nicht gerade jemand zu sein scheint, die dich vor Dummheiten warnt.« Er nahm Abstand und fasste jemanden ins Auge, der hinter mir stand. Im nächsten Moment wurde ich grob herumgezogen.

»Wolltest du nicht auch zur Toilette, Cin?«, fragte Ivy mich im spitzen Tonfall und zerrte mich fort.

Verwirrt folgten meine Beine ihr, doch ich blickte dabei zurück, sah noch, wie Smokes Gesicht wieder im Schatten seines Huts verschwand und seine große Gestalt von der drängenden Menge verschluckt wurde. Was auch immer das gerade sollte, ich hatte es mir nicht eingebildet – auch wenn das realistischer schien.

Ivy drängte mich in den Toilettenraum, donnerte ihre Handtasche auf die brüchige Ablagefläche des Waschbeckens und verriegelte die Tür hinter uns. Damit sperrte sie alle Frauen aus, die eventuell mal pinkeln mussten.

Aber das war Ivy egal. Sie hatte ihre ›Alles oder nichts‹-Miene aufgesetzt, die Arme vor der Brust verschränkt und funkelte mich wütend an. »Wolltest du mir eins auswischen?«

»Was?«, fragte ich sie, jetzt noch verwirrter. »Wofür denn?«

»Keine Ahnung! Sag du es mir!«

»Ivy, wovon zur Hölle sprichst du?«

»Du hast ihn angegraben! Um mir eins auszuwischen!«

»Smoke?«, fragte ich rätselnd.

»Wen denn sonst?!«

»Ich weiß es nicht! Smoke habe ich zumindest nicht ›angegraben‹, er hat sich mir einfach in den Weg gestellt –«

»Ja, sicher.«

»Und mich warnen wollen.«

Sie schnaubte. »*Warnen?* Natürlich.«

»Ja, was weiß ich denn! Total merkwürdig!«

»Wovor *warnen?* Vor mir?«

»Vor dir?« In meinem Kopf bildete sich ein immer größeres Fragezeichen. »Vor Montana! Er kennt dich doch überhaupt nicht. Er hat davon geredet ...« Ich unterbrach mich mitten im Satz, denn wenn ich es mir genau überlegte, war jedes Wort unseres kurzen Gesprächs völlig abstrus gewesen.

»Du lügst so unfassbar schlecht, Cin.« Ivy hob eine Augenbraue und betrachtete mich, wie man eine davonlaufende Spinne betrachtete. Eigentlich war man froh, dass sie weg war, aber das bedeutete auch, dass sie irgendwann wiederkommen und einen erneut ekeln würde.

»Warum sollte ich dich anlügen, Ivy«, fragte ich sie ernst. »Lass uns bitte einfach verschwinden. Hier ist irgendetwas im Busch. Es ist nur noch eine halbe Stunde Fahrt bis nach Calderwood Hills. Wir schlafen und fahren morgen zu der Adresse, die mir mein Onkel gegeben hat.«

»*Ich* fahre *nirgends* mit dir hin.«

»Ivy ...«

»Du behandelst mich wie Dreck. Da ist jeder von den Fremden dort draußen mehr Freundin für mich als du!«

»Du spinnst doch total!« Auch ich erhob meine Stimme. »Ich kann nichts dafür, dass Smoke dich nicht vögeln will, okay?! Aber an deiner Stelle wäre ich wirklich froh drum, denn der Typ *stinkt* nach Gefahr!«

»Deswegen bist du gerade auch fast in Ohnmacht gefallen vor Glück, als er sich dir genähert hat. Weil er so *stinkt*.«

Ich gab es auf. »Ivy, du hast einen Freund in Philadelphia. Vielleicht hörst du auf, irgendwelchen wildfremden Typen hinterherzurennen und dich vor ihnen vollkommen zum Affen zu machen ...«

Das war das Allerfalscheste, was ich hätte sagen können. Ihre Stimme überschlug sich, als sie mich unterbrach. »Ich wusste es!«, kreischte sie. »Warum sagst du nicht gleich, dass du ihn für dich haben willst? Du könntest ja *einmal* ehrlich sein, aber nein, du hältst dich ja für so was von moralisch überlegen und superklug und unangreifbar, und es erfüllt dich bestimmt mit super viel Freude, dass die Typen, die ich will, sofort dich wollen, wenn du sie nur kurz anzwinkerst. Du bist einfach ...«

»Du hast einen Freund, Ivy!« Irgendwie bekam ich das Gefühl, dass sie in eine Parallelwelt abgedriftet war, in der Gegenteiltag herrschte.

Wäre sie eine Comicfigur, wäre ihr Kopf jetzt explodiert. »Lass Braiden aus dem Spiel! Das ist 'ne Sache zwischen *dir* und *mir*!«

»Ooookay«, sagte ich langsam, auch wenn nichts okay war. Ich versuchte, Verständnis für sie zu haben. Vermutlich stand sie kurz vor ihrer Periode und schämte sich einfach zu sehr für ihr Verhalten vorhin am Tisch, als dass sie noch klar denken konnte. Vielleicht brauchte sie diesen schwachsinnigen Aussetzer und würde sich gleich wieder zusammenreißen. »Ich verstehe, dass das jetzt irgendwie schlecht gelaufen ist. Aber bitte, lass uns einfach gehen, Ivy.«

Sie antwortete nicht. In ihr tobte ein Sturm, von dessen Gewitterblitzen ich lieber verschont bleiben wollte.

»Komm schon. Du kannst im Auto weiterschmollen, ja?«

»Du checkst es einfach nicht«, murmelte sie mit unterdrückter Wut. »Nicht jeder hat so große Lust auf dein Nonnenleben. Du wolltest Smoke klarmachen, damit er die Finger von mir lässt, und ihn dann wieder mal abblitzen lassen wie jeden anderen Typen, der sich dir nähert? Danke, nein! Hör endlich auf, mir ständig die Typen auszuspannen, indem du deine Püppchenaugen aufreißt und so tust, als wärst du völlig unschuldig.«

»Ich habe dir niemanden ausgespannt«, presste ich zwischen den Zähnen hervor.

»Wie kann man so gestört sein und das auch noch verdrehen wollen?«, fragte sie und machte damit all mein Verständnis für sie zunichte. Was brachte es ihr, wegen Smoke unsere gesamte Freundschaft aufs Spiel zu setzen? »Du willst Smoke nur so lange, wie ich ihn will. Also ...« Sie wedelte affektiert mit der Hand. »Bitte. Wenn es dir so unglaublich *wichtig* ist, dass du sogar unsere Freundschaft dafür aufs Spiel setzt, hol ihn dir doch.«

Tränen brannten in meinen Augen, weil sie sogar

meine Gedanken nahm und völlig verdrehte, nur um mich zu verletzen.

»Hol ihn dir«, forderte sie mich bitter lächelnd auf.

»Wenn es dir so viel Spaß macht.«

»Okay, wenn du meinst.« Ein Kloß war in meinen Hals gewandert und hinderte mich an einer treffenden Erwiderung. Also drehte ich mich um, öffnete die Tür wieder, stieß dahinter beinahe mit drei wartenden Country Girls zusammen und wühlte mich zurück in die Menge. Die Tränen trockneten, der Kloß im Hals blieb und Wut kochte in meinen Adern hoch. Ich drängte mich durch die Menge, hielt Ausschau nach einem Hut mit breiter Krempe. Die Band hatte wieder zu spielen begonnen, alle schienen noch ausgelassener als vor einer halben Stunde, viele aufgefüllte Gläser Bier wurden herumgereicht und einige Frauen tanzten wild einen Linedance. Ich schob Körper um Körper beiseite, zwängte mich durch jede sich auftuende Lücke und war endlich am Ziel.

Ivy und ihr dämliches Gelaber hatten eine Sicherung in meinem Kopf durchbrennen lassen. Alles in mir war nur darauf aus, es ihr zu beweisen. Ich dachte nicht darüber nach, sondern stürmte auf Smoke zu, der neben der Bühne stand, mit dem Sheriff sprach und Sheela an seiner Seite hatte, dieselbe düstere, maskuline Ausstrahlung wie vorhin verbreitend, mit der er den Raum um sich magisch ausfüllte.

Sie sahen mich kommen, doch niemand sah kommen, was ich letztendlich tat. Ich schlang meine Arme um Smokes Hals, presste mich gegen ihn, stellte mich auf die Zehenspitzen, öffnete meinen Mund und drückte ihn auf seinen. Fordernd stieß ich mit meiner Zunge gegen seine verschlossenen Lippen, bis er diese leicht – ob reflexartig oder gewollt – öffnete und ich in ihn vordringen konnte. Für ein paar Sekunden war ich zu sehr damit beschäftigt, meinen Willen durchsetzen, als dass ich mich auf das, was wirklich geschah, konzentrieren konnte, doch dann spürte ich es.

Smoke küsste mich zurück.

Erst zurückhaltend, dann fordernd. Plötzlich war er es, der mich packte, fest in mein Haar griff und mich vor sich hielt. Mein Herzschlag polterte im Galopp los, als seine Zunge zwischen meine Lippen glitt und meinen Mund eroberte. Mir wurde schwindelig, vielleicht verlor ich den Kontakt zum Boden, es war ein Rausch, ein Fest für meine Sinne. Der intensive Geruch nach Leder und Feld, der köstliche Geschmack seiner Lippen, das zartbittere Aroma von Feuer und Rauch, dazu sein Körper, der meinem so unglaublich nahe war.

Ich wusste nicht, wie lange wir so da standen. Als hätten zwei Pole sich gefunden und wären miteinander verschmolzen. Mit jeder weiteren Sekunde nahm die Geschwindigkeit meines Pulses ab und ich begann mich wohlzufühlen. Als wäre das der einzige Ort auf dieser Welt, an den ich wirklich gehörte.

Ich seufzte und war versucht, mich an ihn zu klammern, als er sich langsam löste. Auch ich brauchte wieder Luft zum Atmen, was aber nicht bedeuten musste, dass ich wirklich Abstand nahm.

Blinzelnd sah ich zu ihm hoch, während er noch immer seine kräftige Hand in meinem Haar vergraben hatte und mich festhielt. Auch wenn ich es nicht direkt zeigen wollte, lächelte ich wohl. Es war mir gar nicht anders möglich.

Nie zuvor hatte ich einen Mann geküsst und etwas Vergleichbares dabei empfunden.

Smoke blickte auf mich herab und hüllte uns in eine Blase aus Schweigen. Ob um uns herum Leute standen, Musik gespielt wurde oder Ivy hinter mir auf mich zeigte und schrie; ich wusste es nicht und es interessierte mich nicht. Erst als seine Miene völlig unbewegt blieb, ein Schatten stetig über seinen Augen hing, löste ich mich vollkommen.

»Sorry«, sagte ich und meinte es überhaupt nicht so. Mir taten einige Dinge leid, aber das hier würde ich niemals unter Sünde verbuchen. Es war das Beste, das ich jemals aus einem dummen Impuls heraus getan hatte.

Erst mit etwas Abstand nahm ich meine Umgebung wieder wahr.

Sheela starrte mich an, als hätte ich Smoke gerade ein Messer in den Magen gerammt, und der Sheriff grinste leicht debil.

»Ist das deine neue Freundin, Smoke?«, fragte er lallend und blickte an mir herunter. Vermutlich passte ich nicht in Smokes gewohntes Beuteschema.

»Nein«, antwortete ich an seiner statt. »Ich wollte mich nur verabschieden.« Noch während eine seiner Brauen nach oben wanderte, drehte ich mich um und ging zum Ausgang. Ein Prickeln erfüllte die Luft um mich herum, und ich fühlte mich einfach nur gut, dieses kleine Abenteuer gewagt zu haben. Smokes Kuss würde mir noch lange in Erinnerung bleiben und mich für eine ganze Weile beflügeln. Mit einem Lächeln, das auf meine Lippen getackert schien, fasste ich nach dem Türknauf der Eingangstür und bekam diese beinahe gegen den Kopf, so heftig wurde sie plötzlich aufgeschlagen.

Ich stolperte zurück gegen einen Tisch in der Nähe und krallte mich daran fest, um nicht zu fallen. Doch niemand beachtete mich, alle Köpfe ruckten stattdessen zur Tür.

Dieses Mal waren es keine zwei jungen Mädels aus Pennsylvania, die die Party sprengten, sondern fünf grobschlächtige Biker, die den Raum zur Bar mit ihrer Präsenz in Besitz nahmen, als gehöre er ohnehin ihnen. Die Musik spielte zwar weiter, aber die Gespräche verstummten, das Wippen der Leute zum Takt hörte abrupt auf und auch die Luftballons unter der Decke wirkten mit einem Mal traurig.

Die Männer stellten sich an die Bar, orderten ihr Bier und schienen sich nicht dafür zu interessieren, dass die Party ihretwegen wie eingefroren wirkte. Auf ihren Westen prangte in großen Lettern: *Crowriders*.

»Ey, Moment mal.« Der Typ, der als Letztes eingetreten war, hielt inne und blickte mir mitten ins Gesicht. »Bist du nicht ...«

»Hallo, Pincher.« Smoke tauchte neben uns auf und schob sich halb vor mich. »Was treibt euch um diese Uhrzeit hierher?«

»Smoke.« Das Gesicht des bärtigen Bikers hellte sich auf. Er war um einiges älter als der Cowboy und trotzdem wollte ich keinem von ihnen alleine bei Nacht begegnen. »War klar, dass du hier bist. Wir wollten mal ein bisschen mit dir quatschen. Du weißt schon. Ohne den ewig langen Pass hochzufahren.«

Smoke nickte zur Bar, woraufhin sich der Rocker der anderen Gruppe anschloss, dann warf er seinem Kartenspielerfreund Gavin, dem kleinen Dicken, der bisher nicht viel gesagt hatte, einen Blick zu. Dieser verschwand in der Menge und auch ich nutzte die Gelegenheit.

Draußen vor dem Saloon atmete ich tief durch. *Was war das gerade? Das alles? Und wollte ich es herausfinden?*

Lieber nicht.

Ich stapfte an den fünf großen Motorrädern vorbei, die mitten vor dem Eingang parkten, und trat zurück auf den Parkplatz. Irgendwo in weiter Ferne war ein weiteres Motorradgeheul zu hören, und ich fragte mich, wie viele Tiere gerade davon aufgeschreckt wurden und warum das diesen Motorradfahrern so egal war ... bis ich wie gegen eine unsichtbare Wand lief, stehen blieb und auf den Parkplatz starrte.

Der Van war weg.

Er war einfach weg.

»Oh, fick dich, Ivy!«, schrie ich, weil ich nicht erst eins und eins zusammenzählen musste, um zu verstehen, was geschehen war. Sie hatte sich einfach aus dem Staub gemacht – mich zurückgelassen bei lauter Kerlen, die mich warnten und die ich nicht kannte. Bis auf ein paar Dollarscheine trug ich nichts bei mir, denn ich hatte mein Handy und mein Portemonnaie im Van gelassen.

Wütend kickte ich einen pflaumengroßen Stein über den Kies, bevor ich sicherheitshalber einmal um den Saloon herumlief, für den Fall, dass mich der Kuss mit Smoke zu sehr benebelt hatte, um mich zu erinnern, wo der Van parkte.

Doch er war nirgends zu sehen.

Fuck.

Die kann mich mal.

Es gab ein Gebot zwischen Freundinnen, und jemanden auf diese Art zurückzulassen, war eines der schlimmsten No-Gos. Ivy hatte wegen ihres Eifersuchtsdramas keine Scheu gehabt, mich in der Fremde Montanas auszusetzen, und ich wusste nicht, ob ich ihr das jemals verzeihen konnte.

Vermutlich nicht.

Das war's.

Dumme Kuh.

Nachdem ich den Saloon einmal vollständig umrundet hatte, war der Parkplatz zur Hälfte geleert. Die Party löste sich auf, die Biker waren geblieben. Ihre Motorräder bevölkerten den Platz wie schwarze Adler, die darauf warteten, sich in fremde Nester zu setzen.

Ich lehnte mich gegen die Hauswand, ließ mich schließlich daran heruntergleiten und schabte mit meinen Sneakern im Kies. Wenigstens war es warm genug, sodass ich nicht Gefahr laufen musste, zu erfrieren, weil Ivy alle meine Sachen mitgenommen hatte.

»Was ist los, Mädchen?« In der Dunkelheit tauchte ein kleiner Schatten vor mir auf. Gavin. »Wo ist deine Freundin?«

Es schien mir nicht klug, eine Antwort zu geben. »Sie wollte Zigaretten holen.«

Gavin warf einen Blick nach links. Ich saß direkt neben einem Automaten.

»Sie hat nur Bargeld.«

Er hob eine Braue.

»Funktioniert der hier noch mit Bargeld?«, fragte ich verwundert. Wieso mussten all meine Notlügen sofort auffliegen?

»Ich habe sie rausstürmen sehen«, informierte er mich und lehnte sich neben den Holzpfosten, der das

Vordach des Saloons hielt. Jetzt trug auch er einen Hut, einen deutlich kleineren als der von Smoke. »Sah nicht so aus, als hätte sie nur Schmacht. Außerdem liegt die nächste Tankstelle zwölf Meilen südlich von hier.«

Ich zog die Beine an. Viel mehr Abwehr blieb mir nicht.

»Hast du ein Handy, mit dem du jemanden anrufen kannst?«, fragte er mich.

Wollte er nur nett sein? Oder war das eine Falle?

»Nein.« *Das hatte ich klugerweise Ivy gegeben, zusammen mit dem Autoschlüssel, damit sie beides in ihrer Handtasche verstauen konnte,* ergänzte ich zynisch in Gedanken.

»Hier.« Er reichte mir sein entsperrtes Smartphone. Hoffentlich bereute ich es nicht, dass ich ihm vertraute.

Verzweifelt tippte ich die Nummer meines Onkels ein. Doch natürlich war es viel zu spät, er schlief längst. Seine Nummer war die einzige, die ich auswendig kannte. Nicht einmal meine eigene fiel mir ein, sonst hätte Ivy das Klingeln vielleicht hören und rangehen können.

Ich war ziemlich am Arsch, als ich Gavin sein Telefon zurückgab.

»Wir finden schon eine Lösung für dich«, sagte er aufmunternd. »Jetzt steh erst mal aus dem Dreck da auf. Wir warten auf Toby. Der Sheriff kennt das halbe Land, oder vielmehr das halbe Land ihn. Du kommst irgendwo unter.«

»Danke«, murmelte ich und folgte Gavin zu einer Gruppe Männer, nachdem ich den Staub von meiner Leggings geklopft hatte. Mich wunderte, dass er nicht weiter nachhakte. War es so offensichtlich, was zwischen Ivy und mir vorgefallen war?

In der Runde stand auch Smoke. Es war befremdlich, ihn wieder vor mir zu sehen, hatte ich doch schon damit geliebäugelt, mir keine Gedanken darüber machen zu müssen, was er von meinem Auftritt hielt, weil ich ihn nie wieder sehen würde.

Tja. Das Leben spielte mir gerne Streiche.

»Da ist sie ja wieder.« Sheela zwinkerte mir zu und ich kämpfte für ein Lächeln auf meinen Lippen.

»Ja, aber ohne Freundin und ohne Auto«, warf Gavin ein.

Sheela legte den Kopf schief. »Zumindest das mit der Freundin ist kein großer Verlust.«

Gavin lachte.

»Sie ist vermutlich nur bis zur Jones Creek Ranch gefahren«, erklärte ich, während ich darauf achtete, so zu tun, als gehöre Smoke zu den anderen drei fremden Männern, die mit uns beisammenstanden und sich unterhielten. Als hätte ich gerade nicht den heißesten Kuss meines Lebens mit ihm gehabt. »Da wollten wir heute übernachten. Wenn ihr mir vielleicht ein Taxi rufen ...«

Gavin schnaubte. »Taxis gibt es hier nicht, Kleine«, er war genauso groß wie ich, »zumindest keine gelben mit Reklame obendrauf. Ich bin mir sicher, irgendwer kann dich hinfahren. Daniel, für euch wäre es doch nur ein kleiner Umweg, oder?«

»Ich muss morgen früh raus, Mann. Das sind mindestens vierzig Minuten Fahrt mehr.«

Der Mann neben Daniel schlug ihm auf die Schulter. »Außerdem hat er getrunken. Aber pscht«, er hielt –

ebenfalls beschwipst – den Finger vor die Lippen, »das wolln wa ma nich so laut sagen.«

Daniel schüttelte ihn ab. »Meine Frau fährt, Spinner. Und während wir hier rumstehen, kostet die Babysitterin Bares. Also wenn's net sein muss ...«

»Ich muss in die komplett andere Richtung«, sagte der Dritte. »Aber frag doch mal Hailey. Die ist doch gerade noch traurig gewesen, dass die Party schon vorbei ist, weil sie 'ne Nachteule ist. Kann sie doch super die Kleine hier fahren.«

So klein bin ich nun wirklich nicht! Aber ich sprach meinen Gedanken nicht aus. Schließlich war ich auf die Typen hier angewiesen, wenn ich nicht im Kies vor dem Saloon schlafen wollte.

»Haileys Pick-up fällt fast auseinander. Bin nicht sicher, ob die damit bei der Ranch ankommen.«

»Und Spencer? Der hat sogar 'ne Standheizung. Da sollte das Auto für 'ne halbe Stunde Fahrt noch halten.«

»Ich fahre sie.«

Alle Gespräche verstummten schlagartig und jeder glotzte Smoke an.

»Die Biterroot Acres Ranch liegt auf meinem Weg. Jeder andere hier müsste einen Umweg nehmen. Ich fahre sie.«

Sämtliche Augenpaare der Runde wechselten nun zu mir. Ich wagte es nicht, Smokes Angebot auszuschlagen, auch wenn ich es sollte. Das Sicherste wäre es, mit einer Frau mitzufahren. Oder wenigstens einem Pärchen. Gab es hier nicht mal Uber?

Das Schweigen breitete sich unheilschwanger über den gesamten Platz bis zur nächsten zusammenstehenden Gruppe aus, bis Gavin es schließlich brach.

»Klar, wieso auch nicht. Wie heißt du noch mal richtig?«

Dankbar, ihn statt Smoke ansehen zu können, antwortete ich sofort. »Cinder.«

Seine Augen weiteten sich unmerklich. »Na, das passt ja. Cinder und Smoke. Asche und Rauch.«

»Was genau soll daran ...« Ich verschluckte die Silbe ›passen‹, weil Gavin mich unterbrach.

»Dann wäre das ja geklärt. Gute Nacht, Jungs. Smoke.« Er nickte seinem Freund zu, lüpfte seinen Hut und wandte sich zum Gehen. Mit ihm löste sich auch die restliche Gruppe auf, nachdem alle ein »Gute Nacht, Smoke«, »Gute Nacht, Cinder« genuschelt hatten. Sheelas Verabschiedung klang als Einzige fröhlich und locker.

Auch wenn ich es viel lieber dabei belassen würde, an Smokes mächtigem Oberkörper vorbeizusehen, blieb mir wohl nichts anderes übrig, als meinen Blick auf ihn zu richten.

Er lächelte. Zumindest glaubte ich das zu erkennen, denn es war dunkel und sein Lächeln bestand mehr aus dem angedeuteten Hochziehen eines Mundwinkels. »Eben noch so forsch, traust du dich jetzt nicht mal, mich anzusehen?«

»Das da drin war sozusagen mein Parallelwelt-Ich.« Mit einer Handbewegung deutete ich Richtung Saloon. »Das hat eine sehr verquere Vorstellung davon, was in unserer Realität erlaubt ist und was nicht.« Etwas Dämlicheres hätte mir vermutlich nicht einfallen können.

»Verstehe«, sagte er ernst, als hätte ich ihm gerade die beste Begründung überhaupt seit der Rechtfertigung der USA für den Eintritt in den Vietnamkrieg geliefert. »Mein Pick-up steht dort drüben.« Er deutete mit dem

Kopf zum Parkplatz. Am Rand und völlig für sich stand ein großer Land Rover – wo auch sonst.

Ich folgte Smoke und fühlte mich allein durch den Gang über den Platz wie ein dummes Anhängsel, das hinter seinem Vormund hertrottete. Wie schaffte Smoke es nur, mich so fühlen zu lassen, obwohl er überhaupt nichts tat?

Als er mir in Gentlemanmanier die Tür zu seinem Wagen aufhielt, wurde ich noch unsicherer. Gitarrespieler, Eins-a-Küsser, Gentleman, Hot-Body. Was würde noch passieren? Lebte er eventuell auf einer Ponyfarm und zog kleine Babykätzchen groß, während er jeden Morgen halb nackt Holz hackte und einen abends vor dem Kaminfeuer liebte?

Plötzlich schoss mir durch den Kopf, dass ich überhaupt nicht wissen konnte, ob er nicht eine Freundin oder sogar Frau und Kinder hatte. Klar, er hätte meinen Kuss dann vermutlich nicht erwidert, aber auch unerschütterliche Männer wie Smoke wurden bei so was vielleicht schwach ...

Als er die Fahrertür zuschlug und neben mir Platz nahm, hatte ich mich bereits angeschnallt und meine Hände fest in den Stoff des Sitzes gekrallt. Ich hasste es, Beifahrer zu sein. Wie nichts sonst.

Smoke drehte den Schlüssel im Schloss, hielt aber inne, bevor er den Motor startete. »So viel Angst?«

»Das ist es doch, was du wolltest, oder?«, sagte ich mit einem verkrampften Lächeln. »Dass ich umkehre, weil ich Angst kriege.«

Er lachte und machte es mir unmöglich, ihn nicht anzusehen. Alles an ihm öffnete sich, als wäre dort das erste Mal Licht, das ihn erhellte. Seine Augen wurden kleiner, seine geraden Zähne zeigten sich, und der Ton, der bei seinem Lachen aus seiner Brust kam, lullte mich ein wie Zuckerwatte.

Es hätte mich fast vergessen lassen, dass ich dazu verdonnert war, eine halbe Stunde Fahrt als Beifahrerin zu verbringen.

»Aber du bist nun mal nicht umgekehrt, *Cinder*«, verschreckt reagierte ich auf meinen Namen aus seinem Mund und musste einiges dafür tun, nicht rot zu werden, »und du hattest auch keine *Angst*.«

»Ich habe ein generelles Problem damit, Beifahrerin zu sein«, schoss es aus mir heraus. »Aber ich schaffe das. Wenn du einfach losfahren –«

»Ein Problem?«, unterbrach er mich.

Ich stöhnte. »Du machst es nicht leichter.«

»Du kannst fahren«, bot er mir an.

Entgeistert starrte ich in die dunklen Schatten unterhalb seiner Hutkrempe. »Ja, bestimmt. Du lässt mich fahren.«

Ein Schmunzeln auf seinen Lippen, dann stieg er einfach aus. Ungläubig sah ich ihm dabei zu, wie er um den Pick-up herumging und die Beifahrertür öffnete. »Rutsch rüber.«

Ich verliebte mich wirklich in ihn. Was er tat, hatte noch nie jemand für mich getan, schon gar nicht ein muskelbepackter Fremder, der immer mehr zum Traummann wurde. »Okay«, nuschelte ich verstört und setzte mich hinters Lenkrad. Jetzt fühlte ich mich zwar sicherer, aber war umso nervöser, dass ich selbst es sein würde, die einen Unfall baute.

»Ist ein Schaltwagen. Ich muss ein Gefährt kontrollieren können.«

Echt jetzt? Ich ruckte zurück und betrachtete die drei Pedale unter meinen Füßen. »Ich bin so etwas noch nie gefahren!« Was für ein jämmerlicher Abend. Ivy entpuppte sich als geistesgestört, der sexy Cowboy verkam nicht einfach nur zu einer heißen Erinnerung und jetzt auch noch ein Schaltwagen.

»Ich schalte für dich. Drück aufs linke Pedal, wenn ich es sage.«

Ich warf Smoke einen *sehr* skeptischen Blick zu, was ihn erneut lachen ließ und mich innerlich mit dem versöhnte, was er mir antat. »Okay. Wenn wir in einem Graben landen, schiebst du den Pick-up da einfach wieder raus. Sollte ja kein Problem für dich sein.«

»Wir landen in keinem Graben«, beschwor er mich. »Kupplung kommen lassen, bis der Wagen rollt. *Langsam.*«

Er startete den Motor, und ich tat, was er sagte. Ohne ihn abzuwürgen, rollte der Pick-up vor. Etwas in mir wollte tanzen.

»Gas geben.«

Vorsichtig drückte ich aufs Gaspedal.

»Kupplung treten. Gas geben. Kupplung.«

Wie hypnotisiert hörte ich auf seine Stimme und befolgte seine Worte. Es klappte erstaunlich gut, und ich empfand sogar ein bisschen Stolz, als wir auf die Landstraße einbogen, ohne dass ich den Motor abgewürgt hätte.

Wir fuhren schweigend und mit jeder zurückgelegten Meile fühlte ich mich sicherer. »Danke«, murmelte ich. »Für deine Hilfe.«

Smoke antwortete nicht.

Als ich ihm einen Seitenblick zuwarf, schien es, als

hätte mein ›Danke‹ ihn wieder hart und verschlossen werden lassen.

»Kann ich Musik anmachen?«

Er beugte sich vor, stellte einen Radiosender ein und schwieg weiter.

»Du bist nicht so der Typ für Small Talk, oder?«, witzelte ich.

»Worüber möchtest du sprechen?«, fragte er.

»Die Antwort lautet also Nein. Denn so eine Frage ist echt ein No-Go beim Small Talk.« Ich klammerte mich mit beiden Händen ans Lenkrad, nicht sicher, ob ich nicht einfach nur meine Klappe halten sollte. »Man spricht sich beim Small Talk nicht ab, sondern hangelt sich von einem leichten Thema zum anderen, um die Stille zu füllen und damit sich ›die Kleine‹ vielleicht *ein kleines bisschen* wohler dabei fühlt, mit einem Fremden mutterseelenallein eine leere Bundesstraße durch einen Wald zu fahren, während sie nicht mal ein Handy dabei –«

»Oder wir sprechen darüber, warum du mich geküsst hast.«

Seine Worte schnürten mir die Kehle zu. Er würde mir nicht den Gefallen tun, weiterzureden. Das hieß, ich hatte entweder die Möglichkeit, auf die Frage einzugehen oder bis zur Ranch zu schweigen. »Ivy hat …«

»Deine Freundin.«

»Sie hat sich dir bestimmt mehrmals vorgestellt, ja.«

»Sie ist das komplette Gegenteil von dir.«

»Mag sein.«

»Mich wundert es nicht, dass sie dich zurückgelassen hat. Ihr ganzes Selbst arbeitet sich von Crash zu Crash vor. Aufstehen, handeln, crashen. Ich habe nicht oft Mordgelüste, aber bei ihr schon.«

Mir blieb der Atem weg. Er hatte das Wort Mord gerade einfach so in den Mund genommen und es auch noch mit dem dazu am wenigsten passenden Wort ›Lust‹ gepaart. »Du kennst sie doch überhaupt nicht«, wisperte ich. Auch wenn er natürlich richtiglag. Ivy war ein Kind des Dramas. Sie handelte kopflos, fast als wäre es ihr Ziel, möglichst tief ins nächste Unglück zu stürzen.

»Das wird sich auch nicht ändern. Vorher ist sie tot.«

Ich lachte nervös, nicht sicher, ob er kapiert hatte, dass mir der Wald, die leere Straße, die Nacht, der Schaltwagen und das fehlende Handy schon genug Sorge bereiteten. Nein, er musste vom Morden sprechen. *Zweimal.*

»Nicht ganz deine Vorstellung von Small Talk, hm?«, fragte er. Mir war bewusst, dass er mich die ganze Zeit über ansah, auch wenn ich stur auf die Straße blickte. »Du musst an deiner Menschenkenntnis arbeiten, Cinder. Wer sich mit solchen Leuten zweitausend Meilen von zu Hause wegbewegt, hält nicht viel von sich. Wofür auch immer du dir die Schuld gibst; du kannst sie nicht zurückzahlen, indem du dich geißelst.«

»Okay, wow, danke«, kommentierte ich säuerlich. »Vielleicht mag ich Ivy einfach. Vielleicht ist sie nicht wie ich, aber jeder hat Macken.«

Smoke sagte für eine Weile nichts, dann beugte er sich erneut vor und schaltete das Radio lauter. »Du hast recht. Small Talk ist nichts für mich.«

Ich presste die Lippen zusammen und versuchte mich weiter auf die Straße zu konzentrieren. Wie hatte er nach so kurzer Zeit so viel über mich herausgefunden?

Zählte er eins und eins zusammen? Meine Angst, Beifahrer zu sein, plus eine Freundin wie Ivy gleich Schuldgefühle? Sah man mir an, dass ich mir die *Schuld* für einen Verlust in meiner Vergangenheit gab? Oder war es in Smokes Universum so, dass jeder Schuld empfand, der Angst vor banalen Dingen hatte?

Ich hatte nie darüber nachgedacht, warum ich mit Ivy befreundet war. Wir waren es einfach. Sie als Cheerleaderin, ich als Normalo. Sie, die im Licht stand, ich, die sich nur zu gerne in ihrem Schatten suhlte. Nach der Highschool hatten wir diese Abwehrmechanismen nicht mehr nötig gehabt und waren dennoch zusammengezogen. Seitdem lebten wir das Leben zweier Mitbewohnerinnen. Sie heulte sich bei mir aus, ich hatte das Gefühl, nicht komplett langweilig zu sein. Während sie studierte, arbeitete ich in einem Softwareunternehmen. Das gefiel mir. Arbeiten war so viel angenehmer als lernen. Vor allem, wenn ich dafür mit niemandem sprechen und einfach nur mein Ding machen musste. Hielt ich Ivy nur aus, um nicht allein zu sein? Nein. Dafür kannte sie mich einfach zu gut. Ich fühlte mich mit ihr zusammen wohl. Im Moment war ich noch sauer, aber wenn unsere Freundschaft wirklich an diesem Punkt endete, dann würde ich sie vermissen.

Shit.

Dann bliebe mir nur noch der Bruder meines Vaters.

Als Smoke nach einiger Zeit das Radio ausschaltete, war ich kurz davor, ihn daran zu erinnern, dass Small Talk nicht seine Stärke war, weil ich nicht mit ihm sprechen wollte, doch er zeigte auf einen Schatten im Tal. »Das ist die Ranch. Brems ab, sobald ich es sage, und ich schalte wieder für dich.«

Es ärgerte mich, wie zuvorkommend er nun wieder war, denn es stellte ein Knistern zwischen uns her, was sicher nur dazu führen würde, dass er mich früher oder später verletzte.

Als wir auf den Vorplatz der Ranch fuhren, auf dem der Save-Spot lag, den wir heute für die Nacht hatten anfahren wollen, machte sich in mir ein mulmiges Gefühl breit. Ivy war nicht hier. Zumindest fehlte von dem Camper jede Spur.

»Ich werde Luciana für dich wecken und fragen, ob jemand hier war.« Smoke stieg aus und ging auf das Farmhaus zu. Während er vor der Tür stand und darauf wartete, dass die Ranch-Besitzerin ihm öffnete, beobachtete ich seine dunkle Gestalt. Er hatte den Schlüssel einfach zurückgelassen. Wenn ich wollte, könnte ich mit seinem Pick-up sonst wohin fahren. Er musste sich ziemlich sicher sein, dass ich das nicht tat – oder dass er mich schnell genug wieder einholen würde.

Nach fünf Minuten ging unter der Veranda das Licht an. Eine Frau öffnete ihm. Er sprach kurz mit ihr, dann nickte er ihr wie ein Ehrenmann zu und kam zurück zum Auto.

Als er die Fahrertür öffnete, las ich die Antwort bereits in seinem Gesicht ab. »Der Sheriff kann morgen in den anderen Countys eine Fahndung schalten. Falls du das Kennzeichen hast, wird der Van aufzutreiben sein.«

»Aber was mache ich bis dahin?«, fragte ich nervös und erschöpft zugleich. Oh, Ivy. Vielleicht waren mir Smokes Mordgedanken doch nicht so fern.

»Was war euer eigentliches Ziel?«

»Beaverhead Meadows. Es gehörte meiner Großmutter.«

»Du bist eine Atkinson«, vermutete er.

Hoffnung machte sich in mir breit. »Du hast sie gekannt?«

»Beaverhead grenzt an mein Land. Ich kann es dir morgen zeigen.«

»Wirklich?«, fragte ich völlig vor den Kopf gestoßen.

»Ich habe ein Gästezimmer. Bis du irgendwo anders untergekommen bist, ist die Nacht um.«

»Okay. Wäre das wirklich in Ordnung für dich?«

Ein halbes Lächeln. »Wenn du es schaffst, mich nicht wieder anzufallen, sehe ich kein Problem.«

»Hast du Fami-«

»Ich lebe allein. Willst du weiterfahren? Der Weg ist stellenweise uneben. Wir müssen in niedrigen Gängen fahren.«

»Wie weit ist es noch?«

»Vierzig Minuten.«

Vierzig Minuten. Dieses Land war so unglaublich weitläufig. Als Stadtkind war ich das nicht gewohnt. »Würdest du langsam fahren und nicht zu stark bremsen? Ich weiß nicht, ob ich so lange überhaupt noch wach genug bin ...«

Er nickte.

Dankbar rutschte ich wieder rüber und machte es mir auf dem Beifahrersitz bequem. Plötzlich fühlte ich mich um einiges sicherer. Smoke würde mich zu dem Land meiner Grandma bringen. Er stellte sich als der hilfsbereiteste Typ überhaupt heraus. Ich würde bei ihm zu Hause sein. Wo er allein lebte. Und niemand uns hören würde.

Diese Vorstellung beflügelte meine Fantasie und ich sank schläfrig gegen die Lehne. An mir zog die hügelige

Landschaft vorbei, Schatten um Schatten um Schatten. Blinzelnd blickte ich zu Smoke, der gelassen das Lenkrad in der Hand hielt und ebenfalls nur ein Schatten war.

Ein riesiger Schatten, und irgendwie wollte ich, dass er mich verschlang.

WHISKY

FÜHR DAS SPIEL FÜR DEN TOD AUF, WENN ICH NICHT MIT IM RAUM BIN.

Als ich aufwachte, breitete sich eine wohlige Wärme in mir aus. Ich hatte von Smoke geträumt, aber der Typ war real. Das, was gestern passiert war, passierte wirklich. Er hatte mich aus dem Wagen getragen, ich hatte mich an ihn schmiegen dürfen, er hatte dabei seinen männlichen Duft verströmt und mich schließlich auf einem Bett abgelegt. Ich war so schläfrig gewesen, dass ich dankbar war, in einen tiefen Schlaf hinübergleiten zu dürfen, und noch dankbarer, dass er die Gelegenheit nicht ausnutzte und mich vergewaltigte.

An diesem Kerl war einfach alles toll.

Und dass wir heute den Tag miteinander verbringen würden, machte es umso interessanter. Vielleicht, ja, vielleicht käme ich doch noch in den Genuss seines attraktiven Körpers, während er nackt und schwitzend auf mir lag ...

Das Kribbeln in meinem Magen verfestigte sich, als ich mich herumwälzte und auf der anderen Seite des Bettes ein Tablett bemerkte.

Traummann. Definitiv.

Vielleicht sollte ich doch über eine Beziehung nachdenken, die länger hielt als vierundzwanzig Stunden.

Der Duft von frischem Kaffee und würzigem Essen stieg mir in die Nase. Auch wenn das Zimmer schmucklos wirkte, in dem ich mich befand, das Fenster dringend mal geputzt werden sollte, der Boden alt und abgelaufen wirkte und das Tablett rustikal und pragmatisch gefüllt war, fühlte ich mich wie im Paradies.

Ich richtete mich auf, um nach dem Kaffee zu greifen und unter den Schüsseln nachzusehen, als ich einen Widerstand bemerkte.

An meiner Hand.

Ungläubig registrierte ich ein Seil, das um mein Gelenk geschlungen und am eisernen Bettgestell befestigt war. Ich zog daran. Es saß fest.

Ich zog wieder daran.

Das musste ein Traum sein.

Ich zog fester.

Hä?

Auf der einen Seite das Tablett, auf der anderen das Seil. Etwas war *sehr* schräg.

»Smoke?«, rief ich. Hatte es irgendeinen total banalen Grund, dass er mich beim Schlafen fesselte? Fürchtete er, ich würde die Orientierung verlieren, hinauslaufen und von Wölfen gefressen werden? *Moment. Wie weit außerhalb lag dieses Haus?* Das Fenster zeigte auf die Berge, davor befand sich Feld. Endlos weites Feld.

Okay.

Ich zog wieder an dem Seil. »Smoke?!«, rief ich noch einmal.

Aber da nichts passierte, musste ich mich selbst befreien. Ich brach mir fast die Finger, als ich versuchte, den festen Knoten zu lösen. Mir fehlte ein Gegenstand, den ich in das Seil schieben konnte, um es zu lösen.

Verdammt.

Mein Magen knurrte, also entschied ich mich wohl oder übel dazu, erst einmal etwas zu essen. Der Kaffee, das Toast und die Bohnen schmeckten nicht. Das Seil an meiner Hand verdarb mir jeden Appetit.

Ich aß nicht einmal die Hälfte, bevor ich mich wieder dem Seil widmete. Dieses Mal versuchte ich, es am Gitter des Bettes selbst zu lösen.

Das klappte etwas besser, auch wenn ich letztendlich ewig brauchte und sich meine Finger im Anschluss wund anfühlten.

Verdammt.

Was sollte das bloß?

Mit dem Seil um mein Handgelenk stand ich auf, schlüpfte in die Sneakers, die Smoke mir ausgezogen hatte, und öffnete die Tür, hinter der ich das Bad vermutete.

Auch dieses war praktisch eingerichtet, klein und wirkte rustikal. Ich wusch mir das Gesicht, entfernte das viele verschmierte Make-up mühevoll mit Wasser und Seife und trocknete meine Haarspitzen. Unter meinen Augen waren leichte Ränder zu sehen und ich fühlte mich wie nach einem Alkoholrausch. Das musste der Überschuss Hormone sein, der durch das Accessoire an meinem Handgelenk – ein Seil – rapide abgenommen hatte.

Zurück im Zimmer fiel mir plötzlich ein, dass – wenn schon ein Seil um mein Handgelenk geschlungen war –

auch die Tür möglicherweise abgeschlossen war. Mit klopfendem Herzen drehte ich am Knauf.

Sie ließ sich öffnen und gab den Blick auf einen holzvertäfelten Flur frei.

Okay, schräg. Was auch immer Smoke damit bezweckt hatte, es konnte nicht seine Idee gewesen sein, mich für immer festzuhalten.

Ich folgte den Gerüchen nach frischem Essen die Treppe hinunter und fand mich in der Küche wieder. Obwohl die Räume klein und die Flure noch enger waren, schien das Haus an sich sehr groß zu sein. In der Küche stand die Pfanne noch auf dem Gasherd und das dreckige Geschirr auf dem Esstisch. Ich liebte diese Küche, kaum dass ich eingetreten war. Nicht nur, dass auch hier alles uralt und wohlig zu sein schien, sie verströmte den Flair von selbst gemachtem Essen und gemütlichem Beisammensein. Der Esstisch stand mitten im Raum und bestand aus massivem, grob geschliffenem Holz. Eine verwaiste Kaffeetasse stand am Kopfende. Fast war ich versucht, sie zu nehmen und in die Spüle zu tun, da fiel mir wieder das Seil ein und dass etwas gewaltig nach Ungereimtheiten stank. Nachdem ich das restliche Seil mit einem Messer von meinem Handgelenk geschnitten hatte – wofür ich ewig brauchte und wobei ich mich beinahe verletzte –, suchte ich den Ausgang und trat schließlich nach draußen auf die Veranda.

Smokes Pick-up parkte vor dem Haus. Rechts von dem Schotterweg standen hölzerne Baracken, die an Garagen erinnerten. Nebel hing in den Bergspitzen und Tau klebte auf dem kniehohen Gras. Ich wusste nicht, was ich tun sollte, vor allem da ich keine Ahnung hatte, wo ich mich wirklich befand. In den Gebäuden mochte sonst was untergebracht sein – und wo war Smoke überhaupt?

Ich ging um das alte Farmhaus herum. Der letzte Anstrich war nur ein paar Jahre her und doch schien es hier schon seit dem letzten Goldrausch zu stehen. Meine Schritte wurden langsamer, als sich die Aussicht vor mir zu einem Tal öffnete.

Der Blick reichte bis hinunter auf einen Fluss, der sich durch das steile Gebirge der Rocky Mountains schlängelte. Eine riesige Viehherde graste auf den groß angelegten Wiesen und es gab noch viele weitere Holzbauten, die überall verteilt auf den Feldern standen. Zwei Punkte bewegten sich durch die hohen Gräser und kamen langsam näher. Meine Kinnlade öffnete sich, als ich den Hut des Mannes auf dem einen Pferd erkannte. Ein Rappe galoppierte über die Wiese, dicht gefolgt von einem Schecken. Je näher Smoke kam, desto weniger wollte ich meinen Augen trauen. Als er den Kies der Stallungen erreichte, waren meine Füße längst im Boden verwachsen, so schwer fiel es mir, mich zu rühren. Er ließ das Pferd nur wenige Schritte vor mir auslaufen, stieg gekonnt ab und gab dem Tier einen Klaps auf den Hals. Es trottete mit sich blähenden Nüstern auf den zweiten Mann zu, der wesentlich schmächtiger gebaut war als Smoke und auf dem wesentlich kleineren Schecken geritten war. Der Typ, dessen Gesicht merkwürdig verunstaltet war, nahm die beiden Pferde an den Zügeln und führte sie Richtung Baracken, was – jetzt wurde es klar – Ställe sein mussten.

»Du reitest«, sagte ich zu Smoke, weil es eine Tatsache war, die ich erst noch verdauen musste.

Smoke zog seinen Hut in die Stirn und ging an mir vorbei. »Wir sprechen im Haus.«

»Als ich aufgewacht bin, war meine Hand gefesselt«, platzte es aus mir heraus, als ich ihm hinterhereilte. Für einen seiner Schritte musste ich zwei machen. »Was genau sollte das?«

Er ging einfach weiter, stur auf die hintere Veranda des Hauses zu.

»Smoke!«, rief ich wütend und lief, um ihn einzuholen. Glaubte dieser Kerl, er konnte sich alles erlauben? Ich wollte eine Antwort. Sofort. »Du kannst mich nicht einfach an ein Bett fesseln«, erklärte ich ihm, nachdem ich ihm in den Weg getreten war.

Er hielt inne und blickte auf mich herab. In seinen bernsteinfarbenen Augen funkelte es, und ich fragte mich, woher ich den Mut genommen hatte, ihm zu widersprechen. »Offenbar kann ich das ziemlich gut.«

Seine Antwort ließ mich nach Luft japsen. Hatte er das gerade einfach so gesagt? »Und was genau sollte das?«, fragte ich, während mein Puls zu rasen begann. *Irgendetwas stimmt nicht. Ganz und gar nicht.* »Ich bin kein Schlafwandler, und wenn, wüsstest du nichts davon.«

»Ich wollte in Ruhe schlafen. Geh ins Haus, Cinder.«

»Du wolltest in Ruhe schlafen?«, äffte ich ihn nach. »Hast du geglaubt, ich stehe nachts auf und störe dich dabei?«

Er atmete genervt aus, packte mich plötzlich am Oberarm und schob mich Richtung Veranda.

»Hey!« Ich stemmte mich mit beiden Füßen gegen seine Kraft, doch er war stärker und zog mich einfach über den Platz. Bei den Stufen angekommen hob er mich kurzerhand hoch und setzte mich erst wieder ab, als er die Tür öffnen musste. Er schob mich hindurch und verschloss sie hinter uns.

Ich riss den Mund auf, um ihm meine Meinung zu geigen, als ich im Rücken plötzlich die Holzwand spürte und sich eine Hand um meine Kehle schloss. Mir wurde schwindelig, weil ein Teil meines Bewusstseins nicht glauben konnte, dass das geschah. Es ergab überhaupt keinen Sinn. Vielleicht schlief ich noch.

»Erste Regel, Kleine«, knurrte er und klang dabei wie ein Wolf, der ein verschrecktes Reh verspeiste. »Wenn ich etwas sage, wirst du es tun. Wenn ich sage: ›Geh ins Haus‹, gehst du ins Haus. Sofort. Ohne Zögern. Ohne Widerworte.«

»Du würgst mich«, stotterte ich.

»Und du solltest mir nicht auf den Zeiger gehen.« Er ließ mich los und ging weiter den Flur entlang. »Komm in die Küche.«

Ich blieb, wo ich war. Mein Puls musste sich beruhigen, außerdem sollte ich so viel Abstand zwischen Smoke und mich bringen wie möglich. Als er am Ende des Ganges angekommen war, drehte er sich zu mir um, blickte zurück.

Und ich rannte.

Rannte aus der Tür, auf den Hof hinaus Richtung Ställe, begegnete dem Blick des Kerls, der die Pferde absattelte und mich musterte, als gehöre es zum alltäglichen Geschehen auf dieser Ranch, dass junge Mädchen wie ich wegliefen. Das trieb mir die Tränen in die Augen und ich rannte schneller. Weiter, auf den Weg zu, hinunter ins Tal. Jeder Fluss führte letztendlich irgendwohin, das war ein guter Anhaltspunkt.

»CINDER!« Ein Ruf, der mir durch das Mark meiner Knochen ging, hallte von den Bergen wider. Ich konnte nicht sehen, wie dicht Smoke mir auf den Fersen war, also drehte ich mich kurz um. Er war viel zu nah, ich musste wirklich ...

»Fuuuck!« Ich schlitterte über den Boden, fiel der Länge nach hin, schürfte mir die Beine auf und spürte doch nichts. Schnell rappelte ich mich wieder auf, rannte schneller, hinein ins Feld, in der Hoffnung, die hohen Halme würden mich verbergen, doch sie reichten mir nur bis zu den Schultern. Der Boden unter mir erzitterte, als Smoke aufschloss.

Ich musste schneller, schneller, schneller sein, doch im nächsten Moment wurde ich zu Boden gerissen. Das schwere Gewicht seines Körpers presste mich nieder und ich schmeckte Dreck auf der Zunge. Sein Atem war im Gegensatz zu meinem vollkommen ruhig, als er mich auf der Erde festnagelte.

»Du kannst nicht entkommen«, raunte er in mein Ohr. Ich versuchte mich gegen ihn zu stemmen und war chancenlos. »Und hör auf, dich zu wehren. Im Gegensatz zu mir bist du nichts.«

»Im Gegensatz zu dir bin ich kein Monster!«

»Oh, diese These widerlege ich dir noch.« Er rutschte von mir herunter, hielt aber eine Hand zwischen meine Schulterblätter gepresst, was mich weiterhin am Boden hielt.

Ich versuchte die Tränen zu unterdrücken und langsamer zu atmen. Gerade konnte ich nichts tun – vermutlich. Vor allem, da ich in Selbstverteidigungstricks eine glatte Null war. »Wieso bist du so«, wisperte ich, sah nichts anderes als staubigen Boden, abgebrochene Getreidehalme und seine festen Stiefel.

»Ich habe dir gesagt, dass du an deiner Menschenkenntnis arbeiten musst. Wirst du mir ins Haus folgen oder muss ich dir erst ein Bein brechen?«

Wut durchflutete mich wie ein Orkan billige Holzhäuser und brachte alles zum Einsturz. »Du Penner«, murmelte ich. Sollte ich irgendwann die Gelegenheit dazu haben, mich an ihm zu rächen, würde ich ihm wehtun.

Und zwar sehr.

»Das klang nicht unbedingt nach einem Ja«, sagte er und legte warnend eine Hand auf meinen Unterschenkel. Ich traute ihm zu, dass es ihn kaum Kraft kosten würde, ihn zu brechen.

»Ja!«, rief ich voller Zorn. »Ja, ich werde dir folgen!«

»Gut.« Er richtete sich auf und wartete, bis ich es ihm gleichgetan hatte. Ich zitterte am ganzen Körper, blutete durch meinen Sturz an den Knien und hatte Dreck an den Händen. In seiner von der Hutkrempe ewig in Schatten getauchten Miene entstand plötzlich ein Lächeln.

Dasselbe Lächeln wie gestern, mit dem er mich schon einmal getäuscht hatte. Lachte er, weil ich das reinste Chaos war? Schwach, verloren und verletzlich?

»Was dachtest du, wo du hinlaufen kannst?«

»Weg.«

»Weg? Was glaubst du, wie groß dieses Land ist?«

»Keine Ahnung. Was hast du jetzt mit mir vor? Du kannst mich nicht ewig hier festhalten. So gut wie das ganze County weiß, dass ich bei dir bin. Und wenn du mich missbrauchen und töten willst, dann ...«

»Was dann?«

Ich versuchte, cool zu bleiben. »Dann führen noch viel mehr Spuren zu dir.«

»Auch Tiere hinterlassen Spuren im Wald. Aber kaum einer weiß, wie man ihnen folgt.«

Sehr philosophisch, dachte ich ironisch und wusste gleichzeitig, dass keine Zeit für Scherze war. Ich folgte Smoke zurück ins Haus. Der Stallbursche kümmerte sich noch immer um die zwei Pferde, als wäre nie etwas passiert. Ihn fand ich noch viel schlimmer als Smoke. Der Täter war das eine, aber die dummen Zuschauer, die nichts unternahmen, etwas ganz anderes.

In der Küche angekommen, nahm Smoke das benutzte Geschirr und stellte es in die Spüle.

»Setz dich.«

Noch immer dreckig und blutend nahm ich am Kopfende Platz. Irgendwie konnte ich nicht aufhören, eine innerliche Trotzhaltung einzunehmen. Als wäre das hier ein großes Spiel, das ich gewinnen konnte, wenn ich nur die Regeln erlernte. Allerdings sagte mir der Teil in meinem Gehirn, der nicht völlig naiv war, dass ich es längst verloren hatte. In jeglicher Hinsicht. Und wenn mir mein Leben lieb war, durfte ich vor allem nicht so wenig Angst haben.

»Das hier wirst du kochen.« Er klatschte mir eine Mappe auf den Tisch, auf der ein – wahrscheinlich – indianisches Wort stand. »Boone besorgt die Zutaten. Du schreibst ihm abends eine Liste und er bringt die Sachen morgens mit.« Smoke ging zur Spüle und drehte an einem zweiten Hahn. »Warmes Wasser. Der Boiler braucht eine Weile.« Er öffnete die schmale Schranktür rechts vom Kühlschrank. »Putzzeug.«

Ich lachte kurz.

»Was ist?«, fragte er.

»Ich heiße wegen einer Geschmacksverirrung meiner Eltern Cinder, nicht weil ich etwas mit Cinderella zu tun habe.«

Seine Miene verfinsterte sich schlagartig. »Ich erwarte nicht von dir, dass du dich in Asche suhlst.« Er ging zu der Tür, die neben der Küchenzeile in einen weiteren Raum führte. »Waschmaschine. Es wird nicht viel Arbeit sein, aber genug, damit du dich nicht langweilst.«

Der Typ war ein kompletter Psychopath. »Okay«, sagte ich daher. Ich musste bei seinem Theater mitspielen, alles andere würde ihn sonst was mit mir tun lassen, da war ich sicher. »Kann ich sonst noch etwas für dich tun?«

»Die Veranda ab und zu fegen.« Er sagte es, als wäre diese Situation das Bewerbungsgespräch einer Haushälterin, dann ging er zum Kühlschrank und griff nach einem Bier. »Willst du eins?«

»Ein Bier?«, fragte ich fassungslos.

Seine Schultern verspannten sich, als würde ihn meine Antwort tierisch nerven, dann holte er die Dose ohne ein weiteres Wort aus dem Kühlschrank, öffnete sie und setzte sich ans gegenüberliegende Tischende.

In meinem Kopf drehte sich alles, als mir das Ausmaß meiner Lage bewusst wurde. Smokes Arme wirkten noch genauso mächtig wie gestern, sein Wesen flutete den Raum mit derselben Intensität. Alles um ihn herum schien durch ihn kleiner zu werden und seine Haltung strahlte pure Maskulinität aus. Sein Kinn und seine Wangen waren noch immer unrasiert und verliehen seinem Gesicht einen dunklen Rahmen, der durch den Stetson-Hut noch verstärkt wurde. Gestern noch hatte ich mich kaum getraut, in seine Augen zu sehen, weil sie einen auf intensive Art packten und festhielten. Heute sah ich in ihnen nur noch Wahnsinn. Zumindest musste er darin schlummern. Auch wenn Smoke genauso gelöst und entspannt wirkte wie gestern auf der Fahrt.

Das machte aus ihm einen wahren Psychopathen.

»Worüber denkst du nach?«, fragte er.

Ich wollte meinen Ohren nicht trauen. Wie kam er auf diese selten dämliche Frage? »Oh, nur darüber, ob dir das Essen schmecken wird, das ich für dich kochen *muss*«, schob ich frostig hinterher. »Ich kann nämlich überhaupt nicht kochen. Aber sei's drum. Ich tue einfach, was im Rezept steht. Notfalls gibst du es den Pferden.«

»Niemand kocht so schlecht wie ich. Mit den Rezepten geht es.«

Ich erinnerte mich an das Frühstück, aber nicht mehr daran, ob es mir nur deswegen nicht geschmeckt hatte, weil ein Seil an meiner Hand hing. »Und worüber denkst du so nach?«, fragte ich zurück.

Er schmunzelte. »Du hast noch immer keine Angst.«

»Doch. Ich diskutiere gerade nur schon mit dem Tod. Er hat gesagt, solange ich ihn unterhalte, verschont er mich.«

»Du plapperst, wenn du nervös bist?«

»Ich bin nicht nervös!«, rief ich. »Ich sitze mit einem Psychopathen in einer Küche im absoluten Nirgendwo im Nirgendlandebundesstaat und er zeigt mir seine Putz-

74

lappen wie normale Typen an dieser Stelle ihre Kondom-
sammlung! Ich bin nicht nervös, ich bin am Ende!«

Ein Lachen brach aus seiner Kehle, bevor er einen
weiteren Schluck aus der Bierdose nahm. Seine Augen
funkelten amüsiert, und es fiel mir unglaublich schwer,
im Hier und Jetzt zu bleiben und nicht in den Traum
zurückzukehren, den ich gestern noch von ihm gehabt
hatte.

»Würdest du ...«

»Was?«, fragte er, als warte er nur darauf, dass ich
mich mit einer Bitte an ihn wende.

»Hättest du vielleicht etwas Stärkeres für mich?
Whisky? Oder so?«

»Whisky«, wiederholte er und richtete sich auf. »Das
hier ist das Land der Blackwolfs. Ich habe nur Selbstge-
branntes. Für Städter nicht zu empfehlen.«

»Mir vollkommen egal.«

Er nickte, öffnete die Kommode links vom Küchentisch und holte eine Flasche ohne Etikett hervor. Dann
gab er mir ein schmuckloses Glas und füllte zwei Finger-
hüte der goldbraunen Flüssigkeit hinein. »Langsam.«

Ich nahm das Glas und stürzte den gesamten Inhalt
mit einem Mal hinunter, noch bevor er die Flasche
wieder abgestellt hatte. Seine Miene verfinsterte sich,
aber ich war dankbar, für ein paar Sekunden ein alle
Sinne betäubendes Brennen in meinem Rachen zu spüren. »Mehr«, bat ich.

Er zögerte, bevor er mir erneut dieselbe Menge ein-
schenkte.

Wieder stürzte ich das Zeug hinunter, das mehr nach
Benzin schmeckte denn nach allem anderen. Kurz

darauf merkte ich ein angenehmes Ziehen in meinem Hinterkopf, das mich besser fühlen ließ. Erträglicher.

»Das trinken Menschen, die nicht entführt worden sind, wirklich freiwillig?«

Smoke drehte den Verschluss zu, stellte die Flasche zurück und wirkte nachdenklicher als zuvor. »Wie lange, glaubst du, kannst du den Tod unterhalten, ohne zu sterben?«

»Du hättest dir schon ein richtiges Aschenputtel suchen müssen, wenn du nicht mit meiner Art klarkommst. Ich werde nicht wie ein Täubchen gurren und widerstandlos deine sinnlosen Aufgaben erledigen.«

Seine Augen weiteten sich minimal, aber sichtbar genug, dass mir klar wurde, wie sehr ihn mein Auftreten verwunderte. Mich verwunderte es auch. Eigentlich sollte ich bettelnd und flehend am Boden liegen, doch solange Smoke mich nicht dazu zwang, ging ein realitätsferner Teil in meinem Gehirn davon aus, das alles hier wäre nur ein albernes Kräftemessen. Zwischen einem Arschloch und einer Frau.

»Wann wirst du mich dazu bringen, meinen Onkel anzurufen?«

»Gar nicht.«

»Du spielst gerne mit dem Risiko, oder? Glaubst du nicht, dass Leute nach mir suchen werden? Gibt es in Montana eigentlich noch die Todesstrafe?«

Er blieb vor mir stehen und warf seinen beeindruckenden Schatten. »Ja.«

»Wirklich?«

»Solche Leute wie ich üben sie aus.«

Ich lachte verstört. »Natürlich.«

»Deinen Onkel habe ich bereits angerufen.«

»Wie hast du seine Nummer herausbekommen?«

»Gavin hat sie mir gegeben.«

Mein Mund öffnete sich, weil ich gestern noch gehofft hatte, ich könne ihm vertrauen. »So ein hinterhältiger Arsch.«

»Er weiß nichts davon, dass du bei mir bist.«

»Ach ja, im County halten dich schließlich alle für einen Engel. Selbst der Sheriff. Hast du wenigstens die Fahndung nach dem Van rausgegeben? Oder wird Ivy einfach verschwunden bleiben so wie ich?«

Smokes Miene verhärtete sich. Ich überlegte kurz, ob das ein Hinweis darauf sein könnte, dass er auch Ivy irgendwo festhielt, aber ... wie hätte er sie so schnell finden können? Außerdem konnte sie mir egal sein. Sie hatte mich mitten in der Pampa stehen gelassen und deswegen war ich von einem düsteren Cowboy auf seine Ranch entführt worden. Ivy war mir so was von egal geworden.

»Und *warum genau* soll ich bei dir bleiben? Nutzen sich deine Putzhilfen zu schnell ab? Wenn ja, könnte das eventuell an deiner Einstellung ...«

Er machte einen Schritt auf mich zu und fasste grob in mein Haar. Ich schrie erschrocken auf, als er mich hochzog und mir seine Lippen auf den Mund presste.

Ich wollte mich übergeben. Meine Galle mitten hinein in seinen Rachen spucken, doch ich unterlag einem geheimnisvollen Sog seines Körpers, als ich seine Zunge an meiner spürte. Von ihm geküsst zu werden, katapultierte mich in eine Sphäre, die ich gestern noch mit einem heftigen Seufzen meines Herzens willkommen geheißen hätte und die sich heute wie eine weitere Blase der falschen Sicherheit auftat. Es fiel mir schwer, mich ihm zu widersetzen und das Suchen seiner

Zunge nicht zu erwidern, und ich schaffte es auch nicht. Seine Lippen, sein Atem, sein fester Griff in meinem Haar ließen ein eigenwilliges Kribbeln in meiner Brust entstehen. Vielleicht war alles bis hierher doch nur ein Scherz gewesen? Ein großer Spaß? Etwas spleenig, aber erklärbar?

Dieser Mann *konnte gar nicht* durch und durch böse sein. Dafür küsste er einfach zu gut.

Als er sich löste, saß ich mit heißen Wangen und schwerem Atem da. Er strich zärtlich mit dem Daumen über meine Unterlippe. Allein diese Geste reichte, um mir einen Stromstoß zwischen die Schenkel zu schicken. Hätte er mich jetzt vögeln wollen, hätte ich trotz all der äußeren Umstände eingewilligt. Und nun stellte sich die Frage: Wer war verrückter? Er oder ich?

»Was sollte das?«, fragte ich wispernd.

»Ich wollte mich nur noch einmal daran erinnern, warum ich dich nicht gleich töte. Sondern mir das Leben schwer mache.«

Eisige Schauer liefen mir über den Rücken, schafften es aber nicht, die Hitze abzukühlen, die er in mir erzeugt hatte. »Das heißt, du behältst mich nicht nur fürs Kochen und Putzen hier?«

Es schien, als wollte er erst Nein sagen, bevor das »Doch« über seine Lippen kam. »Ich achte nicht auf Befindlichkeiten, Cinder. Wenn du nicht am eigenen Körper erfahren willst, wozu ich fähig bin, empfehle ich dir, das Schauspiel für den Tod aufzuführen, wenn ich nicht mit im Raum bin.«

»Das wird schwierig, weil dann ja auch der Tod verschwunden ist«, entgegnete ich trocken, obwohl ich wusste, dass er mir gerade eigentlich durch die Blume

gesagt hatte: Wenn du mich nervst, werde ich dich vergewaltigen.

»Dann lass das Theater gleich.«

»Du hast gesagt, du wirst mir das Land meiner
Grandma zeigen«, erinnerte ich ihn tonlos. »War selbst
das eine Lüge?«

»Ich sagte, ich *kann* es dir zeigen. Nicht, dass ich es
werde.«

»So böse«, murmelte ich.

Er ging nicht auf mich ein. »Ich komme in ein paar
Stunden wieder. Wenn in der Zwischenzeit das Haus
abgefackelt und der Pick-up kurzgeschlossen ist, werde
ich deinen Körper genauso in Brand stecken.«

»Okay, gut, dass du mich noch mal gewarnt hast,
genau das hätte ich sonst nämlich getan.«

Seine Kieferpartie verhärtete sich. »Komm nicht auf
die Idee, noch mal wegzulaufen. Boone wird sonst einfach auf dich schießen.«

»Ist Boone dieser Typ, der sich nicht drum schert,
wenn Frauen panisch über deine Ranch laufen?«

Smoke ging nicht auf meine Frage ein. »Und mach
den Abwasch.«

Mit diesen Worten verließ er die Küche und kurz
darauf das Haus.

Ich saß für eine ganze Weile einfach nur da und
versuchte mir über die Ausweglosigkeit meiner Lage bewusst zu werden. Es fiel mir schwer. Der erste Fluchtinstinkt war vergangen und die Panik hatte noch nicht
eingesetzt. Ich wusste überhaupt nicht, was ich tun

sollte, bis ich mir einredete, dass ich auf seine Menschlichkeit hoffen musste.

Smoke hatte Freunde. Gavin, Sheela, Hugh, selbst der Sheriff hielt viel von ihm. Die Leute himmelten ihn an – und fürchteten ihn nicht wie die Biker, die nur aufkreuzen mussten, damit sich eine Party auflöste. Ich würde Smoke also einfach in einem ruhigen Moment fragen, was das alles sollte. Er würde mir eine Erklärung liefern, mich vielleicht auf freundliche Art bitten, seine Cinderella zu spielen, ich würde dankend ablehnen und morgen Abend wäre ich zurück in der Zivilisation und würde mit Ivy weiter nach dem Land meiner Grandma suchen.

Smoke verkäme zu einem Zwischenfall, nichts weiter.

Doch je mehr Zeit verging, umso sicherer wurde ich, dass es so einfach nicht werden würde. Ich beobachte Boone von einem der Fenster aus dabei, wie er in den Ställen arbeitete. Ohne richtigen Plan sollte ich es nicht riskieren, von ihm angeschossen zu werden.

Auch wenn es genauso waghalsig war, entschied ich mich dazu, alles zu tun, um Smoke möglichst milde zu stimmen – und damit eine gute Ausgangsbasis für das klärende Gespräch zu schaffen.

Ich wusch nicht nur ab, sondern putzte gleich die ganze Küche, räumte den Kühlschrank aus, sortierte ihn neu ein und genehmigte mir dabei ein, zwei Schlucke Whisky. Ich fand sogar einen Besen und säuberte damit die staubige Veranda, dann kehrte ich ins Haus zurück und bemerkte dabei zum ersten Mal mein Spiegelbild.

Ich sah aus wie eine Vogelscheuche. In meinem Haar steckte die ganze Zeit über ein Grashalm, meine Wangen waren voller Schmutz und meine Leggings zerschlissen. Ich starrte mich an und fragte mich, wie ich auf den Gedanken gekommen war, dass jemand, der mich so zurichtete, mich wirklich gehen ließe. Viel eher würde er mich bei lebendigem Leib verspeisen, als zuzulassen, dass ich zur Polizei ging und dieser alles über ihn erzählte.

Wütend über meinen naiven Impuls nutzte ich die restliche Zeit, um im Haus nach geeigneten Waffen zu suchen, mit denen ich mich gegen ihn wehren konnte, auch wenn ich ahnte, dass ich viel zu feige war, sie wirklich einzusetzen. Ein fester Knoten hatte sich in meinem Hals gebildet und wollte nicht wieder verschwinden.

Im gesamten Farmhaus gab es so gut wie keine persönlichen Besitztümer. Nichts, was darauf hindeutete, was für ein Mensch Smoke war. Die Räume waren mehr wie die eines Ferienhauses eingerichtet. Die Regale leer, die Bilder an der Wand nichtssagend. Im Eingangsbereich hingen schwere Jacken für jedes Wetter an einer Garderobe und er besaß einige feste Stiefel. Ansonsten ließ bis auf den vollen Kühlschrank nichts darauf schließen, dass hier jemand regelmäßig wohnte.

Einige der Räume waren abgeschlossen. Ich suchte oberflächlich nach Schlüsseln, gab es aber schnell auf. Vermutlich befanden sich in den abgeschlossenen Räumen das Telefon, der Fernseher, ein Computer, der Router ... Es gab hier doch Internet, oder? Und eine Telefonleitung?

Während ich weiter auf Smokes Rückkehr wartete, tigerte ich unruhig durch die Zimmer. Es wurde sehr viel später als ein paar Stunden, bis ich unten die Haustür hörte. Ich hatte mich zurück ins Bett gelegt, unfähig, mir einen besseren Plan zu überlegen. Sollte ich morgen noch immer hier sein, würde ich mir einen Dietrich basteln und die anderen Räume ansehen, so viel stand fest. Aber auch wenn die Wahrscheinlichkeit gering war, wollte ich es zuerst mit einem Gespräch versuchen.

Ich hörte seine schweren Schritte im Flur und sprang auf. Jedes meiner Worte hatte ich bereits zurechtgelegt. Jetzt musste er mich nur noch anhören – und mir glauben.

Im Gegensatz zu seinem Poltern lief ich nahezu geräuschlos nach unten und betrat die Küche. Mein Herz machte einen Satz, als ich ihn am Küchentisch sitzen sah, den Unterarm auf dem Holz ausgestreckt, auf dem eine große Wunde klaffte.

Er reinigte sie mit einer klaren Flüssigkeit.

Ich wusste nicht, was ich sagen sollte. Ob ich diese Chance wahrnahm und noch einmal versuchte zu fliehen? Offensichtlich hatte er nun ein Handicap und würde mich nicht mehr ganz so fest packen können, ohne selbst dabei Schmerzen zu empfinden.

»Hol mir Verbandszeug. Im Bad oben müsste welches sein.« Er sprach ruhig, als wäre es völlig normal, dass er mir Befehle erteilte. Auf dem Tisch neben seinem verletzten Arm lag der Autoschlüssel. Ich musste ihn nur für ein paar Sekunden ablenken, mir den Schlüssel nehmen und verschwinden.

»Die Türen oben sind abgeschlossen und in meinem eigenen Bad gibt es nichts außer ein paar Rollen Klopapier.«

Er neigte den Kopf, um mich anzusehen. Seine bernsteinfarbenen Augen lagen auf mir, röntgten mich, bevor er nach dem Schlüssel griff und ihn über den Tisch in meine Richtung stieß.

Ich griff danach, spürte, wie meine Finger feucht wurden, dann drehte ich mich schnell um. Mein Herz raste. Ich hatte den Schlüssel und musste nur noch den Pick-up erreichen. Was würde er tun, wenn er mich doch zu fassen bekam?

Etwas sagte mir, dass es grausam werden würde. Trotz seiner Verletzung – oder gerade deswegen. Außerdem wusste ich nicht, wie man einen Schaltwagen fuhr. Was, wenn ich gar nicht erst von der Stelle kam?

Mit flatterndem Atem bog ich im Flur nach rechts ab und nahm die Treppe nach oben. Ich probierte einen der Schlüssel aus und konnte gleich die erste Tür damit öffnen. Dahinter lag ein zweites Schlafzimmer. Es war ähnlich wie das eingerichtet, in dem ich aufgewacht war, nur dass hier ein paar Kleidungsstücke über einen Sessel ausgebreitet lagen. Erde von dreckigen Stiefeln klebte auf dem Weg Richtung Bad. Dort fand ich einen Verbandskasten.

Ich blickte mich kurz um.

Alles wirkte so unfassbar normal an diesem Raum. Das Rasierwasser, das Männerdeo, Shampoo. Der Spiegel war seit einer Ewigkeit nicht mehr geputzt worden, aber bis auf die Schlammspuren der Stiefel war alles einigermaßen sauber. Er brauchte nicht wirklich eine Putzhilfe. Jedenfalls nicht, wenn es ihm nur um das Gröbste ging.

Warum hielt er mich dann fest?

Ich lief zurück nach unten und legte beides vor ihm auf dem Tisch ab. Schlüssel und Verbandskasten.

Er hatte seinen Hut abgesetzt. Es war ungewohnt, sein Gesicht ohne Einschränkungen betrachten zu können.

Smoke nahm das Verbandsmaterial heraus, schnitt es umständlich mit einer Hand auf und begann es um seinen Arm zu wickeln.

Mir kam erneut der Gedanke, dass ich ihn möglicherweise besänftigen sollte, bevor ich das Gespräch suchte, also streckte ich die Hände aus, um ihm zu helfen. Er hielt inne.

»Was?«, fragte ich. »Soll ich nicht?«

Die Furche auf seiner Stirn bildete sich, als er mir seinen verletzten Arm entgegenschob. Vorsichtig hielt ich das eine Ende des Verbands fest und umschlang seinen Unterarm mit der Rolle.

Seine warme Haut löste ein Kribbeln unter meinen Fingern aus. Die Wunde war nicht tief, dennoch hörte es nicht auf zu bluten. Ich konnte nicht sagen, woher die Verletzung stammen mochte, da sie aus mehreren Schnitten bestand. Eine Klaue? Rostige Nägel? Messer?

»Ich sehe, du hast aufgeräumt.«

»Mhm«, machte ich, froh, mich auf den Verband konzentrieren zu können.

»Ich hätte nicht gedacht, dass das Haus noch steht, wenn ich mich verspäte.«

»Es war auch gar nicht so leicht, dem inneren Pyromanen in mir nicht nachzugeben«, witzelte ich und sah kurz auf. Sofort wurde ich von seinen Augen hypnotisiert und in einem Rausch an Erinnerungen festgehalten, wie es gewesen war, ihn fest an mir zu spüren und zu küssen.

»Du scheinst gerne mit dem Feuer zu spielen«, sagte er und verzog einen Mundwinkel.

Schnell schaute ich wieder nach unten. »Du auch.

Hast du dich mit den Wölfen geprügelt oder doch nur mit einem bewaffneten Kerl?«

»Ich bin zu spät losgekommen. Das Pferd hat im Dunkeln gescheut.«

»Du warst die ganze Zeit auf einem ... Ausritt?«, fragte ich verwundert.

»Es ist keine Vergnügungstour. Bist du fertig?«

Ich schluckte und befestigte das Ende der Mullbinde. »Was ist es dann?«

Er antwortete nicht, zog den Arm zurück und überprüfte, wie fest ich den Verband gewickelt hatte.

»Würdest du ...« Ich musste es einfach wagen, auch wenn es vollkommen aussichtslos schien.

»Noch mehr Whisky?«, fragte er mich feixend.

»... mir erklären, warum ich hier bin?«

Ein Schatten legte sich über seine Augen, was mir sofort verriet, dass er mir die Antwort nicht auf einem Silbertablett präsentieren würde. »Nein.«

»Das heißt, ich bin nicht hier, weil ich für dich putzen soll?«

»Nein«, wiederholte er.

»Aber?«

Smoke streckte plötzlich den gesunden Arm nach mir aus und umfasste meine Wangen. Ich hielt den Atem an. Seine Berührung war gleichzeitig wärmend wie abstoßend. Ich wollte nicht, dass er mich berührte. Und doch fühlte es sich gut an. Sein Daumen glitt über meinen Wangenknochen und seine Augen schienen jeden Teil meines Gesichts zu erkunden. »Deswegen bist du hier«, sagte er und meinte damit wohl, dass er jederzeit mein Gesicht streicheln konnte. *Witziger Typ.* »Ich weiß nicht, was letztendlich besser für dich ist. In meiner Gewalt zu leben oder ... nicht mehr zu leben.«

Ich rückte vor seiner Hand weg, sodass er den Kontakt zu mir verlor. »Könntest du es mir bitte in ganz normalen englischen Sätzen erklären? Einfach, damit ich ... anfangen kann, damit klarzukommen?«

Er seufzte, stemmte sich auf und schob die Sitzbank zurück.

»Das ist dann wohl ein Nein«, flüsterte ich wütend.

»Ich muss dich kennenlernen, Cinder. Wenn ich dir blind vertrauen kann, lasse ich dich gehen.«

»Was?«, fragte ich verwirrt. »Wozu soll das gut sein?«

»Für mich ist es gut.«

»Ja, das wäre noch blöder, wenn es für wirklich niemanden von uns gut wäre.«

Er lachte auf, und der wohlige Ton, der sich in der Küche ausbreitete, machte diese Situation fast angenehm. »Für dich ist es insofern gut, dass du nicht sterben musst. Danke fürs Aufräumen.« Smoke griff nach den Schlüsseln und wandte sich zur Tür.

»Warte!«, rief ich panisch. Ich hatte das Gespräch ja nicht mal angefangen und er wollte schon gehen?

Er blieb an der Tür stehen, ohne sich umzudrehen. Sein Haar am Hinterkopf war kurz, seine Nackenmuskeln stämmig. Von der Statur her war er ein Mammut und doch hatte er heute Vormittag auf dem Pferd agil und wendig gewirkt. Ein ganz anderer Smoke. *So viele Seiten, die es an ihm zu entdecken galt ...*

Nein, stopp. Ich wollte nichts entdecken.

»Was muss ich denn tun, damit du mir vertraust? Kann ich es beschleunigen? Und woher weiß ich, dass du dein Versprechen wahr machst und mich irgendwann gehen lässt? Über was für einen Zeitraum reden wir hier? Wochen? Monate? *Jahre?*«, setzte ich etwas panisch nach.

»Tu, was ich sage.« Er neigte den Kopf, sodass ich sein Profil sehen konnte. »Immer. Dann werden wir gut miteinander auskommen.«

»Du spinnst doch!«, rief ich. »Ich werde niemals gut mit dir auskommen! Du nimmst mir mein ganzes Leben! Für was?! Worum geht es hierbei, zur Hölle? Dass ich dich nicht bei der Polizei verrate? Tue ich nicht! Ich wäre ja schön blöd! Setz mich bei einem Flughafen ab und ich werde nach Hause fliegen und nie wieder über dich sprechen! Egal mit wem! Du bist aus meinem Kopf gelöscht! Garantiert!«

Seine Schultern hatten sich verspannt und es vergingen Sekunden, bis er reagierte. »Für dein Gezeter habe ich keinen Nerv. In zehn Minuten liegst du in deinem Bett. Ich werde kommen und dich wieder fesseln.«

»Alles klar«, sagte ich, ohne es so zu meinen. Ich wartete, bis er die Küche verlassen hatte, dann stand ich geräuschlos auf und holte eines der Messer aus der Schublade. Das war allerdings nur eine Ablenkung. Ich plante, dass er es finden, mir abnehmen und glauben würde, dass ich keines mehr hatte. Aber ich hatte schon vorhin ein Messer in ›meinem‹ Schlafzimmer versteckt. Zwei sogar. Sollte er mich also noch einmal fesseln – und sollte er dann schlafen gehen –, würde ich mich befreien können und die Gelegenheit nutzen, zu fliehen. Vorausgesetzt, er lagerte den Autoschlüssel nicht wie der Wolf das Rotkäppchen in seinem Magen, wenn er schlief. Zuzutrauen wäre es ihm.

Zuzutrauen war ihm *alles.*

Als ich oben im Flur angekommen war, trat er gerade aus seinem Bad. Ich blieb wie angewurzelt stehen, weil er halb nackt war und ich erstens den Anblick verdauen und zweitens nicht wirklich näher gehen wollte. Sein Äußeres reichte, damit seine gesamte Männlichkeit wie ein Virus meine Gehirnzellen befiel und mich an nichts anderes mehr denken ließ. Er trug eine bequem aussehende Stoffhose, die seiner Hüfte schmeichelte, und sein schwarzes Shirt in der Hand. Sein Oberkörper war vollkommen entblößt. Mächtige, sehnige Muskeln zogen sich von seinem Bauch bis zu seinen Oberarmen. Was auch immer er den ganzen Tag trieb, es musste sehr viel Kraft und Ausdauer kosten. Zusammen mit seinem hutlosen Gesicht, in dem die Bernsteine seiner Augen funkelten, schien er direkt aus einem sehr feuchten Frauentraum entflohen und vor meine Füße gefallen zu sein.

Wirklich bescheuert, dass ausgerechnet er sich als vollarschiger Entführer entpuppen musste.

»Ich habe etwas für die Nacht für dich«, sagte er ruhig und kam auf mich zu. Vielleicht bemerkte er meinen Sabber nicht, der aus meinem Mund lief, und das war mir nur recht.

Als er mir das Stück Stoff in die Hand drückte, merkte ich erst, dass es aus zwei Teilen bestand. Einem Shirt und einer Boxershorts.

»Morgen früh bringt Boone dir neue Sachen mit.«

»Okay.« Nichts war okay. Morgen früh bedeutete, dass ich morgen früh noch hier sein würde – obwohl ich es nicht wollte. »Ich ziehe mich mal um.«

Er nickte.

Ich huschte in mein Zimmer, schloss die Tür hinter

mir und versuchte mein rasendes Herz zu beruhigen. Die Mischung aus kränkster Entführungsstory und Feriencamp, in dem der Angebetete nur einen Raum weiter schlief, aber absolut verboten war, weil sonst ein Rauswurf drohte, machte mich kirre. Ich wusste nicht, was ich noch von mir halten sollte. Wenn es hierbei wirklich nur darum ging, dass *er* mir vertrauen wollte, müsste ich vermutlich zuallererst mir selbst vertrauen lernen.

Ich hatte mich rasend schnell umgezogen und wartete angespannt auf dem Bett. Dass er mich einfach nur wieder daran fesseln würde, konnte ich kaum glauben, und dass er es wirklich tun und mich damit allein lassen würde, machte mir Angst. Wie sollte ich bei all dem Chaos in meinen Gedanken schlafen? Wenn ich ihm nicht einmal etwas davon an den Kopf knallen durfte?

»Bist du fertig?«, fragte er durch die geschlossene Tür.

»Warum so zurückhaltend? Du hast mir heute schon eine Vergewaltigung angedroht, wenn ich nicht spure –«

Er trat ein und unterbrach mich. »Du spurst eben zu gut.« Smoke blickte sich im Raum um, bevor er mich ins Auge fasste, was meinen Herzschlag von meiner Brust in meine Kehle verlagerte. Ich wusste nicht, was passieren würde, wenn er sich weiter näherte. Vielleicht würde ich allein aus Reflex meine Beine weiten. Als gäbe es als Frau nur eine einzige sinnvolle Reaktion auf Männer wie ihn.

»Es fehlen zwei Messer. Und eben wirst du noch ein paar weitere geholt haben. Wo hast du sie versteckt?«

Mir wurde sehr heiß im Gesicht. Als ob ich mich dafür schämen müsste, mich aus dieser verdammten Situation befreien zu wollen!

»Cinder«, knurrte er mit einer Mischung aus Genervtsein und Ungeduld.

»Ich weiß es nicht«, brachte ich über die Lippen.

Er verengte die Augen.

»Ich kann nicht klar denken! Keine Ahnung! Ist auch ganz egal, weil ich die Messer eh niemals verwenden würde!«

»Wovon sprichst du?«, fragte er misstrauisch. »Warum bist du rot geworden?«

»Vor Wut.«

Die hübsche Furche in seiner Stirn bildete sich wieder. Entging ihm meine körperliche Reaktion auf ihn oder wollte er sie nicht wahrhaben? »Das ist eine Lüge, oder?«

»Fessle mich einfach an das verdammte Bett und lass mich schlafen!«

Er verzog eine Augenbraue. »Rück nach hinten.«

Mein Puls ließ mich flach atmen, als ich gehorchte. Er hielt ein Seil in der Hand und ließ es zur Hälfte zu Boden fallen. Es öffnete sich wie ein Lasso, aber ohne seinen Hut musste ich dabei nicht mehr an einen Cowboy denken. Sondern daran, wie heiß es normalerweise gewesen wäre, hätte er gestern Abend, als noch alles gut gewesen war, in dieser Montur vor mir gestanden. Halb nackt und im Begriff, mich an ein Bett zu fesseln.

Er beugte sich über mich und begann, das Seil um mein Handgelenk zu schlingen. Dabei ging er behutsam vor, nicht grob wie heute Vormittag, als er mich erst gegen die Wand und später noch auf den Feldboden gepresst hatte. Smoke führte das Seil durch den Eisenrahmen des Bettes hindurch und fixierte auch meinen anderen Arm. Mir blieb noch Bewegungsfreiraum. Gut schlafen würde ich trotzdem nicht. Während er mich gefesselt hatte, war mir seine nackte Brust unheimlich nah gekommen. Ich gaffte darauf und erkundete mit den Augen jede einzelne Hautschuppe, weil er mich gerade nicht beobachten konnte. Als er Abstand nahm, betrachtete ich wieder sein Gesicht.

»Ich werde dich nicht anrühren«, erklärte er. »Nicht wegen ein paar Messern. Aber morgen sollten sie wieder im Besteckkasten liegen.«

»Sonst was?«

Seine Augen blitzten auf. »Sonst probiere ich die Klingen an deinem Körper aus.«

»Nein!«, rief ich, als er sich zur Tür wandte. Er konnte mich nicht einfach hier liegen lassen. Allein. Ohne irgendeine Erklärung. Ohne Zeitfenster, für wie lange das hier nun mein Leben sein würde. Ohne alles. »Nein, nein, nein!«, schrie ich, als er die Tür öffnete, das Licht löschte und sie hinter sich schloss.

Ich wimmerte, weil es mein Selbstmitleid so gut unterstrich. Mein Körper fühlte sich an, als wäre er durch den Fleischwolf gedreht worden, so viele Spuren hatte der Tag innerlich und äußerlich an und in mir hinterlassen.

Ich fiel zurück in die Kissen und wünschte mir den lieben Smoke herbei. Den heißen Ponyhof-Gitarrenspieler, der hereinkommen und sich für alles entschuldigen würde.

»Ich war so blind«, würde er stöhnen und vor meinem Bett zum Stehen kommen. »Verzeih mir, Cinder.«

Zeig mir, wie sehr du bereust!, würde ich sagen und er

würde sich über mich beugen. Sich an meinem Hals entlangküssen und gefühlvoll meine Schenkel spreizen. Es war fast zum Greifen real, als ich mir vorstellte, wie Smoke mit seiner Zunge in mich eintauchte. Wie er reuevoll stöhnte, sich mit seinem gesamten männlichen Körper meiner Lust unterwarf. Ich zappelte sehnsuchtsvoll mit den Beinen, weil ich weder meine Hand noch irgendeinen anderen Gegenstand gegen meine Klit führen konnte. Allein die Vorstellung davon, wie Smoke mich mit den Lippen vögelte, ließ mich fast kommen. Aber nur fast.

»Mach weiter«, wimmerte ich meinen Traum an. »Hör nicht auf.«

Die Tür sprang auf. Meine Fantasie zeigte plötzlich einen ganz anderen Smoke. Den Smoke, der mich ins Feld niederdrückte und mir sagte, dass ich ein Nichts sei. Angewidert blickte er auf mich herab, weil ich seine viel freundlichere Version dafür verwendet hatte, mich zu liebkosen.

»Du denkst, so wäre ich zu dir?«, fragte der böse Smoke und trat an die Stelle des anderen. Er hockte sich breitbeinig vor mir aufs Bett, umfasste meine Schenkel, als ich vor ihm fliehen wollte. »Ich werde nicht nett sein«, warnte er mich. »Ich *bin* nicht nett.«

»Okay«, stammelte ich, auch wenn es ihm vollkommen egal war, was ich dazu sagte. Er spreizte meine Beine viel weiter als sein Fantasiebruder von zuvor und saß plötzlich ohne Hose da. Ich konnte sein gutes Stück nicht sehen, spürte es aber im nächsten Moment in mir.

Mein Körper wurde nach hinten gerissen, weil er mich mit wenigen Stößen tief und ausgefüllt nahm. Ich keuchte. Die Vorstellung, dass er mich ohne meine Einwilligung vögelte, machte das alles erst so heiß. Er sollte sich an meinem Körper vergehen. Ich wollte es so. Und während ich völlig verdreht am Bettgestell hin und her zuckte und mir nur *vorstellte,* dass er tief in mir war, kam ich.

Etwas Derartiges hatte ich noch nie gefühlt. Eine Explosion, die allein von meinem Kopf ausging, während mein Schritt sehnsuchtsvoll glühte. Die Einbildung, ich könnte ihn wirklich spüren, war übermächtig, mein Kopfkino lief in allen Details und für jeden meiner Sinne. Ich warf meinen Kopf zurück, stellte mir vor, wie er mich fast erdrückte, während er mit mir kam, und sackte schließlich erschöpft zusammen.

Ich fühlte mich etwas besser. Ein kleines bisschen besser.

Jetzt ging die Tür wirklich auf, Smoke machte das Licht wieder an und starrte zu mir. »Du hast geschrien.«

»Sorry«, sagte ich kleinlaut.

»Sorry?«, fragte er und wurde auf merkwürdig süße Art wütend. »Nenn mir einen guten Grund, oder ich werde nie wieder kommen, wenn du schreist. Auch nicht, wenn sich dir eine tödliche Schlange nähert.«

»Ich wollte nicht schreien!«, rief ich ihm zu. »Sorry! Und jetzt lass mich schlafen!«

Er stand eine Weile stumm da, dann trat er auf mich zu. Ich zuckte unter der Decke zusammen, als er eine Hand danach ausstreckte. Als er sie zurückzog, fühlte ich mich schrecklich entblößt, obwohl ich noch immer seine Shorts trug.

Er streckte eine Hand nach meinem Hals aus, fühlte meinen Puls, spürte, wie er raste, und untersuchte den perligen Schweiß auf meiner Stirn, der vom Orgasmus stammte. Erkenntnis breitete sich auf seiner Miene aus, doch er schien sich noch vergewissern zu wollen, ob seine Vermutung stimmte, und legte daher seine Hand an meinen Innenschenkel, knapp dorthin, wo die Boxershorts endete. Ich verspannte mich unter seiner Berührung, als er noch etwas höher glitt.

Nässe glitzerte an seinen Fingern, nachdem er sie wieder zurückgenommen hatte. »An wen hast du gedacht?«, fragte er rau.

»An niemanden?«, sagte ich unschuldig.

Er öffnete den Mund, um etwas zu sagen, und schloss ihn wieder. In seiner Miene tobte ein Sturm, und ich mochte es plötzlich sehr, dass ich diese Fragezeichen in ihm erzeugte.

»Na gut«, sagte ich, weil ich Lust bekam, ihn zu ärgern. »Vielleicht habe ich an meinen Freund in Philadelphia gedacht. Er wird mich vermissen.«

Smoke knurrte unwirsch. »Du kannst ihn morgen anrufen, wenn du willst.«

»Wirklich?«, fragte ich verdutzt.

»Natürlich. Deine Fantasie hält bestimmt nicht nur einen ausgedachten Freund und Sex mit mir, sondern auch ein Telefon bereit.«

Jetzt war ich es, die den Mund öffnete. Wieso hatte er mich so schnell durchschaut?

»Ich schreibe dir deine Aufgaben für morgen auf.« Er wandte sich wieder zum Gehen. »Und jetzt *schlaf*. Du willst mich nicht erleben, wenn ich müde bin.«

Er knallte die Tür zu, als könnte ich etwas dafür, dass er all diese widersprüchlichen Gefühle in mir auslöste. Waren das bereits erste Anzeichen des Stockholm-Syndroms? Oder war ich auf andere Weise verrückt?

Vielleicht auch nur verrückt nach Smoke?

Ich seufzte, schloss die Augen und träumte weiter ... Auch ich brauchte meinen Schlaf. Denn so anregend das hier für mich sein mochte, es würde der Zeitpunkt kommen, an dem ich mir noch wünschte, ich wäre sehr viel früher geflohen.

Und an diesen wollte ich nicht gelangen.

DIE STIEFEL

LERNE, VOR DEN RICHTIGEN DINGEN ANGST ZU HABEN, CINDER.

Am nächsten Morgen waren meine Hände frei. Das Seil war weg, vielleicht weil er fürchtete, ich würde mich sonst erhängen – oder weil er es wirklich zum Einfangen irgendwelcher Tiere brauchte. Er hatte mir eine Liste geschrieben und aufs Bettende gelegt, dorthin, wo gestern noch das Tablett gestanden hatte. Ich nahm mir vor, diesen Tag überlegter anzugehen. Weder würde mich meine Angst noch meine Unsicherheit davon abhalten, konsequent meine Fluchtmöglichkeiten auszuloten.

Während ich den von ihm aufgetragenen Arbeiten nachging, achtete ich sehr viel aufmerksamer als gestern auf alle Details im Haushalt. Hinter der Tür zum Abstellraum hing eine große Harke, die sich im Notfall als Waffe nützlich erweisen würde. Im Medizinschränkchen in der Küche gab es einige Medikamente, die sich möglicherweise zu einem Giftcocktail zusammenmischen ließen. Im Glasmüll neben der Eingangstür lagerten ein paar leere Flaschen, die man notfalls zerschlagen konnte.

Ich prägte mir jeden Winkel der Zimmer ein, die offen standen, und war froh, dass ich nebenbei etwas zu tun hatte. Eigentlich war ich schon nach einer Stunde fertig mit meiner Arbeit, nur vor dem Kochen drückte ich mich. Aber ich nutzte die Gelegenheit, ging mit einem Staubtuch und einem Wischer durchs gesamte Haus und untersuchte dabei jeden Winkel. Ich erwischte mich dabei, wie ich länger darüber nachdachte, was wohl Smokes Geheimnisse sein mochten und wie viel er noch vor mir verbarg, als darüber, wie ich fliehen konnte. Ich redete mir ein, dass es wichtig war, ihn einigermaßen zu verstehen, um mir meine Chancen auszurechnen, aber eigentlich rechnete ich mit gar nichts.

Natürlich wollte ich sofort weg von hier, aber nur, weil ich nicht freiwillig bleiben durfte. Das machte meinen Gefühlshaushalt recht kompliziert, und ich war sehr froh, dass Smoke mich den ganzen Vormittag über allein ließ.

Gegen ein Uhr schlug ich das vermaledeite Kochbuch auf und fluchte, schon alleine weil ich gezwungen war, das erste Rezept in meinem Leben durchzulesen. Ich wusste nicht einmal von der Hälfte der Dinge, die dort aufgeführt waren, worum es sich handelte, und suchte daher die gesamten Vorräte und den Kühlschrank durch, um alles beisammen zu haben.

Lustlos setzte ich das Zeug auf, das aussah wie gelber Krümelreis, und briet Zwiebeln an. Da zum Glück jeder einzelne Schritt in dem Rezept beschrieben war, gelang es mir letztendlich ganz gut. Das Essen schmeckte nicht so sehr nach Biotonne, wie es aussah.

Ich ließ das Essen in den Töpfen, um es warmzuhalten, und verließ das Haus über die Verandatür. Smoke sollte denken, dass ich ihn suchte, um ihn zum Essen zu holen – denn er hatte mir auf seiner Liste ausdrücklich verboten, das Haus zu verlassen –, während ich mich in Wahrheit umsehen wollte.

Die Ställe zu beiden Seiten des Hauses lagen unberührt da. Ich hatte Smoke den ganzen Tag noch nicht zu Gesicht bekommen, auch nicht durch eines der vielen Fenster. Was auch immer der Cowboy tagsüber trieb, es fand nicht in der Nähe der Ranch statt. Der Pick-up stand nicht vor der Haustür. Ob er mich wirklich alleine ließ? Einfach so? Was machte ihn so sicher, dass ich nicht weglief?

Ich grübelte eine Weile darüber nach, bis ich Motorengeräusche hörte. Schnell zog ich mich hinter einen Busch neben der Veranda zurück und beobachtete das Fahrzeug. Es war alt und rostig und kam neben den Reifenspuren von Smokes Pick-up zum Stehen. Boone, der Stallbursche, ließ den Motor laufen, stieg aus und trug Einkäufe. Er ließ seine Wagentür offen und schleppte die zwei schweren Papiertüten ins Haus. Ich spürte, wie ein Kribbeln meinen Nacken befiel, als ich ihn durch das Fenster dabei beobachtete, wie er in die Küche ging. Mir blieben ein paar Sekunden.

Schnell lief ich zum Auto. Ohne nachzudenken, schwang ich mich auf den Fahrersitz, zog die Tür zu und setzte zurück. Der Motor heulte auf und war bestimmt über das gesamte Tal zu hören, aber das störte mich nicht mehr. Ich wechselte in den Vorwärtsgang und raste los, ohne zurückzublicken. Dabei nahm ich die Richtung, aus der Boone gekommen war. Ich trat das Pedal durch, holperte und polterte über den Schotterweg. Die Sicht reichte nur bis zu einer Straßenkuppe, also bremste ich ab und fuhr vorsichtig darauf zu, bis ich erkannte, dass sich dahinter ein weiteres Tal öffnete. Pferde galoppierten über eine endlose Weide, Kühe und Schafe grasten am Flussufer. Über allem stand die gleißende Mittagssonne und tauchte die grünen Wiesen in golden getupftes Licht. Die Straße führte durch die Landschaft hindurch bis zur nächsten Anhöhe. Ich hatte vollständig angehalten, um zu begreifen, was ich vor mir sah. Dieses Tal war mindestens genauso schön wie das, in dem Smokes Haus stand. Ich versuchte mich daran zu erinnern, wie er mich gepackt und festgehalten hatte. Wie er vom Morden sprach und davon, dass er mich nicht töten konnte ... oder wollte ... oder sollte ... Doch auch wenn es absolut widersinnig schien, spürte ich einen Verlust in meiner Brust bei der Vorstellung, Smoke niemals wiederzusehen.

Stockholm-Syndrom, ganz klar.

Ein Teil in mir schien überzeugt davon zu sein, dass ich verlieren würde, wenn ich ging – nicht, wenn ich blieb. Die Kraft und Magie, mit der Smoke sich vom ersten Moment an in meine Gedanken gepflanzt hatte, ließ mich an der einzig richtigen Logik scheitern. Ich wusste nicht, wie sehr ich mich noch dafür verurteilen würde, wusste nur, dass ich dem sehnsuchtsvollen Kribbeln in mir nachgeben musste, und wendete.

Du bist verrückt. Du bist einfach verrückt. Vollkommen verrückt.

So oft ich mir das auch vorbetete, das Ziehen in meinem Körper wurde mit jeder Reifenumdrehung stärker, die der Wagen zurücklegte. Zurück zu Smokes Haus. Zurück in das, was eine Hölle sein sollte, sich aber nicht so anfühlte. Was war das? Hatte er mein Cinderella-Gen angesprochen? Wollte ich jetzt Hausfrau spielen für einen großen, starken, bösen Mann? War es das, wonach sich meine innere Biologie sehnte?

Wirklich?

Vielleicht gab ich gerade mein ganzes Leben auf. Meinen einigermaßen gut bezahlten Job. Meine Wohnung mitten in Philadelphia. Meine Freunde.

Vor allem Letzteres würde ich nicht vermissen, weil es immer schon mehr Ivys Freunde gewesen waren als meine. Und ich war sowieso viel zu eigenbrötlerisch, als dass eine Gefangenschaft in der Prärie nicht genau mein Ding wäre.

Als die Ranch wieder vor mir auftauchte, verschwanden das Kribbeln, die Sehnsucht, der Eifer und hinterließen Angespanntheit und Wut. Zwar hielt ich weiter darauf zu, verurteilte mich aber im höchsten Maße dafür. Der romantisch-naiv-bekloppte Teil in mir bekam einiges von dem realistisch-klarsichtigen zu hören. Der Kampf meiner zwei inneren Pole äußerte sich in einem Zittern, das meinen gesamten Körper erfasste.

Ich hielt den Wagen an, stieg aus und ging auf das Farmhaus zu.

Boone stand vor der Veranda und starrte mich stumm an, als wäre ich eine Erscheinung. Es hatte ihm offenbar die Sprache verschlagen.

»Ein Wort«, knurrte ich ihn an, »ein Wort zu ihm und ich tue dir an, was er mir antun wird.«

Damit trat ich ins Haus und knallte die Tür hinter mir zu. Ich ging auf direktem Wege in mein Schlafzimmer. Ja, ich konnte es jetzt ›mein‹ Schlafzimmer nennen, denn das würde es werden. Für wie lange, wusste ich nicht. Ich hatte überhaupt sehr wenige Antworten. Vor allem nicht auf die Fragen, die nur mich selbst betrafen.

Ich setzte mich aufs Bett und zog die Beine vor die Brust. Fast schon apathisch zählte ich die Karos auf der langweiligen Steppdecke. Ich wusste nicht, was ich erwartete. Dass Smoke nun *nett* sein würde, weil ich freiwillig bei ihm geblieben war? Weil ich die Chance zur Flucht nicht ergriffen hatte? Dass er mich nach unserem ersten heißen Sex einfach freiwillig gehen ließe? Würde es dazu überhaupt kommen? Zum Sex? Zum freiwilligen Sex?

Ich ballte meine Hände zu Fäusten, sodass sich meine Fingernägel in die Haut bohrten. Der Schmerz linderte für einen Moment das Chaos in meinem Kopf und ich wurde ruhiger. Die ungenutzte Möglichkeit, abzuhauen, hatte mich auf einen Schlag von einem Opfer zu einer – Tja, was war es? – Verrückten gemacht. Zumindest konnte ich mich jetzt nicht mehr als Entführungsopfer sehen. Ich erlag wohl eher meinen hormonellen Ausbrüchen als irgendeiner Gewaltanwendung seitens Smoke.

Andererseits brauchte ich genau diese ›freie Wahl‹, um überhaupt darüber nachdenken zu können, hierbleiben zu *wollen*. Die Moral hatte sich verabschiedet. Ich musste mir nicht mehr vorbeten, dass ich ja eigentlich gar nicht freiwillig hier war und daher auch nichts von all dem freiwillig tat. Denn das war falsch. Ich tat es freiwillig. Und allein das war wichtig für mich. Und alle äußeren Umstände.

Als ich erneut einen Wagen hörte, stand ich auf und ging zum Fenster. Smokes Pick-up fuhr vor, doch als er ausstieg, blieb das Motorengeräusch unverändert. Kurz darauf tauchten drei Motorräder vor der Anhöhe auf und fuhren mit knatternden Motoren bis vor Smokes Füße.

Dieser ließ sich nicht davon beeindrucken und

führte die drei Männer, die auch schon in der Bar gewesen waren, zu einem der Ställe. Was sie dort taten, konnte ich nicht sehen. Ich überlegte, ob ich in den Flur gehen und dort durchs Fenster schauen sollte, um sie zu beobachten, als hinter mir eine Holzdiele knarrte.

Ich fuhr herum und starrte Boone an, der stumm in der offenen Tür meines Zimmers stand. Sein abgestumpfter Blick ging durch mich hindurch, er wirkte einem Zombie ähnlicher als einem Menschen. Im Vergleich zu Smokes sonstigen Freunden war Boone ein Krüppel und erinnerte mehr an ein Tier als an alles andere. Er war groß gewachsen, aber etwas gebeugt. Er mochte Mitte dreißig sein, aber vielleicht auch schon wesentlich älter. Sein Haar war spröde, seine Lippen fast weiß. Die Wangenknochen hohl und auch sonst wirkte er unterernährt.

»Was ist?«, wollte ich wissen, während sich eine Gänsehaut auf meinen Armen aufstellte. Diesem Typen wollte ich nicht im Dunkeln begegnen. Schon gar nicht auf dieser einsamen Ranch.

Er antwortete nicht, was mich plötzlich Mitleid mit ihm haben ließ. Warum war er so? Hatte Smoke ihm das angetan? Konnte dieser ... Mensch sich überhaupt verständigen? Oder war er so was wie gestört?

»Soll ich runterkommen?«, stellte ich eine Vermutung an und ging auf ihn zu.

Sofort griff er an seinen Rücken und zog eine Waffe.

Jetzt war ich es, die stocksteif stehen blieb und ihn anstarrte. »Was soll das«, wisperte ich panisch. »Ich wollte dir vorhin nicht drohen, es war nur ... Es tut mir leid ...«

Er schüttelte den Kopf, hielt die Pistole aber weiter

auf mich gerichtet.

Ich wusste nicht, was ich tun sollte. Was wollte er von mir hören? War ich zu weit gegangen? Hätte ich niemals zurückkehren dürfen?

Als unten eine Tür geöffnet und geschlossen wurde, drehte er den Kopf und nahm die Waffe zurück. Ebenso stumm, wie er aufgetaucht war, zog er sich zurück und verschwand im Flur.

Schweiß hatte sich in meinem Nacken gebildet, und ich wartete einen Moment, bis ich ihm folgte. Nicht dass er sich doch noch umdrehte, auf mich zielte und mutwillig schoss.

Als ich unten in der Diele ankam, sah ich gerade noch, wie er wieder auf den Hof verschwand.

Jemand anderes bewegte sich in der Küche. Es war Smoke. Er hatte sich aus den Töpfen bedient und öffnete gerade eine gekühlte Flasche Wasser, als ich eintrat.

»Cinder«, sagte er zur Begrüßung und schenkte sich ein.

»Hi.« Ich blieb im Eingang stehen. Zu viel war in den letzten 48 Stunden passiert, ich konnte nicht auch noch verkraften, dass gerade jemand eine Waffe auf mich gerichtet hatte.

»Boone war in der Stadt.« Smoke blickte in meine Richtung, aber an mir vorbei.

Ich rückte erschrocken an die Wand zurück, als Boone wieder auftauchte, eine weitere große Tüte in der Hand hielt und sie auf dem Tisch abstellte. Er tat so, als wäre ich gar nicht da, und packte die Einkäufe auf dem Tisch aus. Darunter befanden sich frisches Gemüse, Mehl, Trockenobst, Nüsse und Linsen.

»Ist gut, Boone, lass die Tüten einfach stehen.«

Boone hielt inne, sah Smoke für ein paar Sekunden an, dann ließ er alles liegen und verschwand wieder.

»Es sind Klamotten für dich«, erklärte Smoke zwischen zwei Bissen und nickte zu den Tüten am Boden. »Was du nicht brauchst, wird er zurückbringen.«

Ich linste in eine der Tüten hinein. Ganz obenauf lag eine Jeans. Nicht sicher, was ich davon halten sollte, holte ich sie hervor und überprüfte die Größe. »Okay«, sagte ich und ließ den restlichen Inhalt unangerührt.

»Okay«, wiederholte Smoke gedehnter und nahm einen großen Schluck Wasser. »Du kochst genauso scheiße wie ich.« Seine Worte lösten Frust in mir aus, und ich wollte ihm eine saftige Erwiderung an den Kopf knallen, als er breit lächelte. »Vielleicht sollten wir uns fairerweise abwechseln.«

»Abwechseln?«, fragte ich misstrauisch.

Er stand auf, nahm einen frischen Teller, befüllte ihn und stellte ihn schräg gegenüber von seinem Platz auf den Tisch. »Iss.«

Ich hatte noch nie in meinem Leben weniger Hunger, aber es tat gut, einfach einem Befehl zu folgen. Nach allem fühlte ich mich labil wie ein Fähnchen im Wind. Es brauchte nicht viel und ich würde umkippen – und liegen bleiben.

»Hast du mehr Angst vor Boone als vor mir?« Smoke wirkte interessiert und blickte mir in die Augen. Das helle Schimmern darin fesselte mich, sodass ich vergaß zu kauen.

»Er hat mich mit einer Waffe bedroht«, murmelte ich und schluckte das Gemüse schnell herunter.

»Und weil ich das noch nicht getan habe, fürchtest du dich vor mir nicht?«, fragte er weiter.

Was sollte diese dämliche Nachfrage? »Du kannst es ja ausprobieren, ob es nur daran liegt«, entgegnete ich knapp und unterbrach den Augenkontakt.

»Ich warte noch auf die Gelegenheit. Er wollte dich in deinem Zimmer zurückhalten, damit du den *Crowriders* nicht in die Arme läufst. Es ging ihm im Grunde darum, dich zu beschützen.«

»Wie nett von ihm.«

»Nicht wahr?« Smoke stand auf, nahm das Geschirr und ließ es klirrend in die Spüle fallen. »Du musst lernen, vor den richtigen Dingen Angst zu haben. Beifahrerin sein zu müssen oder jemand wie Boone sind nicht die richtigen Dinge.«

»Aber du schon?«, fragte ich herausfordernd.

»An deiner Stelle hätte ich nicht umgedreht, ja.« Sein Mundwinkel zuckte. »Komm nach dem Essen zu mir in den Stall.«

Mein Mund öffnete sich, doch er verließ die Küche, ohne mir die Chance zu lassen, etwas zu sagen. Boone hatte mich also verpetzt. Dieser Arsch!

Ich würgte etwas von dem Essen herunter, stellte den Rest in den Kühlschrank, reagierte meine innere Wut auf mich, die Situation, Smoke und meine kranke Libido an dem Geschirr ab, bis es blitzblank war, und schleppte dann die Tüten mit Kleidung nach oben in ›mein‹ Zimmer. Ich kippte alles aus und fand tatsächlich ein paar Teile, die sich einigermaßen ansehnlich kombinieren ließen. Boone hatte sogar neue Schuhe gekauft. Stiefel.

Mit Fransen.

Als ich nach dem Umziehen vor den Spiegel trat, sah ich aus wie ein echtes Cowgirl, nämlich eines, das selbst einer Kuh in einem Schönheitswettbewerb keine Konkurrenz gemacht hätte. Ich band mir die Haare zu einem Zopf, steckte die Jeans in die Stiefel und öffnete das karierte Hemd wieder. Schloss es. Öffnete es. Und band schließlich die Enden zu einem Knoten zusammen. Draußen war es warm genug, um bauchfrei rumzulaufen, und außerdem wollte ich neben dem ›Treppchen-Sieger in Attraktivität‹-Smoke nicht aussehen wie ein Entführungsopfer. Sondern wie eine Frau, die *freiwillig* bei ihm war – und meinetwegen einen Gehirnfehler hatte.

Im Stall angekommen roch es nach Pferd und frischem Heu. Mein Atem führte mal wieder den sterbenden Schwan auf, als ich Smoke bemerkte, wie er mit einem der Pferde umging. Er hatte sich sein Hemd ausgezogen und trug nur ein enges Shirt, weshalb es umso schöner aussah, wie er den Kopf des Rappen umfasste und ihm gut zuredete. Die beiden wirkten wie eine Symbiose. Ein Herz und dasselbe Blut.

Ich wollte, dass Smoke auch mit mir so sprach, mich ebenso fest berührte. Um meine Speichelproduktion unter Kontrolle zu halten, schluckte ich mehrmals, bevor ich mich ihm näherte.

Smoke trat zurück, als er mich kommen hörte, drehte sich aber erst zu mir um, als ich neben ihm zum Stehen kam.

»Storm kam als Fohlen zu mir«, erklärte er und streichelte die Schnauze des mächtigen Tieres. »Er ist wie mein kleiner Bruder. Es gibt kein Tier, dem ich mehr vertraue. Komm her. Ich bin mir sicher, dass er dich mögen wird.«

Vorsichtig trat ich näher, während Smoke sich zurückzog, und streckte eine Hand nach dem Maul des Rappen aus. Seine Nüstern blähten sich und Wärme umhüllte meine Finger. Ich begann Storm ganz vorsichtig zu streicheln, was er geduldig geschehen ließ. Nie zuvor war ich einem Pferd oder überhaupt einem Tier, das größer als ich selbst war, so nahe gewesen, weshalb es umso neuartiger war, das hier zu tun. Als ich meine Hand höher schob, die mächtige Wange des Tieres hinauf, zog Storm seinen Kopf zurück und schüttelte sich. Ich erschrak, wich zurück und prallte gegen Smokes Brust.

»Keine Angst«, raunte er in mein Ohr, umfasste meine Hand und führte sie zurück an das Fell des Tieres. Er übte Druck aus, sodass ich Storm wesentlich fester als zuvor streichelte. »Sie reden mit uns, wie jedes Wesen mit uns spricht. Über den Bauch. *Hör genau hin.*«

Es war weniger das Pferd, das mit meinem Bauch Dinge anstellte, als vielmehr Smoke selbst, der noch immer mit der Brust meinen Rücken berührte und meine Hand bestimmt führte. Ich fühlte mich auf zweierlei Weise liebkost. Durch seine Berührung und durch das warme Fell des Rappen, das durch meine Finger glitt.

»In ihnen gibt es nichts Gutes und nichts Schlechtes«, raunte Smoke in mein Ohr. »Sie haben nur Angst oder sie haben keine Angst. In ihrem Bewusstsein ist *Existenz* das einzig wahre Bestreben. Man sagt oft, Menschen, die sich wie Monster verhalten, seien wie wilde Tiere. Dabei sind sie das absolute Gegenteil von einem Tier. Wir müssen alle erst das Tiersein erlernen, bevor wir das Menschsein perfektionieren können.«

»Das klingt ziemlich philosophisch für einen schweigsamen Kerl wie dich.«

Er lachte an meinem Ohr. »Ich sagte doch, dass Small Talk nichts für mich ist.«

»Und was bist du? Tier oder Mensch?« Ich ließ meine Hand sinken und drehte mich zu ihm um, was dazu führte, dass ich mit meiner Brust fast seine berührte.

Er blickte auf mich herab, in seiner Miene Schatten und Dunkelheit. »Ich?«, fragte er und strich mit der Rückseite seiner Finger über meine linke Wange. »Ich bin ein Monster.«

»Dann hätte meine Mutter mich wohl eher Belle statt Cinder taufen sollen«, wisperte ich, nicht sicher, ob er die Anspielung auf ›Die Schöne und das Biest‹ kapierte.

»Deine Mutter gab dir den richtigen Namen«, sagte er nur und fuhr sanft mit seinem Daumen über meine Lippen.

»Kanntest du sie?«

»Deine Mutter?«

Ich nickte, aber er blieb mir eine Antwort schuldig. Seine Konzentration schien ganz auf meine Lippen gerichtet zu sein. Ich bekam das Gefühl, dass ich einen Vorstoß wagen sollte, also öffnete ich den Mund und nahm seinen Daumen zwischen die Zähne.

Ich biss zu, was ihn tief durchatmen ließ, und umspielte seinen Nagel lazsiv mit meiner Zunge.

»Du willst unbedingt, dass ich meine Selbstbeherrschung verliere, oder?«, fragte er knurrend, entzog sich mir und verließ mit schweren Schritten den Stall.

Ich wollte schreien, weil er einfach ging, einfach so, und jauchzen, als er sofort wieder zurückkam. In seiner Hand trug er eine Decke, die er auf Storms Rücken legte, der sich daraufhin unruhig bewegte. Smoke legte ihm Zaumzeug um. Dann umgriff er mit der einen Hand die Zügel, mit der anderen mein Handgelenk. Er schob mich vor sich her und führte das Pferd aus der Box. Sobald wir im Hof angekommen waren, saß er auf und zog mich im nächsten Moment zu sich hoch. Ehe ich begriff, was geschah, hockte ich bereits vor ihm auf der Decke. Er schlang seine mächtigen Arme um mich und schnalzte, woraufhin Storm sich bewegte.

»Hast du Angst?«, fragte er an meinem Ohr.

Ich versuchte mich irgendwie am Hals des Tieres festzuhalten, aber ich traute mich nicht, in die Mähne zu fassen, weshalb ich im Grunde haltlos dasaß. »Etwas?«, keuchte ich.

»Ich halte dich«, raunte er, legte eine Hand um meine Hüfte und ließ Storm in einen Trab verfallen. Zumindest glaubte ich, dass so die Laufgeschwindigkeit hieß. Ich hatte früher sämtliche Pferdesendungen verschlungen, die es im Free-TV zu sehen gab. Wirklich viel über das Reiten wusste ich trotzdem nicht. Es fühlte sich sehr viel unruhiger und wackeliger an, als ich es mir vorgestellt hatte, und ich hätte mir alleine niemals zugetraut, auf dieser Höhe die Kontrolle über ein so mächtiges Tier zu behalten.

Smoke ließ Storm auf die Anhöhe zureiten, auf der ich vorhin den Chevrolet gewendet hatte, und blieb genau an der Stelle stehen, an der ich vor einer Stunde abgebremst hatte.

»Siehst du den Stall da hinten? Den vor dem Waldrand?«

»Ja.«

»Und wenn du jetzt etwas höher blickst, auf die einsame Tanne auf der Hügelkuppe ...«

»Ja.«

»Wenn du dort bist, hast du die Hälfte meines Landes durchquert.«

Ich riss die Augen auf. »Das sind ... mindestens fünf Meilen!«

»Mehr.« Eine Bewegung, die durch seinen Körper ging, und Storm trabte wieder los.

Ich wartete, ob er mich darauf ansprechen würde, dass ich beinahe abgehauen wäre, war aber ganz froh, als nichts weiter kam. »Und was tust du? Hältst du die Kühe für Milchprodukte? Oder für die Schlachtung?«

»Ich halte sie, weil sie Kühe sind«, erwiderte er nebulös und ließ Storm in einen Trampelpfad einbiegen, der durch das Feld führte. Es fühlte sich an, wie in einem Truck zu sitzen, so hoch über dem Weg befand man sich in der Bewegung, und gleichzeitig war es etwas vollkommen anderes.

»Wie ist es mit der Angst jetzt?«, fragte er, die Lippen dicht an meinem Ohr.

»Etwas besser.«

»Und jetzt?«

Ich atmete zischend ein, als er seinen Mund auf meinen Hals hinabsenkte. Mein gesamter Körper geriet unter Strom, als wäre ich an eine Steckdose angeschlossen worden. Smoke ließ die Zügel los, fasste in mein Haar und neigte meinen Hals, um ihn besser küssen zu können. Sauerstoff war ein Fremdstoff für meinen Kopf, ich spürte nur Adrenalin und Endorphine.

Er wechselte die Position, packte wieder in mein Haar und verschaffte sich Zugang zu der rechten Seite meines Halses. Seine Lippen fuhren suchend über meine

Haut, nagten sich an meinem Ohrläppchen fest und liebkosten jede einzelne Pore.

Dabei hielt er mich fest an sich gepresst, damit ich nicht das Gleichgewicht verlor. Seine Küsse setzten sich wie Schmetterlinge in meinen Magen, und ich wusste kaum, wie ich darauf reagieren sollte. Plötzlich bewegten sich seine Oberschenkel und Storm verfiel wieder in einen Trab. Hilflos hielt ich mich an Smokes Beinen fest, als er seine Hand über meinen Bauch in Richtung meines Schrittes wandern ließ.

Ich stöhnte ungewollt auf, als sein Finger meine Perle durch die Jeans berührte, und wusste nicht, auf welche Empfindungen ich mich mehr konzentrieren sollte: seine Lippen oder seine Hand. Er riss an dem Knopf der Jeans, zog den Reißverschluss auf und schob seine Hand unter meinen Slip. Was er tat, war noch bescheuerter als alles, was ich die letzten achtundvierzig Stunden getan hatte, aber ich kam nicht auf die Idee, mich ihm zu widersetzen. Er legte seine Finger auf meine Perle, rieb sie gezielt, bis ich zitterte, dann drückte er mich nach vorn und ließ im wahrsten Sinne des Wortes den Rest die unruhigen Bewegungen des Tieres erledigen. Punktgenau traf die Satteldecke auf meine Klit und rieb an ihr, während Smoke mich einerseits festhielt, andererseits meinen Rücken nach vorne drückte. Ich hatte das Gefühl, vollkommen machtlos und gleichzeitig aufgehoben zu sein, und wirklich darüber nachdenken, was geschah, konnte ich sowieso nicht.

Dafür waren die Empfindungen zwischen meinen Beinen viel zu heftig. Meine Lust pulsierte und reagierte sich in heftigen Wellen über meinen Bauch und meine Schenkel ab, bis mir seine Worte den Rest gaben.

»Sag meinen Namen, wenn du kommst.«

Meine Beine verkrampften sich, meine Klit explodierte, jeder meiner Nerven zerriss in zwei Teile, und ich keuchte dankbar auf, rief seinen Namen und ließ das Tosen meiner Lust auch die letzte Faser meines Körpers erringen. Sobald ich wieder einigermaßen die Kontrolle über mich zurückerhielt, riss er mich zurück an sich.

»Dagegen hättest du dich wehren müssen«, raunte er in mein Ohr und hielt mich noch fester als zuvor. Fast so, als versuche er, mir Schmerzen zuzufügen. »Wie kann es sein, dass du das zugelassen hast?«

Eine dunkle Wut trat in ihm hervor, legte sich wie Benzin in seine Stimme. Ich wusste, ein Funke würde ausreichen, um ihn zu entfachen, also antwortete ich nicht. Ich war sowieso viel zu berauscht und mein gesamter Körper schrie laut: ›Mehr‹. Nichts auf der Welt würde mich dazu bringen, etwas zu tun, das ihn davon abhalten könnte, mir mehr zu geben.

Dass ich nicht antwortete, ließ ihn unwirsch knurren und er spornte Storm weiter an. Wir flogen über das Feld dahin, und auch wenn ich das Gefühl hatte, mich vollkommen falsch auf Storm zu bewegen, war die Kraft des Tieres unter mir, die Nähe zu Smokes Körper und die erste Befriedigung meiner Libido wie ein Rausch aus Magie.

Wir kamen bei der Ranch an und Smoke ließ Storm auslaufen. Kaum hatte das Tier im Staub gehalten, griff er in meine Taille und hob mich vom Pferd herunter. Er tauchte mich mit seiner majestätisch wirkenden Gestalt in den Schatten, als er zu mir nach unten sprach. »Geh ins Haus. Kurz vor Sonnenuntergang bin ich zurück.«

»Und wo gehst du hin?«, wagte ich zu fragen.

Doch er wäre nicht der mysteriöse Mann, von dem ich mich – mittlerweile freiwillig – befehligen ließ, wenn er nicht, ohne zu antworten, das Pferd herumlenken und davontraben würde. Schweigend sah ich ihm nach, beobachtete so lange wie möglich seine kräftigen Bewegungen und die des Tieres. Beides floss ineinander, als wäre es ein einziger Organismus.

Ich seufzte.

Dann ging ich ins Haus.

DAS LASSO

BIST DU NICHT FROH, DASS ICH IHREN MUND FICKE ANSTATT DEINEN?

Obwohl ich geduldig wartete und nichts tat, was ich nicht hätte tun dürfen, würdigte mich Smoke keines Blickes, als er zurückkam. Er ging an dem Sessel vorbei, in dem ich auf ihn gewartet hatte, in die Küche, schien tief in einen Gedanken versunken, öffnete den Kühlschrank und blieb für eine Weile dort. Enttäuschung machte sich in mir breit.

Was hatte ich auch erwartet?

Glaubte ich, er würde sich jetzt zum Loverboy entwickeln? Nur weil ich wieder umgekehrt war – und er davon wusste?

Obwohl meine Gedanken rein logisch waren, wuchs die Enttäuschung in mir umso mehr, als er mich wortkarg schlafen schickte und ans Bett fesselte, als wäre nie etwas gewesen.

Viel, viel schlimmer war allerdings, wie er sich die nächsten Tage verhielt. Als wäre ich wirklich nichts weiter als seine dämliche Putztante, für die er sich das Geld sparte. Ich versuchte ihn zu erwischen, doch er ging mir aus dem Weg, wann immer ich glaubte, ihn abpassen zu können. Selbst das Essen packte er sich ein, nahm es mit, um nicht mit mir in der Küche Zeit verbringen zu müssen. Sein Verhalten machte mich langsam, aber stetig wahnsinnig und ich arbeitete nur noch halbherzig seine Liste ab. Daraufhin wurde sie kürzer. Bis sie ganz verschwand. Er sagte mir nur noch, dass ich ins Bett gehen sollte, kam aber erst nachts, um mich zu fesseln. Am nächsten Morgen waren die Seile wieder verschwunden. Ich wäre längst durchgedreht, hätte er mir nicht einen der unteren Räume geöffnet. Dahinter verbarg sich eine gewaltige Bibliothek mit Bücherregalen, die bis zur Decke reichten. Für echte Büchereulen mochte der Raum klein wirken, die Reihen an Büchern überschaubar. Für mich war es ein ganz neues Feld, das ich entdeckte. Ich hatte mir schon immer einen Ort gewünscht, an dem ich Bücher aus Papier lagern konnte, und mit jeder Stunde, die ich in dem Raum verbrachte, wurde aus der Cinderella in mir mehr eine Belle.

Ich schaffte es, den ganzen Tag nichts anderes zu tun, als zu lesen, mich im gemütlichen Sessel zu lümmeln und die Kekse zu futtern, die ich Boone jeden Abend auf seine Einkaufsliste schrieb. Mittlerweile begriff auch der Teil in meinem Kopf, der alles gerne leugnete, dass ich mein richtiges Leben wirklich hassen musste, wenn ich die Gesellschaft eines miesepetrigen Cowboys und hunderter Bücher meinem Job und Alltag vorzog. Zwar hatte ich keine Ahnung, *was* genau ich hier tat, aber es fühlte sich um einiges besser an als die Vorstellung, nach Philadelphia zurückzukehren.

Ein Räuspern riss mich aus Emmas Monolog in Jane Austens Buch und ich blickte auf.

Smoke stand in der Tür, die Miene missbilligend verzogen. »Ist das Buch so spannend oder hast du es absichtlich vergessen?«

»Hm?«, fragte ich spitz. Ich hatte es ihm die letzten Tage gleichgetan und antwortete ihm ebenso wortkarg wie er mir.

»Das Kochen.« Er trat ein und erinnerte mich mit seiner körperlichen Präsenz, die den Raum auf einen Schlag füllte, wieder daran, warum ich sauer auf ihn war. Er hatte mich angeheizt und nie wieder angerührt. Als wäre ich es nicht wert. Oder nicht gut genug. Oder als wolle er mich besonders intensiv quälen. »Du hast gestern nicht gekocht, ich habe es dir durchgehen lassen. Aber heute ...«

»Heute hatte ich auch keine Lust.« Ich widmete mich wieder Emmas Gefühlchaos.

Zwei Schritte und das Buch landete auf dem Boden. »Jeder hier hat eine Aufgabe. Du isst, trinkst, verbrauchst Wasser und Strom, also arbeite dafür. Was ich verlange, ist nicht viel.«

Ich blickte ausdruckslos zu ihm hoch. »Du könntest mich auch einfach beim nächsten Flughafen absetzen, dann sparst du dir all die Ausgaben für mich.«

»Das kann ich gerne tun«, er beugte sich zu mir herab, »nur wird dein Körper dann in einem Sarg stecken. Los jetzt. Ich mache keine Scherze.«

Er drehte sich um und ich schnitt hinter seinem Rücken eine Grimasse.

»Im Flur hängt ein Spiegel«, informierte er mich und ging unbeirrt weiter.

»Schön, ich wollte eh, dass du es siehst!« Hätte ich Emma noch in der Hand gehabt, hätte ich sie ihm an den

Kopf geknallt. Wütend stand ich auf und machte mich lustlos daran, eines der Rezepte durchzugehen. Ich überlegte, ob ich das Essen nicht einfach versalzen sollte, nahm mir aber vor, das für später aufzuheben. Falls ich ihn mal richtig ärgern musste.

War mir eigentlich klar, dass er mir bereits mehrmals mit dem Tod gedroht hatte?

Nein. War mir wohl nicht klar.

Ich hoffte gar nicht erst darauf, dass er zum Essen ins Haus kommen würde, hatte aber auch keine Lust, wieder nur zu lesen. Wenn das so für immer weitergehen sollte, konnte ich genauso gut auch die nächstmögliche Gelegenheit zur Flucht ergreifen. Sonst würde ich an innerem Frust zugrunde gehen – dann brauchte Smoke mich nicht erst zu erschießen.

Ich packte sein Essen in eine der Dosen, die er auch sonst mit nach draußen nahm, und suchte ihn auf dem Hof. Er kam mir gerade mit einem Schimmel entgegen, den er in den Stall führte. Ich hatte ihn die letzten Tage vom Fenster aus so oft reiten gesehen, dass es mich nicht mehr thrillte wie an den ersten beiden Tagen. Und doch reichte es, ihn dabei zu beobachten, wie er mit den Pferden umging, um meinen Schritt erneut pulsieren zu lassen. *Jedes verdammte Mal, wenn er ritt, wurde mir heiß.* Und er ritt oft. Gestern hatte er den ganzen Tag auf einem der Pferde gesessen und war kreuz und quer durch das Tal galoppiert.

»Habe ich dir nicht gesagt, dass du im Haus bleiben sollst, Cinder?«, fragte er, mir den Rücken zugewandt, und begann das Tier zu striegeln, das schnaubend aus einem Futtertrog fraß.

»Was machst du eigentlich so den ganzen Tag? Zäune reparieren?«

Er drehte sich nicht um. »Mir hat dein stilles Lesen besser gefallen.«

Ich stellte die Dose mit Essen neben ihn auf einen Balken. »Mir nicht. Falls ich nur hier bei dir bin, damit ich deine Bibliothek auswendig lerne, muss ich wirklich an deinem Verstand zweifeln. Und das tue ich eh schon.«

»Warum?«, fragte er. »Weil ich dich nicht ficke, obwohl ich es könnte?«

Hitze schoss mir ins Gesicht, und ich war versucht, ›Zum Beispiel!‹ zu rufen. Aber mir war genügend Scham und Anstand anerzogen worden, dass ich mich zurückhielt.

»Mir geht es nicht um Sex, Cinder.« Er legte die Bürste beiseite und dafür eine Satteldecke auf den Rücken der Stute. »Ging es nie.«

Mir aber. »Sondern?«

»Das habe ich dir schon gesagt.«

»Um Vertrauen.«

Er nickte. Das Pferd vor ihm schnaubte und schüttelte sich, als er einen der schweren Westernsattel um ihren Bauch und Rücken schnallte.

»Vielleicht muss ich ja erst dir vertrauen können.«

»Das denke ich auch«, sagte er, ohne mich anzusehen, und schloss den Gurt am Bauch des Tieres. »Ich hatte geglaubt, du vertraust mir am meisten, wenn ich dich nicht anrühre.«

»Das hat für die ersten vierundzwanzig Stunden auch definitiv gegolten.«

»Was ist dann passiert?«, fragte er, zum ersten Mal wieder interessiert.

»Ich habe dich ...« Es fiel mir schwer, ganze Sätze zu bilden. Wie konnte er so ruhig sein? So kontrolliert? Besonders bei diesem Thema? »... nackt gesehen?«

Smokes Lippen weiteten sich zu einem Lächeln. »Hast du durchs Schlüsselloch gelinst?«

»Halb nackt«, verbesserte ich mich.

»Ein nackter Oberkörper ist alles, was es braucht, um dich gefügig zu machen? Interessant.« Er trat um den Schimmel herum, um den Sattel von der anderen Seite zu richten.

»Wie willst du denn in Erfahrung bringen, ob du mir vertrauen kannst, wenn du mich nicht mal anständig testest!«

»Testen?«, fragte er.

»Oder was auch immer! Wenn ich irgendwann mal gehen darf, dann doch nur, wenn ...«

»Als würde es darum gehen«, unterbrach er mich und kam hinter der Stute hervor. »Bist du nicht mehr überzeugt davon, freiwillig hier zu sein?«

»Doch, schon ... irgendwie ...«

»Und warum? Weil du glaubst, dass du einfach nur auf einen Fremden zustürmen musst, damit sich alles fügt? Die Wahrheit ist«, er trat auf mich zu und verströmte seinen angenehmen Geruch nach Pferd und Feld, »du hattest nie die Möglichkeit, zu fliehen. Boone hat den Motor angelassen, weil er nach dem Entladen weiter zum hintersten Stall fahren wollte. Dort lagern wir Benzin. Der Tank war leer. Wärst du auch nur etwas später umgekehrt, hättest du es nicht mal mehr zurück bis vor die Haustür geschafft. Du hättest mein Land also nicht verlassen können.«

»Das ist eine Lüge«, murmelte ich.

»Ich habe dich noch nie angelogen.« Er griff nach der

Dose mit dem Essen und öffnete sie. Jetzt war ich es, die vor Wut außer sich geriet und ihm diese versuchte aus der Hand zu schlagen. Seine Reflexe waren gut, er hielt sie fest, aber der Löffel fiel in den Dreck.

Seine Augen verengten sich schlagartig und ziemlich gefährlich, aber was auch immer er eigentlich tun wollte, er drängte mich plötzlich zur Seite.

»Besuch«, brummte er und hielt mich hinter sich, während er den Ankömmling auf dem Hof in Augenschein nahm. Es hörte sich wie ein Auto an, das hielt – nicht wie ein Motorrad. Er blickte mich an, wirkte für einen Moment verunsichert, dann öffnete er eine der leeren Pferdeboxen. »Versteck dich«, ordnete er knapp an und sperrte mich ein, bevor er das Essen wieder abstellte und aus dem Stall trat. Durch die Lücken im Holz konnte ich sehen, was passierte.

Er wirkte freundlich und gelöst, als er auf den Neuankömmling zuging. Kurz darauf hörte ich ein weibliches Lachen.

Sheela.

Ihre Stimme hatte sich durch den Song, den sie mit Smoke zusammen gesungen hatte, in mein Gedächtnis gebrannt.

Sie sprachen miteinander, doch ich konnte nicht einmal einzelne Wortfetzen verstehen. Ich ließ mich gegen die Wand des Stalls sinken und dachte über Smokes Worte nach. Einerseits klangen sie danach, dass er wirklich ein anständiger Kerl war und mich nur deshalb nicht noch einmal angerührt hatte, andererseits ließen mich seine Worte über den leeren Tank verzweifeln. War es wirklich so aussichtslos für mich, zu entkommen?

Und wie lange würde ich dann noch hierbleiben?

Welchen Vorteil brachte ihm meine Gefangenschaft?

Es kam mir wie ein Geistesblitz, als ich Sheela erneut lachen hörte. Ihre Stimme klang affektiert, aber darauf achtete ich nicht. Sie war nah. Ich sollte mich verstecken. Also wusste sie nicht, dass Smoke mich gefangen hielt.

Wie dumm wäre ich, wenn ich das nicht als Chance nutzte?

Es brauchte ein paar Minuten, bis ich es schaffte, aus der Box herauszuklettern. Dabei schrammte ich mir an einem Nagel die Haut meines Unterarms auf und brach mir fast meinen kleinen Zeh. Aber es ging, auch geräuschlos.

Außerdem war es vermutlich umso besser, wenn ich einigermaßen verwahrlost aussah, damit Sheela sofort schnallte, was hier los war. Ihr Gespräch war verstummt, als ich die große Holztür des Stalls vorsichtig öffnete und feststellen musste, dass sich niemand mehr auf dem Platz befand. Sheelas Auto stand noch dort, in der Küche brannte Licht, sie war leer. »Hallo?«, rief ich leise, nicht sicher, ob es klug war, auf mich aufmerksam zu machen, bevor ich sicher sein konnte, dass Sheela es auch mitbekam.

Von einem Schuppen in der Nähe drangen Geräusche zu mir, die mich an die eines Tieres erinnerten. Soweit ich wusste, lagerte darin aber nur Werkzeug. Ich trat um die Längsseite des Stalls herum und blickte mitten in den Schuppen, dessen Türen sperrangelweit offen standen. Mein Herz hatte die letzte Woche einiges mitmachen müssen, aber auf diesen Anblick war es nicht vorbereitet.

Absolut nicht.

Es fühlte sich an, als würde aus dem pulsierenden Organ ein harter Stein werden, und der Prozess des Verkrustens tat höllisch weh.

Smoke saß auf der Bank im Schuppen, den Kopf an die Wand gelehnt, die Augen geschlossen, Sheela hockte vor ihm. Zwischen seinen Beinen.

Über seinem Schritt.

Ihr Kopf bewegte sich gleichmäßig auf und ab. Dabei atmete sie wild, während in Smokes Gesicht ein Nerv zuckte. Irgendein Laut entwich mir, er war leise, aber laut genug, dass Smoke die Augen öffnete.

Sofort griff er mit beiden Händen fest in Sheelas Haar, vermutlich, damit sie nicht auf die Idee kam, sich umzusehen.

Alles an ihm schrie: ›Verschwinde!‹, seine hasserfüllten Augen, seine starre Miene, die angespannten Muskeln seines Körpers.

Er sah aus, wie ich glaubte, dass er aussehen würde, kurz bevor er mich tötete. Und ich dachte nicht nach, sondern rannte. Rannte zurück in den Stall, griff nach einem Sattel, denn ich wusste, dass die einzige Chance, zu fliehen, auf einem Pferderücken lag – wenn ich kein Auto kurzschließen wollte, was ich sowieso nicht konnte. Reiten auch nicht.

Aber ich hatte zumindest eine *Idee* davon, wie es funktionierte.

Ich saß auf, indem ich mich am Wassertrog abstützte. Die Stute scharrte unruhig mit den Hufen, aber das Adrenalin machte mich auf eine Weise so selbstsicher, dass ich sie ohne weiteres Zögern antrieb.

Sie verfiel in einen unruhigen Schritt, und noch bevor wir den Stall verlassen hatten, drückte ich meine Hacken sanft, aber bestimmt in ihren Bauch, während ich mich darauf vorbereitete, gleich durchgeschüttelt zu werden. »Go!«

Meine Nervosität und Angst übertrug sich direkt auf das Pferd, weshalb der Schimmel sofort losgaloppierte. Ich blickte nicht zurück, sondern ließ es geschehen. Sie nahm den Weg den Fluss hinunter, was ein gutes Ziel war, denn der Fluss würde meine Spuren verwischen – sollte ich so weit kommen.

Ich stemmte mich in die Steigbügel und trieb das mächtige Tier unter mir weiter an.

»Schneller!«, rief ich, geriet in einen wahren Sog aus Übermut und Freiheitsgefühl. Ich wusste nicht, was mit mir passierte, aber es war plötzlich ganz natürlich, mich im Laufrhythmus des Pferdes auf dem Sattel zu bewegen. Meine Gedanken kamen mir nicht hinterher, alles, was mich jetzt noch ausmachte, war meine Körperlichkeit.

Ich wollte schreien. Vor Glück. Vor Erfüllung. Das hier hätte ich so viel früher tun sollen! All die Bilder, wie Smoke die sexy Sängerin in den Mund vögelte, verschwammen vor meinem inneren Auge und nichts blieb außer Weite und an mir vorbeirasende Landschaft.

Ich hatte mich längst vorgebeugt, die Hände tief in die Mähne des Tieres gekrallt, die Füße immer wieder an ihrem Bauch.

»Schneller, schneller!« Wir rasten auf den Fluss zu und ich musste lächeln. Einfach breit lächeln. Jeden Ruck, der durch den Ritt durch meinen Körper ging, wusste ich abzufangen. Ich hielt mich völlig selbstbewusst und ließ es geschehen. Ließ die Stute mich fortbringen. Weg von diesem kaltherzigen Arschloch, an dessen schlechte Laune und Einsilbigkeit ich beinahe einen Teil meines Herzens verloren hätte.

Es war nicht mehr weit bis zum Fluss, ich konnte schon die benässten Gräser am Ufer glitzern sehen, als ein schriller Pfiff das Tal erfüllte. Für mich war er denkbar leise, doch das Tier unter mir reagierte schlagartig darauf.

»Nein!«, schrie ich, klammerte mich mit aller Gewalt fest und konnte mich doch nicht darauf vorbereiten, dass die Stute sich nach hinten aufrichtete. Sie hielt wie aus dem Nichts an, bäumte sich auf und warf mich ab, so sehr ich mich auch versuchte in ihre Mähne zu krallen. Ich spürte den harten Feldboden unter mir und rollte mich aus Reflex sofort beiseite.

An genau der Stelle, an der zuvor meine Brust gelegen hatte, standen nun wieder die Füße der Stute. Ungläubig registrierte ich, dass ich noch immer ihre Zügel in der Hand hielt, was mich dazu brachte, daran zu ziehen. Sie versuchte ihren Kopf wegzudrehen, aber ich hielt sie fest, was sie unruhig auf der Stelle herumtänzeln ließ.

»Verdammt«, fluchte ich, richtete mich auf und blickte nach oben zum Hang. Aus weiter Ferne, als kleiner Punkt erkennbar, der sich neben dem winzigen Farmhaus abhob, kam ein Reiter auf uns zu.

»Verdammt!«, schrie ich die Stute an, was sie vollends scheuen ließ. Sie entriss mir die Zügel und rannte ins Feld davon. Smoke würde sofort erkennen, dass sie mich abgeworfen hatte, aber vielleicht ging er davon aus, dass ich ihr nachlief. Also rannte ich in die entgegengesetzte Richtung davon. Durch das hohe Korn des Feldes

Richtung Wald, der mich hoffentlich in seinem Schatten schützend aufnehmen würde.

Aber gegen den reitenden Smoke hatte ich keine Chance. Noch bevor ich überhaupt in die Nähe eines Baumes gekommen war, spürte ich den Boden unter mir erzittern. Ich machte nicht noch einmal den Fehler, mich umzudrehen, sondern lief weiter, bis plötzlich etwas vor mein Gesichtsfeld flog, mich umfing und hart zurückriss. Ungläubig umfasste ich das Seil um meinen Bauch, das enger gezogen wurde, sobald Smoke über mir war, und fest in meine Taille schnitt. Wie einen Sack zog er mich daran hoch, bis ich den Kontakt zum Boden verlor, und warf mich bäuchlings über den Sattel. Ein Griff an meine Arme, die grob auf meinen Rücken gezogen wurden, und ich spürte das Seil auch um meine Handgelenke.

Ich strampelte wild und bedachte ihn mit Flüchen, was weder Smoke noch den Rappen Storm aus der Ruhe brachte. Im Trab ging es wieder bergauf, zurück zur Ranch, während ich auf dem Bauch lag und durchgeschüttelt wurde. Irgendwann gab ich es auf, mich zu wehren, und nahm mein Schicksal an. Was allerdings nicht mein erkaltetes Herz heilte.

Das Schlimmste an diesem ganzen Mist war nicht etwa, dass er mich wie Vieh eingefangen hatte und nun zurückbrachte: Das Schlimmste war, dass er mich auch wirklich wie welches hielt. Dreck. Bedeutungslos. Ein instinktgesteuertes Ding ohne Gefühle.

Hatte ich wirklich etwas anderes erwartet?

»Ist Sheela weg?«, fragte ich mit zusammengebissenen Zähnen und war froh, dass er die heißen Spuren meines Wahnsinns auf meinen Wangen nicht sehen konnte. Ich heulte. Und nur Gott wusste wieso!

Storm war in einen ruhigen Schritt verfallen. Vielleicht würde ich mich gleich übergeben. Das Schaukeln in dieser Lage auf dem Sattel mixte meinen Mageninhalt ordentlich durch. Wie die Erinnerung an Smoke und Sheela.

»Oder wird sie sich gleich über mich lustig machen? Weil sie eine genauso kranke Person ist wie du?«

»Sie ist weg«, brummte er.

»Aha.«

»Bist du vor ihr weggelaufen oder vor mir?«, wollte er wissen, was eine ziemlich fiese Frage war, denn mit der wahren Antwort darauf würde ich mich seelisch endgültig vor ihm ausziehen. Wie konnte ich auch eifersüchtig sein? Auf die Hure meines *Entführers?*

»Ich wollte die Gelegenheit nutzen«, erzählte ich den Steinen unter mir, die im Feldweg vergraben lagen.

»Welche Gelegenheit? Das war keine Gelegenheit. Es war dumm.«

»Tja, von *Gelegenheiten* verstehe ich eben nicht so viel wie du. Sie ist also doch eine Hure? Eigentlich habe ich das von Anfang an gedacht und es war erbärmlich von mir, zu glauben, dass du mit so einer nichts am Laufen hast.«

»Sei still«, knurrte er.

»Warum? Im Gegensatz zu dir und Sheela benutze ich meinen Mund gerne zum Sprechen!«

Er lachte rau, weil er den Seitenhieb auf Schwanzbläsertussi Sheela wohl verstand. »Du könntest doch froh sein, dass ich ihren Mund ficke und nicht deinen.«

Ja, das könnte ich wohl. Das sollte ich auch! »Bin ich, definitiv. Der Frohsinn in Natur sozusagen.«

Er lachte wieder und wir erreichten den Hof. Die Erde unter uns verwandelte sich in Kies und Smoke begann meine Fesseln zu lösen. Er ließ mich vom Sattel hinunterrutschen, folgte mir und hielt mich am Arm fest, während er Storm und mich gleichermaßen über den Platz führte.

Die Zügel des Rappen schlang er um ein Holzgestell bei der Veranda und schickte mich die Treppe hinauf.

»Und die Stute?«

»Velvet wird den Weg zurückfinden, wenn sie sich von dem Schock erholt hat.«

»Du hast sie schockiert! Mit deinem dämlichen Gepfeife!«

Er drängte mich in die Küche. »Ja. Möglich.«

Ich verschränkte die Arme vor der Brust, nachdem er mich losgelassen hatte, und blickte ihn herausfordernd an.

Er sah stumm zurück. Es war unmöglich für mich, in seiner Miene zu lesen. Alles, was ich wusste, war, dass ich mit dem Feuer spielte. Schon seitdem ich aufgehört hatte, seine Aufgaben zu befolgen.

Wie sehr würde es schmerzen, wenn ich mich verbrannte?

»Fass mich einfach nie wieder an«, zischte ich schließlich, weil es die einzige Rettung aus meiner Situation bedeutete, und wandte mich zum Gehen.

Er hielt mich am Handgelenk fest, was mich zu ihm herumfahren ließ.

»Das ist Anfassen!«, rief ich wütend. »Wenn du willst, dass ich deine dummen Aufgaben erledige, dann lass es mich tun, aber wundere dich nicht, wenn bei der ersten Gelegenheit, die sich mir bietet, ein verdammtes Messer in deiner Brust –«

»Hör auf zu zetern«, unterbrach er mich unwirsch.

»Hör du auf, so ein Arschloch zu sein!«, stieß ich aus und zerrte an meinem Handgelenk.

Das veranlasste ihn nur dazu, noch fester zuzufassen. »Ich *bin* so viel mehr als das. Was muss ich noch sagen, damit du das begreifst?«

»Vielleicht sollten deinen Worten mal Taten folgen? Oh, Cinder«, äffte ich ihn mit tiefer Stimme nach, »hab Angst vor mir. Ich bin ein Monster. Ich werde dich umbringen, wenn du nicht spurst. Ich halte dich fest, warum, weiß ich leider nicht, denn ich bin ein dummer Cowboy, ich hab's nicht so mit dem Denken. Aber ich bin wirklich sehr, sehr böse, so böse, dass ich sogar die Hure aus dem Dorf statt dich ficke, um dich von mir zu verschonen. Nebenbei habe ich noch einen Ponyhof und behandle alle Tiere wie Lebewesen und habe furchtbar philosophische Dinge über sie zu sagen. Jeder im County ist mein Freund, selbst die Biker, die keiner mag. In Wahrheit bin ich Countrysänger, diese Farm hier ist nur mein Zubrot, weil ich Tiere so toll finde. Siehst du, ich bin der böseste Mann der Welt.«

Als sich sein Mundwinkel bewegte und eine seiner dichten Augenbrauen nach oben wanderte, fragte ich mich, ob ich das gerade wirklich alles gesagt hatte. Ich schloss den Mund und tackerte imaginär meine Lippen zu, denn was auch immer jetzt geschehen würde, ich sollte kein weiteres Wort mehr verlieren.

»Ich war wirklich viel zu nett zu dir«, sagte er mit einem schiefen Lächeln und umfasste plötzlich meine Taille.

Keuchend wurde ich herumgewirbelt, bis ich plötzlich auf seiner Schulter lag. »Lass mich los!« Ich trommelte auf seinen Rücken ein. »Lass mich runter, ich kann selbst laufen!«

Er hörte nicht, sondern trug mich unbeirrt nach oben in mein Schlafzimmer und warf mich aufs Bett.

Wie eine verängstigte Schlange zuckte ich vor ihm zurück, als er sich schattenhaft über mich beugte. Er griff grob nach meinen Handgelenken und fesselte sie wieder. Allerdings ging er dieses Mal sehr viel rabiater dabei vor. Ich begann Speichel in meinem Mund zu sammeln, um ihn anzuspucken, als er meine Arme fest in die Matratze stemmte. Er umfasste mein Kinn und zog es nach oben.

»Wag es ja nicht, Kleines.«

»Ich bin nicht klein«, zischte ich.

»Soll ich dich Puppe nennen, ja? So siehst du nämlich aus. Wie eine kleine, nervtötende Puppe.«

»Cinder reicht vollkommen.«

»Cinderella«, überlegte er laut. »Nein, das passt überhaupt nicht zu dir.«

»Was soll das heißen?«, fuhr ich ihn an.

»Dass du dich wohl eher im Stroh wälzen würdest, als mit einem Prinzen zum Ball zu gehen.« Seine Augen blitzten belustigt auf, als er Abstand nahm. Ich wollte schreien und spucken und ihm wirklich wehtun, weil er mich einfach hier fesselte und liegen lassen wollte, und hielt damit jäh inne, als er seinen Hut abnahm und auf die Kommode legte. Er knöpfte sein Hemd auf, streifte es ab und löste seinen Gürtel. Beides ließ er zu Boden fallen, was mich die Luft anhalten ließ.

»Was hast du jetzt vor?«, fragte ich ihn wispernd.

»Ich lasse auf meine Worte Taten folgen.«

Hitze wallte in mir auf. »Und was genau ...«

»Still«, befahl er und hockte sich über mich. Ich war eingeschlossen zwischen seinen mächtigen Schenkeln und verharrte regungslos.

Ein kräftiger Ruck an meinem eigenen Hemd und die Knöpfe flogen beiseite, er blätterte den Stoff auf und legte meinen BH frei. Seine Hände fuhren die Konturen des Push-ups nach. Es war noch immer der, den Ivy mir letztes Wochenende aufgedrängt hatte.

»Ich habe nur den einen«, stammelte ich, bevor er auf die Idee kam, auch diesen zu zerreißen.

Seine Augen wanderten von den Ansätzen meiner Brüste in mein Gesicht. »Befindlichkeiten, Cinder«, murmelte er und riss den BH mit einem heftigen *Ratsch* entzwei. »Ich sagte dir, dass sie mir nichts bedeuten.«

Er strich über die freigelegte Haut und senkte seinen heißen Atem auf meine Brust nieder. Meine Nippel waren steinhart und sehnten sich nach einer Liebkosung, während er mit seinem Atem um sie herum fuhr.

»Ich habe sie mir weniger perfekt vorgestellt«, sagte er leise und nahm meine Brüste zwischen die Hände. Er massierte sie leicht, bevor er meine rechte Brustwarze mit der Zunge umschloss und fest ins Fleisch biss.

Ich schrie überrascht auf und zuckte unter ihm zusammen, als er fest an meinem Nippel saugte. Fast hätte ich ihm gesagt, er solle vorsichtiger sein, aber mir war klar, dass er mich nur ausgelacht hätte. Der anfängliche Schmerz wurde zu einer süßlichen Tortur, die vor allem meine Beine unruhig werden ließ.

Smoke scherte sich nicht darum. Mit bewundernswerter Geduld widmete er sich auch meiner anderen Brust. Er leckte über meine Spitze, bevor er auch diese tief in den Mund nahm. Ihm dabei zuzusehen hätte mich beinahe kommen lassen. Er verausgabte sich minutenlang an meinem Oberkörper. Leckte meine Brustwarzen, küsste meine Rippen, biss in mein Fleisch. Mein Schritt glühte vor Sehnsucht, auch wenn ich noch eine Ewigkeit so hätte daliegen können, während er sich einfach nur meinen Brüsten widmete.

Als er sich schließlich aufrichtete, glänzten seine Lippen. »So nett ...«, sagte er mit einem schiefen Lächeln. »Du kehrst wirklich eine der guten Seiten in mir hervor.«

»Doch kein Monster?«

Er öffnete meine Jeans, zog sie mir grob über den Hintern und warf sie davon. »Heute nicht.« Seine Hand fand an meinen Slip, und auch diesen wurde ich schnell los.

Entblößt lag ich vor ihm und schämte mich ein bisschen.

»Spreiz die Beine.«

»Nein.«

Er knurrte und drückte sie einfach auseinander, sah mir dabei aber ins Gesicht statt auf meine Pussy. »Und jetzt öffnest du sie selbst. Los.«

Ich biss mir auf die Zunge und gehorchte.

»Mehr.«

Augen verdrehend öffnete ich mich noch etwas weiter, was ihm offenbar zu langsam war, denn er drückte wieder gegen meine Schenkel.

Ich fragte mich, was *er* täte, wenn man so mit ihm umspringen würde, ließ es aber geschehen. Seine Augen füllten sich mit Gier, als er meine Pussy betrachtete, und ich war mir sicher, dass die Nässe bereits aus mir herauslief. So präsent die Scham auch war, mich vor ihm auf diese Weise zu öffnen, so sehr wollte ich es auch. Wie er mich über meine eigene Komfortzone hinausschubste – und mir damit zeigte, dass ich mich nicht zu schämen brauchte –, beflügelte mich. Ich konnte es kaum erwarten, bis er fortfuhr. Vermutlich würde ich alles mitmachen – wirklich alles, selbst wenn ich mir nicht einmal vorstellen konnte, was das war.

Smoke glitt mit seiner Hand meinen Oberschenkel entlang und landete mit seinem Daumen zielgerichtet auf meiner Perle.

Ich jauchzte auf, als er sie mit perfektem Druck massierte, und schloss die Augen, um ihn nicht ansehen zu müssen. Das wäre zu viel gewesen. Ich wollte mich nur auf eine Sache konzentrieren, und das war gerade die Lust, die ich empfand und die mich wahnsinnig werden ließ.

»Sieh mich an.« Aber er ließ mich nicht entspannen. Der drohende Unterton in seiner Stimme, sollte ich auf die Idee kommen, nicht zu gehorchen, ließ mich meine Augen wieder öffnen. Ein tiefes Ziehen entstand in meiner Magengegend, als ich ihn vor mir hocken sah. Seine Hand an meiner Klit, seine Augen auf mich gerichtet, sein Oberkörper in dem hautengen Shirt.

Sein Blick zog mich in seinen Bann und ließ mich nicht mehr los, bis er seine Hand in genau dem Moment zurücknahm, als sich in mir ein Orgasmus anbahnte. Er lächelte wieder, als ich frustriert den Kopf zurückwarf, und schob dafür zwei Finger in meine Pussy. Die Furche entstand auf seiner Stirn, als er sie in mir bewegte. Ich genoss jeden einzelnen Vorstoß seiner Finger, wurde aber von seiner nachdenklichen Miene verunsichert.

»Du bist viel zu eng für mich«, konstatierte er und zog sich zurück.

Panik machte sich in mir breit: Wollte er mich jetzt so liegen lassen? So völlig angefressen und unverdaut?

Er stand tatsächlich auf und verließ den Raum.

»Nein!«, rief ich ihm hinterher und wimmerte ein bisschen, in der Hoffnung, das würde ihn umstimmen. Ich hörte ihn auf dem Gang, wusste, dass er nicht nach unten ging. Als er zurückkam, hielt er etwas in der Hand, das er aber bei meinen Füßen ablegte, weshalb ich es nicht erkennen konnte.

Wieder beugte er sich über mich und griff an meine Fesseln, was in mir die Sorge entstehen ließ, es würde jetzt wirklich enden. Als ich frei war, ließ er mich ganz los.

»Dreh dich um.«

Erwartungsvoll gehorchte ich und legte mich auf den Bauch. Womit ich allerdings nicht rechnete, war, dass er meine Hände dieses Mal zusammenband und an dem Gestell befestigte, was mich dazu zwang, mich auf meine Ellenbogen zu stützen.

»Und jetzt?«, fragte ich ihn nervös.

»Und jetzt werde ich dir deine dummen Fragen genauso wenig beantworten wie die letzten Tage.« Er bewegte sich neben mir im Bett, aber ich wusste nicht, was er tat.

»Hey, Pferde brauchen auch eine Ansage, damit sie spuren!«

Er lachte, sehr befreit, sehr wunderschön. »Wenn ich dich so weit habe, dass du auf Ansagen reagierst, brauchst du erst recht keine Fragen mehr zu stellen.«

Ich schluckte und fragte mich, ob das hier wirklich eine gute Idee von mir gewesen war, als er meinen Bauch umfasste und ihn hochzog, sodass ich mich automatisch in den Vierfüßlerstand begab, die Ellenbogen aufs Bett gestützt, meine Hände verdreht. Smoke fuhr mit seiner Hand über meinen Hintern, was mich gleichermaßen erregte wie noch nervöser machte, und begann ihn langsam zu massieren.

Ich seufzte wohlig, als seine Finger sich genau auf die Weise in mein Fleisch bohrten, die all meine Spannungen löste. Auch hier bewies er eine Engelsgeduld. Mit jeder Minute, die er meine Pobacken und meinen unteren Rücken knetete, sank mein Oberkörper tiefer in die Matratze, fühlte ich mich schwerer und zufriedener.

»Ich werde dir Reitstunden geben«, sagte er in die Stille hinein und fuhr mit seinen Daumen meine Gesäßknochen nach. »Du bist geritten wie ein *Blackwolf*.«

Ich wollte mich gerade schon freuen, dass er mich mit einem Blackwolf verglich, und anfangen zu lächeln, als plötzlich ein Schmerz durch meinen Hintern schnitt. Das laute Klatschen seiner Hand auf meine Pobacke erreichte mich verzögert und ich riss empört den Kopf herum. »Spinnst du?«

»Aber du wirst dabei daran denken, was passiert, solltest du noch einmal eines meiner Pferde stehlen.«

»Wovon zur Hölle redest du?«, fuhr ich ihn an.

Einer seiner Mundwinkel zuckte. Er hielt meine Hüfte fest und schlug noch einmal zu.

»Du bist doch völlig bescheuert!«

»Schsch, Cinder, oder soll ich dich knebeln?« Er fuhr genüsslich über die brennende Haut an meinem Po und ließ seine Hand nochmals darauf niederschnellen.

Ich zuckte zusammen und biss mir auf die Zunge. Er konnte nicht erwarten, dass ich meine Klappe hielt, aber mich knebeln zu lassen wäre die größte Schmach. Würde er wirklich nicht mehr hören, wenn ich Nein sagte? Und war es das, was mich so sehr reizte?

Als er ein viertes Mal zuschlug, begann ich mich zu winden, was dazu führte, dass mich der nächste Schlag besonders hart traf. »Macht dir das Spaß, ja? Mich zu schlagen wie ein ungehorsames Kind?«

Für diese Frage erntete ich ein weiteres *Klatsch*. Meine Haut brannte mittlerweile und ich musste mit den Tränen kämpfen.

»Ich würde ein Kind niemals schlagen«, entgegnete er.

»Ach ja, weil du ja so ein lieber Daddy bist!«

Smoke hielt inne und betrachtete gedankenverloren mein Hinterteil. »Ich überlege gerade, ob es mir gefallen würde, wenn du mich so nennst ... Aber für einen *Daddy* bin ich eine Spur zu grob.«

»Das wäre auch super abartig!«

»Dein Vater ist tot, oder?«

Er fragte es mitten in diese entblößende Situation hinein, und ich konnte nicht verhindern, dass die Tränen endgültig einen Weg durch meine Augen fanden. Der plötzliche Schmerz in meiner Brust war nichts im Vergleich zu dem Brennen an meinem Hintern. Ich drehte mein Gesicht weg, damit er meine Schwäche nicht zu sehen bekam, auch wenn ich wusste, dass ich mich nicht vor ihm verbergen konnte.

»Meiner auch«, sagte er rau. »Es lebt sich leichter ohne Eltern.«

Mir kam der Gedanke, er könnte seinen Vater möglicherweise umgebracht haben – zuzutrauen war es ihm –, aber ich wollte dieses Gespräch nicht vertiefen. Schon gar nicht wollte ich, dass er meine belegte Stimme zu hören bekam. Er tat mir den Gefallen und sagte nichts mehr, streichelte dafür meine Schenkel und glitt hinauf zu meiner Pussy. Nach dem Schmerz war es eine Wohltat, ihn dort auf sanfte Weise zu spüren, auch wenn ich fürchtete, er würde gleich wieder grob werden.

Etwas Kühles haftete auf seinen Fingern, er rieb es mir zwischen die Wände. *Gleitgel*, kam mir in den Sinn, was auch bitter nötig war, denn ich hatte mich total verkrampft. Am liebsten hätte ich alles abgebrochen und mich unter der Decke verkrochen, aber ich wusste, dass ich ihn darum gar nicht erst zu bitten brauchte.

»Dein Vater ist also ein kleiner Knackpunkt in deiner Psyche«, stellte er fest und nahm seine Hand zurück.

Kaum spürte ich seine Griffe nicht mehr, sank ich der Länge nach aufs Bett und versuchte mich einzuigeln. Weg von ihm. Smoke umfasste meinen Schenkel, damit ich nicht schräg vom Bett rutschte, und zog mich zurück in die Mitte.

»Noch kann ich mich beherrschen. Ich lasse dich allein, wenn du willst.«

»Nein«, wisperte ich, auch wenn ich nicht verstand, woher der Wunsch in mir kam, er würde bleiben. Etwas in mir wollte, dass er mich in den Arm nahm, festhielt. Wie konnte allein das Erwähnen meines Vaters mich so zerbrechlich werden lassen? Es war, als hätte mich die Erinnerung an seinen Tod erst wirklich ausgezogen. Eine Schutzschicht von meinem Körper abgeblättert, die unglaublich wichtig gewesen war, um Smokes Temperament standzuhalten. *Warum schickst du ihn dann nicht weg? Warum willst du auch noch, dass er bleibt?*

Er fasste in mein Haar wie in die Mähne eines

Tieres und zog meinen Kopf herum, sodass ich ihn ansehen musste. Seine Miene war verschlossen, aber seine Augen untersuchten aufmerksam jede Regung in meinem Gesicht. »Du bist ein Rätsel für mich, Cinder.«

»Ich? Ich bin ein Rätsel für dich? Du bist doch derjenige, der keine Fragen beantwortet.«

»Das ist es ja. Du antwortest mir und ich verstehe dich trotzdem nicht.«

»Tja, dann denk halt mehr nach.«

Er zog meinen Kopf zurück, sodass es an meinen Haarwurzeln schmerzte. »Frech werden ist ein Luxus, den du dir nicht leisten solltest. Was erwartest du jetzt von mir?«

»Wie bitte?«

Ungeduld wanderte über seine Miene. »Du bist die erste Frau, die nackt in meinem Bett liegt, mich um Sex angebettelt hat und anfängt zu heulen. *Was* erwartest du jetzt?«

Aus irgendeinem Grund begann mein Herz bei seinen Worten wieder zu flattern. »Habe ich eine Wahl?«

»Eine Wahl zwischen was?«, knurrte er ungeduldig. Ihn schien es wahnsinnig zu ärgern, dass er nicht wusste, wie er mit der Situation umgehen sollte, und das ließ mich wissen, wie gut ich ihn die ganze Zeit über einzuschätzen gewusst hatte. Wäre ich ihm *wirklich* egal, wären ihm meine *Befindlichkeiten* egal, würde er mich jetzt einfach vögeln. Er würde sich nicht einmal darum scheren, ob ich heulte oder vor Lust stöhnte. Es wäre ihm egal, weil *ich* ihm egal wäre.

Doch das war ich nicht.

Und das ließ mich sicher fühlen. »Mach einfach weiter«, flüsterte ich und zog meine Unterlippe lasziv zwischen die Zähne.

Er starrte darauf, starrte in mein Gesicht und schien die Welt nicht mehr zu verstehen. »Du willst wirklich, dass alles zu Asche verbrennt.«

Mit einem Ruck hob er meinen Körper wieder an, umfasste meinen Bauch mit der einen Hand und meinen Hintern mit der anderen. Er streichelte die Stellen, die von seinen Schlägen noch leicht brannten, und schob mir zeitgleich seine Finger in die Pussy. Gemächlich verteilte er das Gleitgel und weitete mich. Ich wurde unruhig, weil seine Finger mich zwar süßlich stimulierten, aber mich auch der Leere bewusst werden ließen, die nur ein Schwanz füllen konnte.

Als ich unruhig mit der Hüfte zuckte, schlug er noch einmal zu.

Ich atmete zischend ein, ohne etwas zu sagen, und schob sämtliche Gedanken beiseite, die mir einreden wollten, das hier ginge zu weit. Es ging überhaupt nicht zu weit. Ich wollte es so. Jetzt musste nur noch der Moralapostel in mir das begreifen. Warum sonst war ich vermeintlich freiwillig zurückgekehrt? Wenn ich nicht in ebendiesen Strudel aus Gewalt und Zärtlichkeiten hineingerissen werden wollte?

Seine Finger spielten mit mir, ohne mich zu überreizen. Es war klar, dass er alles hiervon beherrschte, und ich stellte mir lieber nicht die Frage, woher seine Übung stammte. Als er sich wieder hinter mich kniete, erwartete ich schon, dass er endlich weiter gehen würde, aber er senkte nur seine Lippen herab und legte sie auf meinen Hintern. Er fuhr mit der Zunge über mein Steißbein, was mich erschaudern ließ, und biss sanft in die Haut meines

Pos. Da die Stellen noch empfindlich waren, prickelte der Schmerz.

Als er seine Zähne tief in mein Fleisch grub, spannte ich meinen Körper erneut an. Gleichzeitig schob er einen dritten Finger in meinen Gang. Ich wusste nicht mehr, wohin mit meinem Verlangen, endlich von ihm gevögelt zu werden, und krallte mich mit meinen verbundenen Händen in die Bettdecke.

»Bitte nimm mich«, wimmerte ich. Ich musste ihn in mir spüren, sofort.

Langsam zog er seine Finger aus mir zurück und richtete sich auf. Ich hörte den Reißverschluss seiner Jeans, das Reißen einer Kondompackung und spürte seine mächtige Erektion kurz darauf zwischen meinen Schenkeln. Er schob meine Beine auseinander und stieß in mich.

Nur ein wenig, aber es reichte, um geschockt einen Vorgeschmack auf seine Größe zu bekommen.

»Ich werde dich jetzt ficken, Cinder«, warnte er mich unheilschwanger vor. »Hoffen wir, dass du deine Bitten nicht bereust.« Er packte meine Pobacken, zog sie auseinander, um noch leichteren Zugang zu meiner Scheide zu haben, und stieß zu.

Ich keuchte auf, er stöhnte zufrieden.

Er schob sich tiefer, ich vergaß zu atmen, er leerte seine Lungen. Langsam zog er sich zurück, stieß wieder zu. Auch wenn ich glaubte, von seinem riesigen Schwanz zerteilt zu werden, fühlte es sich himmlisch an. Smoke hatte meine schmerzenden Pobacken gepackt und hinterließ allein durch seinen festen Griff sicherlich rote Striemen seiner Finger, während er mich immer weiter dehnte.

Mit einem animalischen Laut begann er, mich schneller zu vögeln. Ich ahnte, dass er nicht einmal zur Hälfte in mir war, und fragte mich, wie zur Hölle ich ihn ganz in mir aufnehmen sollte.

»Du bist perfekt«, raunte er und nahm mich weiter, mit langsamen, tiefen Stößen, bis er schließlich einen letzten Ruck tat und mich ganz ausfüllte.

Eigentlich sollte ich seine Worte erwidern, denn was er bisher getan hatte, war ebenso perfekt. Die perfekte Mischung aus Verbotenem und gutem Sex. Aber statt mich weiter gefühlvoll zu vögeln, drückte er meine Beine plötzlich vor, spreizte sie mit seinen eigenen und beugte sich über mich. Er schien sich mit einer Hand an der Wand abzustützen, als er sich in mich rammte.

Mir blieb für mehrere Sekunden die Luft weg, weil seine Stöße so unvermittelt und ohne Vorbereitung hart wurden.

Ich erstarrte innerlich, war zu überfordert mit der Situation, um sie einfach nur zu genießen, und entfernte mich gedanklich von dem, was geschah. Ich wusste, dass ich noch nie so nass gewesen war. Ich wusste, dass ich in all meinen Fantasien immer von so etwas geträumt hatte. Ich wusste, dass mich noch nie ein Mann so genommen hatte. Wild und rücksichtslos wie ein Raubtier. Ich hatte *nicht* gewusst, dass es überhaupt möglich war. Mir war nicht klar gewesen, was Sex sein konnte, und doch katapultierte mich das Geschehen in eine Zuschauerebene, weil ich es einfach nicht verstand.

Was passierte hier?

Mit mir?

Und diesem Fremden?

»Cinder«, knurrte er, als hätte er mitbekommen, dass

ich den schmalen Grad zwischen Abenteuer und Wahnsinn im Kopf überschritten hatte und nicht mehr mitkam. An meiner Körperspannung konnte es nicht liegen, ich besaß keine mehr. Als er langsamer wurde, keuchte ich auf.

»Nein!«

»Du scheinst überhaupt nicht zu wissen, was Nein bedeutet«, grollte er, blieb aber in mir. Mit einer Hand fuhr er meinen Rücken entlang, drückte fest wie bei einer Massage in meine Wirbel. Ich überlegte, was ich ihm mit wenigen Worten sagen konnte, die alles erklärten, aber ich wusste nur, dass er nicht gehen durfte. Er musste bleiben. Und wenn er mich die ganze Nacht vögelte, er durfte nicht gehen. Egal, wie oft er noch glaubte, mich ›bestrafen‹ zu müssen.

»Verdammt.« Smoke zog sich endgültig aus mir zurück, griff über mich an meine Hände und zerrte mich herum, sodass meine Arme verdreht wurden. Mit weit aufgerissenen Augen starrte er in mein Gesicht, das von Tränen überströmt war. Er schien die Welt nicht mehr zu verstehen – ich auch nicht. »Es war richtig, dass ich dich nicht angerührt habe«, sagte er steif. »Du bist das reinste Psychowrack.«

»Nein!«, fauchte ich. »Nein, bin ich nicht!«

Er mahlte mit dem Kiefer. Auf seiner gewaltigen Männerbrust perlte der Schweiß, in seinem kurzen Haar glänzten Tropfen. »Wie würdest du es sonst bezeichnen?«

»Ich bin überfordert! Das ist alles.«

Ein unwirscher Laut kam aus seiner Kehle. »Das hier wird mir nie zeigen, ob ich dir vertrauen kann. Am Ende kostet es dich dein Leben.«

»Warum sagst du das? Gerade jetzt?«

»Damit du *verstehst,* worum es hierbei wirklich geht.«

»Also entweder dein IQ ähnelt dem eines Gottes, und ich bin einfach nur zu blöd, deine völlig zusammenhangslosen Offenbarungsfetzen zu ordnen, oder dein IQ ist zu niedrig, und du raffst einfach nicht, was für ein normales zwischenmenschliches Gespräch nötig wäre ...«

Er umfasste mein Kinn, drückte mit Daumen und Zeigefinger in meine Wangen. »Ich warne dich ...«

»... damit man einander versteht. Also letztendlich bist du so oder so nicht der Fähigste, wenn es ums Verstehen ...«

Smoke knurrte laut auf und erstickte den restlichen Satz mit seinem eigenen Mund. Dominant schob er seine Zunge zwischen meine Lippen und brachte sich wieder über mich. Er hielt mein Genick umschlossen, während er sich zwischen meine Beine drückte. Im nächsten Moment war er wieder in mir, doch dieses Mal war alles anders.

Ich hatte das Gefühl, von ihm mitgerissen zu werden, in den Sog zu fallen, den er auf mich ausübte. Meine Sinne nahmen verstärkt wahr, wie sein Körper sich über mir bewegte, wie sein Schwanz in mir pulsierte, wie seine Zunge mich verschlang, und trotzdem blieb ich völlig klar. Als dürfte ich nicht eine Sekunde verpassen. Selbst als seine Bewegungen so hart wurden, dass sie mich gezielt stimulierten, blieb ich völlig bei Bewusstsein und spürte erst, wie er in mir kam, sich tief in mir bewegte und den Höhepunkt seiner Lust auskostete, bevor ich meinen eigenen Orgasmus zuließ.

Aus unserem Kuss entbrannte Feuer, und obwohl er

gekommen war, ließ er mich nicht los. Er packte mich sogar noch fester, als die Welle aus Lust meinen Körper durchrauschte, und blieb in mir, die ganze Zeit, bis der süßliche Nervenkitzel meine Zehen erreichte.

Ich schrie auf, was von seinen Lippen geschluckt wurde, und sank ermattet zurück ins Bett. Kaum hatte ich wieder zu Atem gefunden, bewegte er sich weiter. Dieses Mal drückte er sich bestimmter in meinen Schritt, in meinen Schoß. Er nahm Abstand, löste sich von meinen Lippen, presste dafür den Daumen unter mein Kinn, sodass ich den Kopf nicht bewegen konnte. Er blickte auf mich herab, als er dafür sorgte, dass mein Kitzler erneut stimuliert wurde, nahm mich mit seinen Augen gefangen, die so intensiv glühten wie der übrig gebliebene Holzscheit eines Großfeuers.

Es war wunderschön, ihn zu betrachten. Erregend, mitreißend und wunderschön. Mir wurde schwindelig, weil die Erkenntnis, dass er über mir war, er mich besaß, er dafür sorgte, dass ich endlich Befriedigung fand, mich vollkommen ergriff. Das ewige Ziehen in meinem Magen verdichtete sich zu einem zweiten Orgasmus, aber dieses Mal fühlte er sich noch einmal völlig anders an. Als würde er mich dabei kontrollieren, wie und in welchem Ausmaß ich kam.

Ich kam für ihn.

Nur für ihn.

Weil er es so wollte und weil ich wollte, dass er mich beherrschte.

Dass meine Perle von seinen Bewegungen gereizt wurde, war das eine, aber was viel entscheidender für meine Gefühlsexplosion war, war er selbst.

Entweder ich litt unter dem heftigsten Stockholm-

Syndrom aller Zeiten, oder ich sah noch immer den Typen vor mir, der mich mit seinem Pick-up hatte fahren lassen, der mich vor allen Leuten küsste, als gäbe es keine andere Frau für ihn, und der mir mit seiner gelassenen Art jede Hilfe versprach, die ich gebrauchen konnte.

Die Augen zusammengepresst nahm ich die neue Welle entgegen und fiel daraufhin wie die schäumende Spitze der Brandung in mich zusammen. Ein erschöpftes Lächeln zuckte über meine Lippen. Smoke blieb über mir und zog sich nur langsam zurück.

Als er schließlich aufstand, ins Bad ging und angezogen wieder zurückkam, flatterte mein Herz. Er wirkte so unnahbar, so fern, und doch hatte er sich mir gerade auf unbeschreibliche Weise genähert.

Smoke hatte nicht nur meinen Körper gefickt.

Sondern mein Herz.

Als er wortlos nach seinem Hut griff, wirkte seine schweigsame Art und die mächtige Statur attraktiver als je zuvor.

»Ich bin vor Sonnenuntergang zurück.« Die plötzliche Kühle, die in seiner Stimme mitschwang, verschreckte mich.

»Kannst du nicht bleiben?«, fragte ich hoffnungsvoll.

»Nein. Du wirst sowieso gleich einschlafen.«

»Du lässt mich ans Bett gefesselt?«

»Du wirst dich befreien können. Der Knoten ist nicht besonders schwer zu lösen.«

»Warum machst du mich dann nicht einfach los und ersparst mir den Blödsinn?«

Er betrachtete mich für einen längeren Moment. »Weil ich dich hier haben will, wenn ich wiederkomme. Bisher hätte ich kein Problem damit gehabt, wenn die

Kojoten dich zerfleischen, weil du auf die dumme Idee kommst, zu fliehen.«

»Aber jetzt schon?«, fragte ich zynisch.

Smoke blieb vollkommen ruhig, als er die Tür öffnete und durch den Rahmen verschwand. »Jetzt schon.«

SMOKE

Das Tier schwitzte, als ich abstieg. Ich hatte Storm angetrieben und den Weg in der Hälfte der Zeit zurückgelegt, die ich sonst benötigte. Trotzdem war es *mein* Herz, das kräftig auf einer neuen Skala schlug. Nicht einmal der starke Herzschlag eines Pferdes konnte da mithalten. Ich fasste mir in den Nacken, als ich Storm zur Tränke führte. Ich wurde das Gefühl nicht los, mich würde jemand anstarren. Dabei war es nur mein Schatten, der mich verfolgte und mich für wahnsinnig erklärt hatte.

Ich nahm es hin.

Die Wahl, Cinder loszuwerden oder doch bei mir zu behalten, hatte sich sowieso längst verabschiedet.

»Na, da ist ja unser Saubermann!« Peak trat aus der Hütte, den Stummel einer Zigarette in der Hand, und grinste schief. Er trug ein zerschlissenes Hemd, das möglicherweise vor Jahren einmal weiß gewesen war, und eine Hose, die ihm bald von den schmalen Hüften rutschen würde. Die Knochen an seinen Oberarmen traten bereits hervor. Wenn er sich demnächst zu Tode gehungert hatte, weil er statt Kohlenhydrate lieber Koks schniefte, würde die Welt um ein weiteres Laster erleichtert werden. Bis dahin würde er mir mit seinem Grinsen auf den Sack gehen. Vor allem, da ich es ihm nicht einfach aus dem Gesicht schlagen konnte. »Wir haben schon auf dich gewartet. Wie jeden Tag eigentlich. Aber heute war es echt besonders spannend.«

»Hör auf, mich vollzulabern«, sagte ich unwirsch und schnallte die Provianttaschen von Storms Sattel ab. Die drei Männer, die in der Miene arbeiteten, fraßen mehr als so manches meiner Tiere. Zum Glück waren sie nicht wählerisch und nahmen alles, selbst billige Tütensuppen im Zehnerpack. »Bring das ins Haus.«

Peak verdrehte seine glubschigen Augen, bevor er mir die Taschen abnahm. Er versuchte mich immer wieder einmal daran zu erinnern, dass er nicht für mich arbeitete und daher auch keine Befehle entgegennehmen musste, aber dann erinnerte ich ihn daran, dass meine Faust doppelt so groß und mächtig war wie seine, und er spurte.

Ich nahm die Wasserfilterlösung, steckte sie in meine hintere Hosentasche und verbarg meinen Revolver dafür am Sattel. Zwar traute ich keinem der hier Anwesenden über den Weg, aber wenn sie davon erfuhren, dass ich eine Waffe bei mir trug, würden *sie* mir nicht mehr trauen, und das wäre ein Problem.

Ich ging zum Haus, das mit jedem Tag mehr zuwuchs, und trat durch die Holztür. Vor vielen Jahrzehnten hatte ein armer Bauer diese Hütte ins Niemandsland gezimmert. Sie bot alles, um einigermaßen gut darin leben zu können. Drei Zimmer, einen Wohnraum, eine Regenrinne und ein Plumpsklo. Der rauschende Bach vor der hölzernen Veranda war ein wichtiger Wirtschaftsfaktor. Trinkwasser ließ sich leicht filtern und war daher im Überfluss vorhanden, nur Essen musste seit dem Erdrutsch, der die Zufahrtsstraße nach Beaverhead Meadows unter sich begraben hatte, auf Umwegen beschafft werden.

Das war mein Job.

Ich hielt diese drei Vollidioten am Leben.

»Habt ihr meine Sachen noch nicht zusammengepackt?«, fragte ich angespannt und suchte in der Hütte nach dem Zeug, das ich normalerweise in den leeren Provianttaschen zurücktransportierte. Darunter war auch immer einiges an Müll, und es war eine der wenigen Aufgaben, die die drei Männer am Tag hatten: diesen zusammenzusuchen, bevor ich kam.

»Nein.« Ricky zuckte mit den Achseln. Er blätterte in einem Pornoheftchen und sah nicht einmal auf. Auf seinem Hemd klebten Essensreste und er stank bestialisch.

In der Küche türmte sich der Abwasch. Normalerweise wurde Peak von den beiden anderen gezwungen, für Ordnung zu sorgen, aber ihr Maßstab für Unordnung lag sehr tief.

»Was heißt das, ›Nein‹«, fragte ich drohend und trat auf ihn zu.

Ethan kam aus seinem Zimmer gestolpert. Er war betrunken, wie immer, und wankte auf mich zu, während er Richtung Fluss nickte. »Musst du dir mal ansehen. Habn gewartet, weil wa'n nicht gleich umlegn wolltn. Hast ja gesagt, wir solln erst fragen. Machn wa jetzt.«

Würde dieser Saufkopp für mich arbeiten, hätte er spätestens jetzt einen Eimer Wasser ins Gesicht bekommen. »Umlegen?«, fragte ich bloß. Ich ahnte Schlimmes und fragte mich einmal mehr, wann ich die Leichen der drei endlich unter die Erde bringen würde.

»Ja, umlegn«, nuschelte Ethan. »Irgendeiner der Rothäute«, er hickste, »hat sich angeschlichn un so.«

Ich schaute die anderen beiden Männer an. Peak grinste debil, und Ricky sah aus, als überlege er, sich einen runterzuholen.

Donnernd knallte ich das Filtermittel auf den Tisch, damit mich alle ansahen. »Packt verdammt noch mal mein Zeug zusammen, ich habe nicht ewig Zeit.«

»Dann kümmer du dich um die Breitnase«, forderte Peak mich auf.

Ich knurrte und ging nach draußen. Es war nicht das erste Mal, dass einer der Blackwolfs, die in einem der weitläufigsten Reservate Montanas rund um mein Land lebten, die Hütte ausfindig machte. Ob aus Zufall oder weil jemand im Tal über mich munkelte, wusste ich nicht. Ich sollte es herausfinden, aber nicht hier, während Peak, Ricky und Ethan mir folgten wie Insekten, auf der Suche nach neuem Abschaum, den sie sich einverleiben konnten.

Der Blackwolf saß an einen großen Baumstamm gefesselt hinter dem Haus. Die Fesseln waren locker, aber er konnte sich nicht bewegen. Sein Gesicht und die Haut seiner nackten Oberarme sahen danach aus, als hätten sich drei Männer einen Spaß daraus gemacht, ihn mit Stöcken zusammenzuschlagen.

Ich drehte mich zu den dreien um. Jeder für sich war eine noch viel ärmere Kreatur als der Blackwolf, aber sie glaubten, stärker zu sein. Peak war den Drogen, Ethan dem Alkohol und Ricky seinen Huren verfallen, und zusammen kamen sie auf die Idee, wie Schwächlinge auf einen strammen Mann einzuschlagen. Das zeigte mir einmal mehr, dass ich vorsichtig sein musste. Wenn drei Personen gleichzeitig auf mich schossen, würde selbst ich das nicht überleben. »Wie soll ich herausfinden, was er hier gesucht hat, wenn ihr ihn bewusstlos schlagt?«

»Na, er wollte was stehlen«, kiekste Peak erregt.

»Kannste uns glaubn«, nuschelte Ethan.

»Wir haben ihn auf frischer Tat ertappt«, erklärte Ricky gelassen. »Wirst du ihn töten?«

In ihren Augen stand eine Gier, weil sie es kaum erwarten konnten, dass ich dem Blackwolf einen Todesstoß versetzte. Auf sie übte das, was ich mitunter tun konnte, weil ich meinen Körper nicht mit Drogen zumüllte, eine gewisse Faszination aus. Sie waren viel zu feige, um jemanden im Alleingang zu töten. Und das Zusehen machte ihnen Spaß.

»Nicht hier«, antwortete ich Ricky und hockte mich vor den Einheimischen. »Ich werde ihn mitnehmen. Und ihr packt gefälligst sofort meine Sachen, sonst sorge ich dafür, dass ihr die nächste Woche von Brot und Wasser leben müsst.«

Die drei grummelten etwas und verpissten sich dann zurück nach drinnen. Ich kniete mich vor den armen Kerl und fühlte seinen Puls. Dadurch wurde er wach, seine Lider zuckten, bevor er die Augen aufschlug und sie weitete. »Smoke.«

»Riman.« Ich wusste, wer er war. Die meisten Männer des Reservats, die keine Perspektive hatten und daher nach jedem Strohhalm greifen würden, kannten mich. Einige kannte auch ich. »Wer hat dir gesagt, wie du diesen Ort hier findest?«

Riman hustete und spuckte Blut. Er war das totale Elend. »Smoke, bitte, *Sl'axt*, tu mir nichts.«

»Ich tue dir nichts«, log ich. Er hatte recht, wir waren *Sl'axt*, Freunde. Jeder Blackwolf war mir näher als jeder andere Mensch. Aber nicht nah genug. »Steh auf, ich schaffe dich hier weg.« Mit einem festen Griff unter seinen Arm half ich ihm dabei, sich aufzurichten.

Er hing mehr, als dass er ging, und ich musste ihn zu Storm schleifen. Dabei hinterließ Riman eine Blutspur auf dem erdigen Boden. Die Menschlichkeit in mir regte sich. Ich könnte sein Leben retten. Ihn genesen lassen, ihm Geld in die Hand drücken und eine zweite Chance bieten. Dafür musste er nur für immer schweigen. Jemandem wie ihm konnte ich nicht vertrauen. Auch in einem Blackwolf steckte die Krankheit der Gier. Irgendwann würde er mehr wollen. Irgendwann wollte jeder *mehr*.

Ich ließ Riman bei Storm sitzen, reichte ihm Wasser aus meinem Trinkschlauch und wartete, bis Peak meine Taschen zurückgebracht hatte. Ich schnallte sie an Storms Sattel, dann führte ich den Rappen, während ich Riman stützte. Wir gingen in den Wald, den bergigen Trampelpfad hinauf, der nur für einen Menschen und höchstens einen Reiter begehbar war. Kein Motorfahrzeug der Welt konnte den felsigen Weg erklimmen.

»Smoke, was machst du hier? Was hast du mit diesen Leuten zu tun?«

»Nichts. Sie sind Abschaum.«

»Aber wieso hören sie auf dich?«

»Weil ich stärker bin. Hat dir jemand von der Hütte erzählt?«

»Nein! Ich habe sie zufällig gefunden!«

Wer wusste schon, ob das stimmte.

»Ist es noch weit?«, fragte er, als wir einen besonders steilen Pfad erklommen. Storm schnaubte hinter uns. Er verstand nicht, warum ich ihn führte und nicht ritt.

»Nein«, antwortete ich gedehnt. »Es ist nicht mehr weit.« Wir gingen auf einen steilen Felsvorsprung zu. Riman wankte, er konnte kaum laufen, und der Vorsprung war zu schmal, als dass man nicht balancieren musste.

Ich ließ Storm zurück, drängte Riman vorwärts und packte ihn am Kragen. Der Blackwolf schrie erschrocken auf, als ich ihn über den Abgrund drückte. Unter uns ging es etliche Yards in die Tiefe. Ein Stein, den meine Sohle über die Klippe gestoßen hatte, fiel immer noch.

»Wer hat dir von der Hütte erzählt?«, raunte ich in Rimans Ohr.

»Niemand, Smoke!«, rief er in Todesangst. »Niemand!«

»Wie hast du sie dann gefunden?«

»Ich habe Federn gesucht. Federn! Um sie zu verkaufen, du weißt schon, an die Sommertouristen!«

Ich lockerte meinen Griff, was ihn in Todesangst schreien ließ. »Federn?«, wiederholte ich.

»Federn!«

Mein Gewissen war längst den Abhang hinuntergestürzt. Dorthin, wo schon viele Leichen gelandet waren, die nachts von Kojoten und tagsüber von Krähen verspeist wurden, bis die Erde sich den Rest zurückholte. Aber ich spürte etwas in mir, das lange verschlossen gewesen war, etwas, von dem ich nicht wusste, dass es überhaupt existierte.

Ich sah eine naive, kleine, nervtötende Amerikanerin

aus der Großstadt in einen Stammesladen latschen und sich eine Feder aussuchen. Weil sie ein Andenken mitnehmen wollte. Ein bescheuertes kleines Andenken. Sie zahlte ein paar Dollar dafür und der Ladenbesitzer kaufte sich davon Brot.

Einfaches.

Bescheuertes.

Brot.

Storm hinter mir scharrte mit seinem rechten Vorderhuf ungeduldig im steinigen Boden. Und ich riss den Blackwolf zurück.

Fluchend schubste ich ihn in Richtung Pferd, wo er in sich zusammengekauert liegen blieb.

Storm betrachtete mich wachsam. Ich hatte schon einige Leichen auf seinem Rücken transportiert, aber ein lebendiges blutendes Etwas war nicht nur für mich neu.

»Ich weiß«, knurrte ich das Tier an. Wieder wurde ich das Gefühl nicht los, jemand würde mich beobachten. Dieses Mal musste es mein Gewissen sein, das aus der Tiefe hervorgekrochen kam und noch nicht sicher schien, ob es wirklich gewonnen hatte. Aber es war nicht mein Gewissen, das mich schließlich dazu trieb, Riman auf Storms Rücken zu hieven und ihn mit einem Gurt zu stützen.

Es war Hoffnung.

Ich wollte Cinder diese Klippe nicht hinunterstürzen sehen, und wenn ich es schaffte, ihr zu vertrauen, dann einem armen Wurm wie Riman erst recht.

War es das, was sie in einer Woche aus mir gemacht hatte?

Einen Menschen?

SMOKE

Als ich durch die Tür eintrat, saß Cinder lesend in einem der Sessel. Unter normalen Umständen wäre ich einfach an ihr vorbeigegangen, hätte zügig meine blutigen Finger gewaschen und mir jegliche Fragen dazu erspart.

Aber dieses Mädchen war verrückt.

Sie wartete nicht nur auf mich, als wäre ich ein Wesen mit menschenähnlichen Emotionen, sie wartete auch völlig nackt.

Über ihre Schultern hatte sie nur eine der rauen Wolldecken gezogen, aber weder an ihrem Hintern noch über ihren Brüsten hing Stoff. Zart und unschuldig blitzten mir ihre Knospen entgegen und weckten die Erinnerung in mir, wie es war, hart an ihnen zu saugen.

Die kleine Amerikanerin hatte längst aufgeblickt und starrte mich ebenso an wie ich sie. Statt an meiner Brust haftete ihr Blick an meinen Händen, an denen Rimans Blut klebte, den ich in einen ausbruchsicheren Stall gesperrt hatte, damit er sich auskurierte, ohne mir auf den Senkel zu gehen.

»Wo warst du?«, fragte sie mit alarmierter Stimme.

»Nirgends«, entgegnete ich hochintelligent und ging Richtung Bad. Ich hätte meinen Arsch darauf verwettet, dass sie mir folgen, mich mit Fragen löchern und mich nicht in Ruhe lassen würde, bis ich ihr irgendeine Geschichte zu dem Blut erzählt hatte, aber sie blieb einfach, wo sie war.

Kein Laut war auf den Dielen zu hören, während ich meine Hände wusch und abtrocknete. Ob sie versuchte abzuhauen?

Wenn ja, konnte ich für nichts garantieren ... Einen der Blackwolfs auf mein Land geholt zu haben, war dämlich genug. Sollte Cinder weglaufen, würde ich sie zu ihm sperren. In eine Box ohne Licht, mit einem Bett aus Stroh.

Als ich zurück in die Diele trat, die Hände schon nach meinem Gewehr ausgestreckt, um die Tiere draußen verscheuchen zu können, sollte Cinder einem Bären in die Arme laufen, hielt ich jäh inne.

Das kleine verrückte Ding las wieder.

Sie las.

Was ging nur in ihrem Kopf vor sich?

»Und was genau glaubst du, was jetzt passiert?«, fragte ich sie, nachdem ich weiter auf sie zugegangen war. Meine Stiefelspitzen berührten den Sessel, ihr angewinkeltes, nacktes Knie fast das meine.

Sie blickte vom Buch auf und schenkte mir ein laszives Lächeln. Die Ähnlichkeit zu ihrer Mutter war verblüffend. Cinder hatte ihre stechenden hellgrünen Augen und das dichte aschblonde Haar geerbt. Ihre Nase war zart, die Wangen rosig und die Lippen ein Traum für jeden Mann, der auf Blowjobs stand.

»Sag du es mir«, erwiderte sie nonchalant.

Sie wusste nicht, wen sie vor sich hatte. Das hatte sie immer noch nicht begriffen.

Ihre Figur war die einer weiblichen Frau. Nicht dürr, nicht knabenhaft, aber mit einer Beweglichkeit ausgestattet, die an eine Akrobatin erinnerte. Auch wenn sie still dasaß wie jetzt, flossen ihre Arme und Beine in einer Komposition ineinander, die von einer Sache zeugte: dass sie tief entspannt war. Weshalb sie auch meine Stute hatte reiten können wie ein Spitzensportler.

Es wurde mit jeder Sekunde verlockender, sie als das zu benutzen, wonach sie sich eh unwissend zu verzehren schien. Eine ständig zur Verfügung stehende Sexdoll. Die Kleine hatte keine Ahnung, wie häufig ich mich schon davon abgehalten hatte, sie mir einfach zu nehmen. Angefangen im Pick-up, als sie wie ein verschrecktes Reh hinter dem Lenkrad gesessen und sich daran festgekrallt hatte, hoffte, sich verhört zu haben, als ich davon sprach, wie leicht es mir fiele, Ivy den Hals umzudrehen. Mein Schwanz war schon seit unserem Kuss hart gewesen, was sie nicht zu registrieren schien, und hatte nach Aufmerksamkeit verlangt. Aber auch wenn Cinder nackt auf mich wartete und mich verführerisch anlächelte, war sie keine Hure.

Keine der Frauen, mit denen ich es sonst zu tun hatte.

Ich würde eher jeden ihrer Freier umbringen, als sie mit jemandem zu teilen. Sie sollte *mein* sein. Und das stand nun mal im krassen Widerspruch zu meiner eigentlichen Absicht: sie irgendwann gehen zu lassen.

»Na?« Ihre Stimme klang verlockend wie die einer Sirene, und sie schlug die Wimpern auf, als hätte sie schon hunderte Male zuvor einen Mann wie mich verführt. »Worüber denkst du nach?«

Ich fasste grob in ihr Haar und zog ihren Kopf zu mir hin, wodurch die Decke von ihrem nackten Körper rutschte. All das Fleisch wartete nur darauf, dass ich es in Besitz nahm. »Du bist keine Hure. Hör auf, dich wie eine zu geben.«

Ihre rechte Augenbraue zuckte nach oben, Trotz spiegelte sich in ihrem Blick, und hätte sie Krallen, wären sie jetzt hervorgetreten. »Vielleicht will ich ja *deine* Hure ... sein?«, fragte sie devot und ließ damit sämtliche Sicherungen in mir durchbrennen.

Während ich ihren Kopf hielt, öffnete ich meinen Gürtel. Gier befiel mich wie tödliches Gift. »Ich werde dich niemals bezahlen«, stellte ich klar, was sie nicht davon abhielt, ihren Mund zu öffnen.

Mit meiner Faust umschloss ich meinen Schwanz und schob ihn ihr zwischen die Lippen, was sie augenblicklich dazu brachte, daran zu saugen.

Zischend atmete ich ein und hätte beinahe den Griff in ihren Haaren gelockert. Sie kostete mich jede Beherrschung, und es würde mich nicht wundern, wenn am Ende gar nichts mehr davon übrig war.

Mit festem Druck ihrer Lippen glitt sie über meine Spitze und ruckte wagemutig mit ihrem Kopf nach vorn, um meinen Schwanz noch tiefer aufzunehmen. Sie bewegte sich langsam, geschmeidig, und ich hielt sie davon ab, schneller zu werden, weil ich ihr sonst sofort auf die Zunge gespritzt hätte.

Ihr nackter Körper wirkte in dem Licht der Leselampe strahlend schön wie die polierte Oberfläche einer Porzellanpuppe, und dass gerade dieses nach Unschuld stinkende Mädchen meinen Schwanz blies und sich dabei auch noch verausgabte, sorgte für einen Kick in meinem Innern, der sich durch ein starkes Ziehen in meiner Lendengegend äußerte.

Ich hielt sie mehrere Minuten fest, während sie ohne Unterbrechung meinen Schaft lutschte, und beobachtete sie dabei. Die flatternden Lider, den flachen Atem, die geschwungenen Lippen. Sie war *perfekt*.

Ich hatte von Anfang an gewusst, dass es einen Verlust für die Welt bedeuten würde, hätte ich sie tot in einem Graben zurückgelassen. Aber dass sie auf die Idee kam, sich mir anzubieten, als hätte ich nie mehr getan, als ihr ein sicheres Dach über dem Kopf zu schaffen, wäre mir nicht in den Sinn gekommen. Ich hatte es mir nicht einmal *vorgestellt*. Cinder war anziehend gewesen, aber ein Kind der Moderne. Zu jung, zu fremd, zu unerfahren.

Ich dachte, ich würde sie zerbrechen, sobald ich sie mir nahm. Offenbar hatte ich nicht einmal mit dem angefangen, was sie alles aushalten würde.

Mit meinem Daumen strich ich über ihren Wangenknochen, während ich das Bild genoss, wie mein Schwanz immer wieder zwischen ihren Lippen verschwand. Mit einem Mal schlug sie die Augen auf und blickte hoch zu mir, was mir den Stoß über die Klippe gab. Ich zog mich zurück, packte sie und warf sie herum. Sie zu schwängern war nicht mein Ziel, und Krankheiten konnten für jemanden wie mich eine üble Sache sein, aber ich hatte keine Zeit, nach oben zu rennen und ein Kondom zu holen. Ich drückte Cinder auf den Sessel, sodass sie mir ihren Arsch entgegenstreckte, und stieß mich in sie hinein. Ein Knurren verließ meine Kehle, als ihre Nässe meinen Schwanz überzog, und ich spürte, wie viel weiter und bereitwilliger sie im Vergleich zu heute Nachmittag war.

Gerade weil ich auf das Gummi verzichtete – was ich sonst nie tat –, konnte ich mich erst recht nicht bremsen. Vermutlich zerbrach ich einen Teil ihrer kleinen Perfektion, als ich mich ohne Rücksicht weiter vorstieß. Sie war eng und ich fickte sie trotzdem wie ein Arschloch. Meine Hände fanden in ihr Fleisch, drückten fest auf die Spuren meines Spankings. Mein Gehirn ließ ein paar Nerven durchbrennen, als ich mir vorstellte, wie leicht es mir fallen würde, sie jeden Tag zu schlagen.

Jeden verdammten Tag, wenn sie glaubte, mir Paroli bieten zu müssen.

Ich musste höllisch aufpassen, nicht in ihr zu kommen, weshalb ich das Tempo zurücknahm. Cinder hielt die Hände in den Sessel gekrallt und verharrte willig in der Position, in die ich sie gezwungen hatte. Aber sie war leise. Leise, sodass ich nicht wusste, ob sie wieder heulte.

»Du willst meine Hure sein?«, knurrte ich. »Dann stöhn auch wie eine Hure. Ich werde dich erst kommen lassen, wenn mir gefällt, was ich höre.«

Sie warf den Kopf zurück und blinzelte mich hitzig an, woraufhin ich ihr einen Schlag auf den Hintern gab.

»Tu, was ich sage. Sonst lasse ich dich nicht stöhnen, sondern vor Schmerzen schreien.« Ich schmunzelte, als ihr Blick noch etwas empörter wurde, und begann mich wieder zu bewegen.

Zaghaft ließ sie einen Ton über ihre Lippen kommen, für den ich sie auslachte, was sie mit einem lauteren Stöhnen als Trotzreaktion quittierte.

Ich fickte sie wieder härter und hörte endlich, was sie

in sich hatte. Sie stöhnte zwar wie eine Hure, aber ich wusste, dass es echt war. Die kleine Prinzessin war perfekt.

Einfach perfekt, und jeder Mann – der nicht ich war – würde sie sofort heiraten und ihr sämtliche Besitztümer überschreiben.

»Braves Mädchen«, lobte ich sie für die schönen, wilden, lustvollen Klänge, die ihren Mund verließen, während ich mich in sie rammte. Der Ausblick auf ihren Arsch und meinen langen Schwanz, der immer wieder zwischen ihre Pussy glitt, ließ mich darüber nachdenken, ob sie an einigen Stellen noch jungfräulich war.

Allein die Vorstellung, sie genauso hart in ihren Arsch wie in ihre Pussy zu ficken, reichte, dass ich mich in ihr entladen wollte.

Fuck, verdammter.

Schnell nahm ich meine Hand und rieb ihre kleine Perle, die unter meinem Finger pulsierte wie ein offenes Herz. Sie stöhnte lauter, viel lauter, und kam fast sofort. Ihre kleine Fotze presste mich aus, meine Zurückhaltung wurde auf ein neues Maß gehievt, und ich musste die Augen schließen, mich konzentrieren, damit ich nicht von ihren Kontraktionen mitgerissen wurde. Nach einem Moment der Ruhe, ein paar Sekunden Zeit zum Luftholen, stimulierte ich sie wieder.

Als wäre sie ein Tier, das auf meine Eingebungen getrimmt war, wurde sie wieder geil. Der zweite Orgasmus erwischte sie noch heftiger als der erste, und sie schrie meinen Namen, was ich an dieser Stelle sehr interessant fand.

Ich musste nicht viel tun, als in ihr auszuharren, mich ab und zu bewegen und ihre kleine, gierige

Knospe zu reiben. Auch ein dritter Orgasmus rauschte durch ihren Körper, als hätte sie nie zuvor einen gehabt, und ihre Arme, ihre Beine begannen zu zittern.

Dieses Mal dehnte ich die Pause länger aus. Wurde sanft. Gefühlvoll. Ich musste wissen, wie leicht bespielbar ihr Körper war. Also zählte ich eine halbe Minute ab, bevor ich sie noch einmal rieb.

»Nein!«, keuchte sie und kam doch sofort.

Fuck.

Sie hatte mich.

Sie hatte mich definitiv gefesselt. Wer war jetzt wessen Gefangener? Ich nahm mir vor, das Hervorlocken eines fünften Orgasmus auf einen späteren Zeitpunkt zu verschieben, bevor ich sie doch noch ungewollt schwängerte, und griff an ihren Arm, um sie herumzuwirbeln, während ich zurücktrat. Sie sank ermattet in den Sessel, blickte mich aus großen, unschuldigen Augen an, als würde sie mir weismachen wollen, dass sie wirklich kein sexgeiles Luder war, und riss diese auf, als ich mich ihr mit meinem Schwanz näherte.

»Mund auf.«

Sie gehorchte, wenn auch mit weniger Elan als zuvor. Ich drückte mich so tief in sie, bis ich ihr Würgen spürte, dann spritze ich ab. Ich pumpte eine riesige Ladung zwischen ihre verboten heißen Lippen und ließ ihr keine andere Wahl, als meinen Samen zu schlucken. Nachdem sie damit fertig war, bewegte ich mich noch ein wenig in ihr. Zu schade, dass ein Frauenkörper zu multiplen Orgasmen fähig war und ein Mann viel schneller ausgepowert wurde.

Und obwohl ich mich tief befriedigt fühlen sollte, war ich es nicht.

Noch während ich mich zurückzog und Cinder mich von unten herauf ansah, völlig nackt, völlig schutzlos, widerstrebte es mir, mich von ihr zu entfernen.

Zum Glück musste ich das nicht. Es gab nichts, was sie von mir fernhalten würde. Kurzerhand lud ich ihren schlaffen Körper auf meine Arme. Sie krallte sich widerstandslos an mir fest. Ich trug sie nach oben und legte sie auf ihrem Bett ab.

Deckte sie zu.

Wie ich normalerweise nur ein krankes Tier zudeckte. Ich ging zurück nach unten, löschte das Licht, zog mich aus und legte mich zu ihr.

Sie schlief bereits tief und fest, als ich meine Arme um sie schloss und ihre Decke auch über meinen Körper zog. Aber mir gefiel diese Variante von Kontrolle sehr viel besser, als sie stupide ans Bett zu fesseln. Ich trimmte mich darauf, aufzuwachen, sobald sie sich entfernte, und schloss die Augen.

Bis gestern noch hätte ich wohl eher mit Storm mein Bett geteilt als mit irgendeiner Frau. Aber Gestern war Vergangenheit. Ich dachte nicht länger darüber nach, sondern nahm es einfach hin, wie sich die Gegenwart veränderte.

DER STALL

IST ES DAS UNSÄGLICHE LIED VON
MORAL, DAS DICH WEGLOCKT? ODER
ETWAS SCHMERZHAFTERES?

Die starken männlichen Arme umfassten mich wie ein Gefängnis. Ich hatte gut geschlafen, weil mein Körper nach Schlaf verlangt hatte, aber jetzt war ich hellwach. Diese Arme gehörten zu einem Mann, und er schlief neben mir, als wären wir ein Paar. Die erschütternde Erkenntnis nahender Panik erreichte meinen Kopf, und ich konzentrierte mich auf meine Atmung, damit sie nicht zu hören war.

Ich musste weg.

Schleunigst.

Ich brauchte unbedingt Abstand.

Die Luft anhaltend hob ich einen von Smokes Armen an und schälte mich darunter hervor. Beinahe wäre ich aus dem Bett gefallen, weil ich mich zu hektisch wegbewegt hatte. Smoke behielt seine Augen geschlossen. Ich konnte nicht sagen, ob er wach war oder schlief. Ich betete, dass Letzteres zutraf, öffnete geräuschlos den kleinen Schrank, nahm mir frische Klamotten heraus und schlich auf den Flur.

Dort zog ich mich an. Je weiter ich mich vom Schlafzimmer entfernte, umso besser ging es mir. Langsam öffnete sich das Korsett um meine Brust. Unten schlüpfte ich in meine Stiefel und griff nach dem Knauf der Haustür.

»Und wo willst du hin?«

Erschrocken fuhr ich herum. Smoke war mir gefolgt und lehnte gelassen an der Wand vom Flur.

»Ich gehe«, entgegnete ich freundlich. »War schön hier.«

Er musterte mich, und ich wartete keine Antwort mehr ab, sondern öffnete die Tür und trat hindurch.

»Cinder«, brummte er.

Etwas in mir war tief überzeugt davon, dass ich nur *wirklich gehen wollen* musste, um es tun zu können. Ein Tagesmarsch bis in die nächste Ortschaft? Kein Problem. Ich schaffte das. Wirklich.

Ich kam sehr weit, bis ich Hufgetrappel hinter mir hörte. Unbeirrt ging ich weiter, auch als Smoke neben mir aufschloss.

»Steig auf. Wir müssen eh nach den Ställen sehen.«

Ich ignorierte ihn, so lange, bis er Storm anspornte und den Rappen mitten auf dem Weg zum Halten brachte.

»Steig auf«, knurrte Smoke und hielt mir die Hand hin.

»Nein, *danke*«, sagte ich mit klarer Stimme und wollte an ihm vorbeigehen.

Mit einem leichten Schnalzen brachte er Storm dazu, mir den Weg abzuschneiden, wohin ich auch trat.

»Ich werde jetzt gehen«, rief ich zu ihm hoch. »Es war wirklich toll. Aber jetzt würde ich gerne nach Hause.«

Seine Hutkrempe warf einen Schatten, weshalb ich seine Miene nicht deuten konnte, und seine Meinung war mir auch egal. Ich wartete, die Arme vor der Brust verschränkt, bis er Storm endlich den Weg freigeben ließ.

Als Smoke abstieg und auf mich zukam, seufzte ich schwer.

»Ich brauche keine Verabschiedung, danke.«

Er achtete nicht auf meine Worte, trat vor mich und fasste mir mit der umgedrehten Hand an die Stirn. Dann zwang er meinen Kiefer auf, untersuchte mein Gesicht und meinen Rachen. »Mir ist der Witz an der Stelle nicht ganz klar.«

Ich machte einen Satz zurück, damit er mich losließ. »Ich. Werde. Jetzt. Gehen.« Wieder ging ich um ihn herum, trat ins Feld, hielt dabei Storm auf Abstand und wurde im nächsten Moment herumgerissen.

»Für diesen Blödsinn habe ich keine Zeit«, brummte Smoke. Sein Atem roch nach frischem Kaffee und sein Körper nach dem Bett, in dem ich die letzten Nächte geschlafen hatte.

»Du brauchst auch keine Zeit«, erklärte ich ihm ruhig. »Lass mich einfach los und gehen.«

In seinem Gesicht spiegelten sich vielerlei Emotionen, was mich wunderte, weil er normalerweise die Miene eines Steinbrechers besaß.

»Smoke«, sagte ich tadelnd und zog an meinem Arm, was ihn wenig beeindruckte. »Es war wirklich nett hier. Ein ganz fantastisches Abenteuer. Aber *ich will jetzt* nach Hause.«

»Nett?«, war das Einzige, was er fragte.

Gut, möglicherweise verstand er das als Beleidigung. Vor allem der Sex gestern Abend, nachdem er zurückgekommen war, war ein wenig netter gewesen als nett. Trotzdem nichts, was sich wiederholen würde. »Ganz nett, ja.«

Ich sah, wie seine Hand zuckte, und fragte mich, ob er mich schlagen wollte. Ein Teil in meinem Kopf hielt das für ebenso unrealistisch wie die Möglichkeit, dass er mich nicht gehen lassen würde. Mir war einfach nicht klar, was er jetzt tun wollte. Mich festhalten? Für immer? Warum? Sein Verhalten hatte wenig Sinn. Meines hingegen hatte einen, da ich nach dem Sex immer ging.

Immer.

Da würde auch der große, starke Smoke wenig gegen ausrichten können. Intimität und Kuscheln nach dem Sex waren einfach nichts für mich. Mein Körper trieb mich fort, indem er meine Beine ansteuerte, als wäre es ein physisches Gesetz, wenn mir jemand zu nahe kam. Gegen eine allergische Reaktion auf Erdbeeren konnte man schließlich auch reichlich wenig tun, und wenn man sie noch so gerne aß.

Vielleicht blickte ich etwas zu trotzig drein, denn Smoke führte mich plötzlich wie eine Gefangene ab.

Ich stemmte mich gegen seine Schritte. »Das ist doch total albern!«

Er zog mich über den Boden, was mich dazu zwang, mitzustolpern.

»Was ist dein Problem, Smoke?!«, keifte ich. »Dass eine Frau mit dir schläft und trotzdem nicht für immer bleiben will?«

Er antwortete nicht.

»Du brauchst mich doch gar nicht. Ich bin nur eine Last. Außerdem würde ich jetzt *wirklich* gerne nach Hause. Verstehst du das? *Nach Hause.*«

Er zerrte mich unbeirrt weiter. Storm trottete uns hinterher. Das Pferd schien genauso verwirrt zu sein wie ich.

»Smoke!«

Als wir vor dem Haus ankamen, hoffte ich, er würde mich vielleicht einfach nur zum Pick-up schleifen, weil so viel Gentleman-Gen in ihm steckte, dass er mich zum nächsten Flughafen *fahren* würde. Stattdessen warf er mich kurzerhand über die Schulter und ging ins Haus.

»Du checkst es nicht, oder?!«, schrie ich und tobte auf seinem Arm. »Ich will gehen! Jetzt!«

In der Küche drückte er mich auf einen Stuhl und pinnte meine Hände mit seinen Griffen auf den Tisch, sodass ich nicht wieder aufstehen konnte.

»Bleib. Sitzen.«

Ich verdrehte die Augen und ließ das Gezappel sein. »Schön«, giftete ich. »Und jetzt? Soll ich wieder deine Cinderella spielen? Aufräumen und putzen? Und das bis ans Ende aller Tage? Das ist echt ein verlockendes Angebot, *aber nein, danke.*«

Smoke ging zur Küchenzeile. »Kaffee?«

Ich antwortete nicht, was ihn dazu veranlasste, mir welchen einzuschenken. Er stellte ihn vor mir ab, aber ich ignorierte den dampfend heißen Becher.

»Was ist dein Problem, Cinder?«, fragte er mit einem schiefen Lächeln, was endlose Wut in mir erzeugte.

Er fragte nach meinem Problem? War er völlig durchgeknallt? Ich griff nach der Tasse Kaffee, doch seine Hand schoss vor und hielt mich davon ab, ihm die Brühe ins Gesicht zu kippen. Die heiße Flüssigkeit schwappte über und ergoss sich auf den Tisch, während er mein Handgelenk schraubstockähnlich umfasste.

Er starrte mich genauso intensiv an wie ich ihn.

»Wisch das auf«, befahl er. Sein Tonfall ließ keine Widerworte zu.

»Schön«, giftete ich, stand auf, holte einen Lappen und wischte grob über die Lache. Dabei verschmierte ich den Kaffee über den ganzen Tisch, statt ihn zu säubern. »Ist es dem Herrn so recht?«, fragte ich zynisch und begann ein großes A-R-S-C-H in den verschmierten Kaffee zu malen.

Als ich beim C angekommen war, hielt er meine Hand mit seiner fest. »Welchen Teil von ›Ich lasse dich gehen, sobald ich dir vertrauen kann‹ hast du nicht verstanden?«

»Den Teil, bei dem du vergessen hast, mir zu erklären, was zur fucking Hölle ich tun muss, damit du mir ›vertraust‹! Wir haben gevögelt, und ich habe deinen Schwanz nicht abgebissen, obwohl ich gleich zweimal die Chance dazu bekam. Wie viel Vertrauen brauchst du noch?«

Er lachte, aber als ich ihm meine Hand entziehen wollte, hielt er sie fest, und der schöne Klang starb. »Letzte Warnung. Lass den Lappen los, setz dich hin und sortier dich, bevor du wieder sprichst.«

Ich verzog mein Gesicht zu einer Grimasse, gehorchte aber. Während ich dasaß, wischte er den Tisch sauber, wrang den Lappen aus, hing ihn über die Spüle und lehnte sich gegen die Küchenplatte, die muskulösen Arme vor seiner mächtigen Brust verschränkt. »Habe ich etwas getan, was du nicht wolltest?«

»Was für eine dumme Frage.«

Jetzt war er es, der mit den Augen rollte. »Beim Sex, Cinder.«

»Nein, war alles super. Glaubst du, ich will deswegen weg?«

Die nachdenkliche Furche entstand in seiner Stirn. »Ja.«

»Weil ich es nicht wiederholen will, obwohl es nicht grottig war? Ja, es war ganz nice, aber ich will dich trotzdem nicht heiraten. Tut mir furchtbar leid, wenn dein Ego das nun mal so hinnehmen muss. Kann ich jetzt endlich gehen?«

»Du solltest etwas essen«, fiel ihm dazu nur ein, und er drehte sich um, um mir ein Brot zu schmieren. Mit dem großen Küchenmesser schnitt er Scheiben von dem Laib. Bevor ich auf die Ranch gekommen war, hatte ich noch nie selbst gebackenes Brot gegessen, und ich überlegte für ein paar Sekunden wirklich, ob ich nicht noch bleiben sollte, weil es so gut schmeckte.

Aber die Sekunden gingen schnell vorüber. Während er mit dem Rücken zu mir stand und damit beschäftigt war, mir ein Sandwich zu machen, schob ich geräuschlos den Stuhl zurück. Ich hatte mir gemerkt, welche der Dielen knarzte, sodass ich sie auslassen konnte, und erreichte die Tür. Kurz bevor ich durch die Tür gehuscht war, landete das Küchenmesser wenige Millimeter vor meinem Zeh.

Erschrocken sah ich auf.

»Du bleibst hier«, sagte er drohend und kam langsam auf mich zu.

In einem Anfall von Dummheit bückte ich mich nach dem Messer, das sich in den Holzfußboden gebohrt hatte, und richtete es in seine Richtung. Smoke griff einfach an meine Hand, drückte sie nach unten und nahm mir das Messer wieder ab, während er mich in einen

Schwitzkasten drückte. »Genug«, raunte er an meinem Ohr, legte das Messer auf dem Tisch ab, achtete nicht auf mein schmerzerfülltes Stöhnen und bugsierte mich zur Verandatür. Wie eine Kriminelle schob er mich vor sich her.

Ich fluchte und bedachte ihn mit allen möglichen Schimpfwörtern. Als Boone aus einem der Ställe trat, verfluchte ich auch ihn. »Du bist genauso ein psychopathischer Hurensackpenner wie Smoke! Weil du einfach nur zusiehst und nichts tust! Du bist genauso scheiße!«

Aber Boone reagierte nicht einmal, sondern sah mich einfach nur an.

»Arrrh!«, schrie ich, als Smoke mich in den Stall schubste, hinein in eine leere Box. Er warf mich so brutal ins Stroh, dass ich mich aufrappeln musste. »Du Arsch!«

»Wenn ich dich bis ins Haus zetern höre, komme ich zurück und sorge dafür, dass du dich weder bewegen noch sprechen kannst. Vielleicht bist du heute Abend wieder normal.«

»Normal?!«, rief ich wütend. »Normal heißt also für dich, mit seinem Entführer zu ficken?! Das ist normal?!«

»Das ist dein Problem? Irgendeine Moralvorstellung?«

Mir klappte der Mund auf, weil er offensichtlich zu blöd war, um wie wirklich normale Menschen zu denken. »Nein, ich habe kein Problem mit meiner Moral*vorstellung*, sondern mit dem *Ist-Zustand*! Wenn du mich hier festhältst, wirst du mich schon töten müssen, damit ich nicht bei der ersten Gelegenheit dafür sorge, dass du für mindestens zwei Jahrzehnte ins verdammte Gefängnis gesteckt wirst!«

Er stöhnte genervt auf, trat mit einer fließenden Bewegung zurück und griff auf der anderen Seite der Box nach einem Gegenstand. Im nächsten Moment war der Lauf eines Gewehrs auf mich gerichtet. »Ich bin kurz davor«, sagte er ruhig und ich verstummte. »Du scheinst vollkommen durchgeknallt zu sein. Wenn du lieber sterben willst, statt dich zu erklären, sag einfach ›Bitte, Smoke‹.«

Ich schluckte meinen Speichel hinunter und setzte einen wehleidigen Blick auf. »Bitte, Smoke.«

Seine Augen weiteten sich.

»Bitte, lass mich gehen. Gib mir mein Leben zurück. Bitte, bitte, bitte, lass mich frei. Es wäre das Beste für dich, wirklich. Und niemand wird jemals etwas erfahren, okay? Hm?«

Langsam nahm er das Gewehr herunter und betrachtete mich für eine ganze Weile. Ich schob absichtlich die Unterlippe vor und gab mich betont unschuldig und sehr vertrauenswürdig.

»Es wäre wirklich eine Verschwendung, dich zu töten.«

Mein Herz flatterte. Irgendwie klang es nicht danach, als würde er es tun wollen. Aber vielleicht täuschte ich mich auch?

»Ich komme heute Abend. Wir werden sehen, was nötig ist, damit du *wirklich* bettelst.«

Ich schnaubte, als er zurücktrat und die Stalltür schloss.

»Und was soll ich den ganzen Tag hier drin tun, hm?«, rief ich ihm hinterher. »Bringst du mir wenigstens zwischendurch was zu essen? Oder ein Buch?«

»Wer nicht arbeitet, bekommt auch kein Essen«, waren seine letzten Worte, bevor er nach draußen trat.

»Fuck!«, schrie ich die Stallwände an und sank ins Stroh. Die Knie vor meine Brust gezogen, versuchte ich den Strom meiner Gedanken zu sortieren. Es klappte nicht. Da war nur Wut. Blinde Wut, die ein Gefühl überlagerte, dem ich keine weitere Aufmerksamkeit schenken wollte.

Irgendwo tief in mir schlummerte Angst.

Und es war nicht die Angst davor, dass Smoke zurückkommen und sonst etwas mit mir tun würde. Es war die Angst, dass er es nicht tat.

SMOKE

Mein Gehirn war mindestens genauso krank wie ihres. Das wusste ich, als ich nicht mehr aufhören konnte, daran zu denken, was sie im Stall trieb. Nicht dass sie sich mir noch ewig widersetzen würde, turnte mich an, sondern der Stall selbst. Sie wie ein Tier zu nehmen und für immer als solches zu halten ...

Ich schüttelte den Gedanken ab. Es lag mir fern, sie zu brechen, denn dann hatte ich nichts mehr von ihr. Aus ihr ein willenloses Wesen zu machen, war noch uninteressanter, als sie einfach von der Klippe zu stürzen.

Den ganzen Tag über war ich nicht bei der Sache, und es half nicht, dass Peak mich fast wie ein tollwütiger Hund anfiel, als ich seine Ration Koks nicht dabeihatte. Die drei Vollidioten, die sonst nie etwas mitbekamen, merkten sofort, dass etwas anders war, und ich blieb noch kürzer als sonst. Vielleicht schulte sie die Abgeschiedenheit in der Natur mit ihren rauen Nächten im Herzen der Wildnis, Schwingungen wahrzunehmen, die nicht einmal ich selbst begriff.

Vielleicht wirkte ich auch einfach nur abwesend, was

selten passierte. Zurück an der Ranch sattelte ich Storm ab, erledigte nur das Nötigste im Stall und ging dann hinüber.

Cinder hatte sich den Tag über verräterisch ruhig verhalten, aber ich vermutete nicht, dass sie ausgebüchst war. Wie und womit?

Als ich die Stalltür aufzog, pumpte mein Herz für einige Sekunden schneller das Blut durch meine Adern. Die Box war leer, die Strohballen lagen frei.

Einen Atemzug später nahm ich Cinder wahr. Sie hatte sich in den tiefsten Schatten neben der Tür gedrückt und starrte mich an.

Ein eisiger Windzug glitt über meinen Nacken. Zwar hatte ich schon seit Jahren keinen Horrorfilm mehr gesehen, aber ihre psychotische Erscheinung hätte sich in einem solchen als böswillige Horrorfratze entpuppt, die einen angriff und augenblicklich köpfte.

Cinder hingegen blieb ruhig. Ich trat vor sie, nicht sicher, was sie sich nun schon wieder in den Kopf gesetzt hatte, und stellte verblüfft fest, dass sie flach atmete.

Sehr schnell. Sehr flach.

»Cinder«, murmelte ich und umfasste ihre Oberarme.

Sie hatte eine Panikattacke. Das war insofern nicht verwunderlich, da ihre Situation wirklich beschissen aussah, aber mein Instinkt sagte mir, dass es hierbei nicht um das klassische Entführungsopferpsychodrama ging. Sie hatte sich heute Morgen wie eine multiple Persönlichkeit aufgeführt, und ja, das regte etwas in mir.

Ich wollte nicht, dass sie litt.

Aber einfach gehen lassen konnte ich sie auch nicht.

Das hätte erstens so oder so ihren Tod bedeutet, und zweitens machte sich in mir ein Besitzanspruch breit, den ich bisher nur von dem Anspruch auf mein Land kannte.

Cinder hatte sich mit ihrer Art tief in meine Gehirnwindungen gefickt. Was ich damit anfangen würde, wusste ich noch nicht. Zumindest hätte ich nichts dagegen gehabt, wenn ihr Vorschlag lautete, einfach für immer zu bleiben.

Und das war krank.

Vor allem deshalb, weil ich mit Menschen normalerweise nur dann etwas anfangen konnte, wenn sie mir gehorchten wie ein Tier.

»Hast du Angst vor *mir*?«, fragte ich sie in ruhigem Tonfall und beobachtete im dämmrigen Licht ihre zerklüftete Miene.

Die Panik stand ihr in den Augen geschrieben und sie hyperventilierte immer heftiger. Schnell hielt ich ihr eine Hand auf Nase und Mund, was sie für einen Moment zappeln ließ, aber letztendlich beruhigte, da ich ihr in gewöhnlichen Abständen immer wieder das Luftholen ermöglichte.

Nach kurzer Zeit atmete sie wieder normal, schien aber noch wütender auf mich zu werden. »Fass mich nicht an«, zischte sie und wackelte in meinem festen Griff, mit dem ich ihre Schulter festhielt.

Ich wollte sie küssen.

Herumwerfen, ihr die Kleider vom Leib reißen, sie tausendmal zum Orgasmus lecken und küssen. Verdammt, dieses kleine Mädchen ging mir selbst dann unter die Haut, wenn sie so kratzbürstig war wie eine buckelnde Katze. Wann hatte sich in mir je der Wunsch geregt, eine Frau mehr von mir berühren zu lassen als meinen Schwanz?

Ich musste an Sheela denken und wie ich versucht hatte, die explosive Gewalt meines angestauten Verlangens irgendwie loszuwerden. Sheela konnte damit umgehen, wenn ich sie benutzte. Sie benutzte mich ebenso, wenn ich mal wieder harten Sex brauchte, weil sie ihn genauso brauchte wie ich. Aber wir hatten nie Zärtlichkeiten ausgetauscht. *Ich* hatte *nie* Zärtlichkeiten ausgetauscht. Ein Wunder, dass Cinder überhaupt gefiel, wie ich mit meiner Zunge umging.

Tränen der Wut entstanden in ihren kleinen, süßen Unschuldsaugen, als ich sie nicht losließ, und ich lockerte meinen Griff.

»Hast du Angst vor *mir*, Cinder?«, wiederholte ich meine Frage.

»Warum sollte ich?«, kam prompt die Antwort, die mich mal wieder überraschte. »Ist ja nicht so, als hättest du heute mit einem Gewehr auf mich gezielt oder als wäre mir schon schwindelig, weil ich den ganzen Tag nichts zu trinken hatte außer das dreckige Pferdewasser. Hey, wieso sollte ich gerade *vor so einem netten Kerl* wie dir Angst haben? Das wäre echt paranoid.«

Ich schmunzelte. »Wovor hast du dann Angst?«

Sie schwieg, was mir wieder einmal den Knackpunkt ihrer Psyche verdeutlichte. Hätte sie Angst *vor mir*, würde sie nicht wie eine Quasselstrippe meine Wut heraufbeschwören.

Ging es ihr um Aufmerksamkeit? Wollte sie in irgendeinem kranken Teil ihres Kopfes, dass ich sie wahrnahm und auf sie reagierte? Was für eine widersinnige

Abwehrreaktion war das? Oder ... war es gar keine Abwehrreaktion? Wollte sie meine Nähe?

Konnte es aber nicht sagen?

Ich verwarf diesen Gedanken schnell wieder, denn er war selbst für mich eine Spur zu dumm. Was auch immer in Cinder vorging, sie war nun mal eine Frau. Bei Frauen wunderte mich schon seit Jahrzehnten nichts mehr. Angefangen bei ihrem widersprüchlichen Verhalten in der Middle School.

Meine Hand wanderte in die ihre und ich zog sie aus der Box. Sie sträubte sich zwar, als sie mir folgte, aber ich bekam ihren schwächlichen Widerstand kaum mit.

Vor der Feuerstelle abseits von den Ställen in der Nähe der Veranda ließ ich sie los, stapelte schnell ein paar Holzscheite aufeinander und zündete mit Reisig ein Feuer an.

»Warte hier«, trug ich ihr auf und wunderte mich nicht, als ich mit Essen, Wasser und Decken im Arm zurückkam, sie vor den lodernden Flammen dasitzend zu sehen. Sie schien für einen Moment nicht über Flucht nachzudenken. Vielleicht, weil es Nacht wurde. Oder sie wusste, dass sie ohne Nahrung nicht weit kommen würde.

Es würde noch ewig brauchen, bis ich diese Frau verstehen würde.

»Hilf mir.« Ich breitete die Decken aus und legte sie auf den staubigen Boden. Cinder beobachtete mich verwundert und zupfte alibimäßig ein bisschen am Stoff. Nicht die Hilfe, die ich durch die ersten Tage von ihr gewohnt war, aber ich zweifelte nicht daran, dass es nur ein wenig Geduld brauchte, damit sie wieder an den Punkt kam, an dem sie anfangs gestanden hatte.

Ich reichte ihr eine Wasserflasche, die sie gierig entgegennahm und in einem Zug leerte. Dann drückte ich ihr einen aufgetauten Eintopf in die Hand. Ich konnte nach all den Jahren kein Fertigessen mehr sehen, weshalb ich mir für solche Fälle, in denen ich nicht mal die Geduld besaß, Nudeln aufzusetzen, irgendetwas Einfaches in die Tiefkühltruhe legte.

Cinder aß gierig die dampfende Brühe, ohne die Miene zu verziehen, und ich beobachtete sie dabei. Mir fiel auf, dass ich zum ersten Mal die Anwesenheit eines Menschen genoss. Ein Gefühl, an das ich mich nicht einmal mehr erinnerte.

Während das Holz vor sich hin knisterte, war ansonsten nur ihr Löffel zu hören. Ohne mich anzusehen, schaufelte sie sich den gesamten Eintopf in den Mund und stellte die Schale schließlich auf dem Boden ab.

»Und jetzt?«, fragte sie mich kühl und blickte mich offen an.

»Jetzt kannst du zurück in den Stall gehen, wenn du möchtest.«

Sie schnitt eine Grimasse und blieb sitzen. »Dein wievieltes Entführungsopfer bin ich? Holst du dir jeden Sommer eine dumme Großstädterin, die deinem Charme verfällt? Oder nur jeden zweiten ...?«

»Ich habe dich nicht entführt.«

Ihre aufmerksamen Augen huschten über mein Gesicht, bevor ihre Grimasse ein spöttisches Grinsen dazugewann. »Natürlich nicht.«

»Ich versuche dein Leben zu retten.«

»Das ist wirklich sehr nett von dir, aber darf ich vielleicht selbst entscheiden, ob ich gerettet werden will?«

»Nein«, raunte ich und machte lockend eine Handbewegung in meine Richtung. »Komm her und ich erkläre es dir.«

»Wieso?«, fragte sie misstrauisch.

»Weil ich Lust habe, dich zu massieren.«

Sie weitete die Augen, als hätte ich ihr gerade erzählt, dass ich Lust hatte, sie zu versengen.

»Cinder«, grollte ich, woraufhin sie sich in Bewegung setzte. Vermutlich war sie klug genug, sich ihren Widerstand für brenzligere Situationen aufzuheben. Nachdem sie in meine Richtung gerutscht war, packte ich ihre Schultern und zog sie zwischen meine Beine. Ihr kleiner Hintern lag kurz vor meinem Schritt, und ihr Rücken verspannte sich wie ein Bogen, als er gegen meine Brust traf.

Mit kreisenden Bewegungen bohrte ich meinen Daumen in ihre verspannten Muskeln und beugte mich vor, um ihren Duft zu inhalieren. Er war mir von Anfang an in die Nase gestiegen und hatte mich nicht mehr losgelassen. Cinder roch wie süßes Holz, wie aufgeblätterte Vanille, wie frischer Wind. Allein sie zu *riechen* ließ meinen Schwanz hart werden. Ich musste unbedingt bald von ihr kosten.

Sehr bald.

»Was ist heute Morgen wirklich passiert?«, fragte ich an ihrem Ohr, während ihre Schulterblätter unter meinen Händen zu Butter zerflossen. Eines der wenigen Dinge, die ich von meinem Ziehvater gelernt hatte, bevor er aufgehört hatte, irgendetwas Sinnvolles zu tun. »Du hast keine Angst. Nicht vor mir.«

Sie lachte spöttisch auf, war aber klug genug, nichts Gegenteiliges zu behaupten.

»Sag mir einfach, was es ist. Umso angenehmer wird es hier für dich.«

Cinder wollte wütend den Kopf herumwerfen, doch ich hielt ihre Schultern fest.

»Nein«, sagte ich nur. »Ich bin noch nicht fertig.«

»Ich will nicht, dass du mich massierst«, zischte sie. »Das ist krank. Das meiste von dem, was du tust und was ich zulasse, ist krank.«

Ungesehen von ihr verdrehte ich die Augen und ließ sie los. Wenn sie es unbedingt haben wollte, würde ich ihr beweisen, wie wenig ihre Worte zur Realität passten. Ich warf sie herum, drückte sie auf die Decke; als sie sich wehrte, pinnte ich sie einfach auf dem Boden fest. Ja, ich war ein Arschloch, aber das wusste sie sowieso längst.

Als ich ihre Hose nach unten zog, zappelte sie wie wild geworden und warf mir allerlei kreative Flüche an den Kopf. Die Vokabel Vergewaltiger war auch dabei.

Dumm für sie, dass auch das nur Worte waren. Ich musste sie nicht einmal berühren, es reichte, die feuchte Stelle in ihrem Slip zu betrachten. Noch konnte ich nicht mit Gewissheit sagen, ob sie tatsächlich von ihrer Lust stammte – Frauen und ihre Pussys funktionierten mitunter kompliziert –, also ließ ich sie frei. Etwas.

So weit, dass sie unter mir hätte hervorkrabbeln können, wenn sie gewollt hätte. »Willst du zurück in den Stall?«, fragte ich sie.

»Nein«, murmelte sie wütend.

»Soll ich aufhören?«

Ihr Mund öffnete sich, doch sie brachte keinen Laut hervor.

»Okay ...« Ich deutete an, mich zurückzuziehen, als sie aufschrie.

»Nein!«

Mit einem Schmunzeln nahm ich die Panik in ihren Augen wahr. Ein großer Teil von ihr wollte noch immer fliehen, aber ihr Körper war schwächer. Es tat gut, für diesen Moment nicht gegen sie ankämpfen zu müssen, als ich mit einer Hand ihren Slip zerriss.

Sie gab einen Ton von sich, der zwischen entrüstetem Fauchen und hingebungsvoller Aufgabe ihrer selbst alles einfing, und ich wartete nicht länger. Mein heißer Atem traf ihre Klit und dann strich meine Zunge über ihre Spalte.

Die Geschmacksexplosion ihrer rauen Körperlichkeit machte sich in meinem Mund breit, und ich konnte kaum genug von ihrem köstlichen Saft bekommen. Ich hatte schon einige Frauen geleckt, aber nie darüber nachgedacht, wie sie schmeckten. Das Wissen war so schnell verflogen wie der Sex an sich.

Cinder hingegen schmeckte wie eine reife Frucht, der Schoß einer Frau, der nur darauf wartete, besamt zu werden. Nicht, dass ich an fucking Kinder dachte. Ich dachte überhaupt nicht viel, während ich meine Zunge tief in sie tauchte und das Zucken ihres Körpers meine Bestätigung war.

»Stöhn für mich, Kleines«, forderte ich sie auf, woraufhin sie lustvolle Klänge in die Nacht schallen ließ, und ich bewegte meine Zunge kreisend um ihre süße Perle.

»Bitte nicht«, jammerte sie, als würde irgendein Teil von ihr wirklich wollen, dass ich aufhörte. »Ich kann das ... nicht.«

Wie sie mir mit diesem lächerlich unbegründeten Widerstand auf den Sack ging! Ohne auf ihre jämmerlichen Versuche zu achten, mich von sich zu stoßen, leckte ich sie weiter. Ich nahm mir alles, was sie mir gab, verschlang ihren Geschmack, ihre Süße, und fickte sie schließlich mit der Zunge zum Höhepunkt.

Cinder schrie, als sie kam, und ich hörte sofort auf, nachdem die Wellen über ihren Körper geritten waren. So hart mein Schwanz auch war, ich wollte sie nicht am Leben lassen, damit sie mir hinterher attestierte, ich wäre ein kranker Psycho, der Frauen entführt und missbraucht.

Ich war kein Psychopath.

Ich hatte einfach nur kein Mitgefühl.

Und das zu Recht.

Ich stand auf, drückte ihr ihre Hose in den Arm und umfasste ihren Brustkorb. Wie einen Sack zog ich sie hoch, ehe sie begriff, was geschah.

»Ich kann laufen!«, zeterte sie, als ich sie über den Hof schleifte, ihre nackten Füße schabten über den Boden. »Was zur Hölle soll das?«, schrie sie, als ich sie zurück in den Stall brachte und aufs Stroh fallen ließ.

Sie krabbelte halb nackt vor mir davon, was wirklich ein niedlicher Anblick war. »Du bist einfach vollkommen gestör-«

Schnell bückte ich mich und hielt ihr den Mund zu. »Du solltest mich nicht beleidigen. Mir keine dummen Fragen stellen, die sich dir sowieso in den nächsten fünf Minuten von alleine oder niemals beantworten werden. Und du solltest diese Nacht dafür nutzen, zu überlegen, *wer* von uns beiden der Gestörte ist. Du willst nicht, dass ich dich ficke? *Schön.* Dann fang morgen wieder an zu arbeiten, aber tu nicht so, als wäre ich nur ein One-Night-Stand, dem du entkommen kannst, wenn du dich morgens davonschleichst. *Du kannst mir nicht entkommen. Leb damit.*«

In ihren Augen spiegelten sich Trotz und Verzweiflung, und wieder fiel es mir schwer, mich von ihr zu lösen. Sie war so verdammt fickbar, wenn sie mich auf diese Tour anblickte. Ich wollte ihr meinen Schwanz in jedes verdammte Loch rammen, aber ich wollte, dass sie dabei nicht heulte wie beim ersten Mal.

Ich wollte das kleine Luder.

Das devote, versaute Stadtmädchen.

Ich wollte, dass sie den Mund schon öffnete, sobald sie mich kommen sah, und das, um meine Stange zu lutschen, und nicht um mir Beleidigungen an den Kopf zu werfen. Und ich wollte sie mir überall nehmen. Hier im Stroh, gegen die Stallwand, auf dem Feld, in jedem Raum des Hauses.

Ich wollte sie so sehr ficken, wie sie mich gefickt hatte.

Meine Gedanken waren infiltriert von ihr.

Mein Inneres längst aufgetaut.

Meine Seele in Brand geraten.

Und all dieser Scheiß wurde noch verstärkt, als ich erkannte, wie sie schmunzelte, nachdem ich meine Hand zurückgenommen hatte. Es war ein zaghaftes, angedeutetes Schmunzeln, aber mir entging nichts.

»Ich werde dir dein Leben zur Hölle machen«, wisperte sie.

Ich glaubte kurz, mich verhört zu haben.

»Je länger du mich hier festhältst, umso schlimmer wird es.«

Wie bitte?

Cinder zog ihre Beine an und setzte eine Unschulds-
miene auf. »Aber das ist dir das Risiko wert, oder?«

Ich nahm einen Schritt Abstand, weil ich mich
fühlte, als hätte mich ein Truck überrollt. Ihr Bedürfnis,
mich zu übertrumpfen, grenzte an schieren Wahnsinn.
Aber als ich die Box verließ, die Tür verriegelte und sie
sich selbst überließ, wusste ich, was sie eigentlich hatte
sagen wollen.

Eine Einladung.

Ich sollte nicht mehr nur davon faseln, wozu ich
fähig war. Ich musste es ihr zeigen.

DAS REITEN

WAS HÄLTST DU VON EINEM FRIEDENSVERTRAG? DU TUST, WAS ICH SAGE, UND ICH ... BIN WENIGER GRAUSAM.

Am nächsten Morgen holte mich Boone aus dem Stall, was mich in letzter Sekunde ein weniger bescheuertes Gesicht aufsetzen ließ. Für Smoke hatte ich mich in Pose gesetzt, eine Pose, die für einen Mann wie Boone nicht gedacht war. Enttäuschung machte sich in mir breit, als ich Smoke weit unten am Fluss zu erkennen glaubte, wie er zwischen einer der Viehherden umherritt.

Dafür war Boone umso näher. Er drückte mir eine Heugabel in die Hand und zeigte auf die Box neben der, in der ich bereits die zweite Nacht geschlafen hatte.

»Ich soll ausmisten? Echt jetzt?«

Boone verzog keine Miene, aber sein starrer Blick verriet mir die Antwort.

»Okay, nö.« Ich lehnte die Heugabel an die Stallwand, was Boone einen zerknickten Zettel hervorholen ließ. Er drückte ihn mir in die Hand.

· · ·

Noch ist deine Box sauber. Aber das kann sich ändern, wenn du sie mit den Pferden teilst.

Stirnrunzelnd las ich Smokes Worte ein zweites Mal. Wollte er mir damit drohen, mich in einer der Boxen unterzubringen, in denen die Pferdeäpfel frisch herumlagen?

Ich stöhnte, nahm die Heugabel wieder in die Hand und begann halbherzig, das Stroh wegzuschaufeln.

Boone gab einen missbilligenden Laut von sich, griff selbst nach einer Heugabel und wollte mir zeigen, wie es ging. Schlecht gelaunt sah ich ihm dabei zu. Mich interessierte weniger seine Technik als er selbst. Wer war dieser kauzige Typ? Und warum sprach er nicht? Was hatte er mit Smoke zu tun, und war er der Einzige, der auf der riesigen Ranch für ihn arbeitete?

Wurde er vielleicht auch gefangen gehalten?

So treu, wie er Smoke ergeben war, glaubte ich das zwar nicht, aber ich wollte diese Möglichkeit nicht von vornherein ausschließen. Boone zeigte mir, wie ich das Stroh in die Schubkarre lud und wo der Misthaufen zu finden war, und ließ mich dann allein. Wenn ich seine wortlosen Gesten richtig gedeutet hatte, erwartete er von mir, dass ich alle Ställe ausmistete.

Einfach *alle*.

Gerädert durch das Schlafen auf einem dummen Strohballen mit nicht mehr als ein paar Decken, während es um mich herum ständig geknistert hatte, als würden überall Mäuse herumlaufen, arbeitete ich ambitionslos vor mich hin. Zwar befürchtete ich inzwischen schon, Smoke könnte seine Drohung wahrmachen und mich in eine dreckige Box sperren, aber vermutlich hatte ich den ganzen Tag Zeit, um seine Aufgabe zu erfüllen.

Als ich Hufgetrappel auf dem Hof hörte, verbarg ich mich hinter einem der großen Scheunentore, lugte durch den Türspalt nach draußen und beobachtete, wie Smoke sich auf einem Schecken näherte. Seine männliche Statur auf dem großen, muskulösen Tier passte wie ein Buchdeckel ums Papier. Allein, dass er vor mir auftauchte, warf mich in den Strudel des gestrigen Tages zurück und ließ meinen Körper sehnsuchtsvoll reagieren. Es war fast so, dass ich ihn noch anziehender fand, je grausamer er zu mir war, solange er mir nur in Aussicht stellte, mich irgendwann wieder zu vögeln.

Seine mächtigen Arme und Hände, mit denen er locker die Zügel hielt, schrien danach, dass er mich irgendeine Wand hinaufstemmte ... Das jämmerliche Ziehen in meinem Magen wurde schlimmer, je länger er einfach nur dastand und auf etwas wartete.

Minutenlang gaffte ich ihn wie eine Spannerin an und wurde prompt dabei erwischt. Da ich zu lange damit beschäftigt gewesen war, seine muskulösen Beine anzuschmachten, die in den festen Stiefeln steckten, fiel mir erst jetzt auf, dass Smoke mir direkt entgegenblickte. Trotz der Hutkrempe, die in sein Gesicht gezogen war, spürte ich seine Augen auf mir. Ich lief rot an, weil ich wie ein ängstliches Kind versucht hatte, mich zu verstecken und ihn heimlich zu beobachten, und wich in den Stall zurück.

Mein Herz schlug mir bis in den Hals. Ich verstand nicht, wie dieser Mann so viele gegensätzliche Gefühle in mir auslösen konnte. Wollte ich nun mehr von ihm?

Definitiv.

War ich bereit, dafür meine Freiheit aufzugeben?
Durchaus.
Wollte ich, dass er mir *näherkam?*
Niemals.

Ich musste ihn auf Abstand halten. Es durfte zwischen uns nicht mehr existieren als das Verlangen nach wildem Sex. Er sollte mich vögeln, aber ich würde meine Gefühle unter Kontrolle halten.

Das hatte nichts mit meinen Moralvorstellungen zu tun – darüber war ich längst hinaus. Es hatte etwas damit zu tun, dass ich generell Nähe verabscheute. Nicht gewohnt war. Auch nicht unter Zwang erdulden wollte. Und zum Glück war Smoke genau der Typ Mann, dem es augenscheinlich so ähnlich ging.

Plötzlich verschwand der Druck von meinen Schultern und ich fühlte mich frei. *Das* war der Plan! So und nicht anders! Ich durfte mich verlieben – aber nur in seinen Körper und in den Sex.

Und er sollte emotional so viel Abstand halten wie die ganze Zeit schon. Perfekt!

Mutig trat ich wieder aus dem Stall, doch Smoke war verschwunden. Verwirrt sah ich mich um, als ich hinter mir Schritte hörte.

»Buh.«

Obwohl es so verfickt naheliegend war, schrak ich zusammen, als wäre der verdammte Teufel vor mir erschienen. »Scheiße!«, keuchte ich, als Smoke in schallendes Gelächter ausbrach. Sofort erholte ich mich von dem Schreck und himmelte dafür sein Lachen an, auch wenn ich es mir verbot.

Nur Sex, klar?
Nur. Sex.

»Gut geschlafen?«, fragte er mich grinsend und beugte sich über die Tränke, um seine Hände zu waschen.

»Ganz großartig.«

»Ich habe mein halbes Leben hier im Stall gewohnt. So schlimm ist es nicht.«

»Hast du?«, fragte ich neugierig.

In seinen Augen tanzte der Schalk, aber er schien nicht interessiert daran, mir mehr zu erzählen. »Ich helfe dir mit dem Rest.« Er nahm die Heugabel und begann, die letzte Box auszumisten.

Ungläubig starrte ich ihn an. Nicht nur, weil er zehnmal schneller als ich war, sondern vor allem, weil er mir einfach eine meiner ›Aufgaben‹ abnahm. Hatte er heute gute Laune? Oder steckte hinter seiner zuvorkommenden Art ein neuer Plan?

Um nicht völlig dämlich neben ihm zu stehen, kehrte auch ich ein paar Strohhaufen zusammen.

Nachdem wir fertig waren, brachte Smoke die Schubkarre zurück und ich legte neues Stroh aus.

»Man muss der kleinen Großstädterin also nur mit den richtigen Maßnahmen drohen«, kommentierte er meine folgsame Hilfe, als er zurückkam und sich gegen die Holzwand der Stallbox lehnte. »Dann wird sie handzahm.«

Ich drehte mich zu ihm um und ließ meine Zunge vorschnellen. »Ich wiege dich nur in Sicherheit. So wie du mich vermutlich. Aber wir wissen beide, dass du es irgendwann bereuen wirst, mich hierher verschleppt zu haben.«

»Hast du mir gerade die Zunge herausgestreckt?«, wollte er wissen, als hätte ich nichts gesagt.

»Möglich?«

Er schüttelte lachend den Kopf, löste sich von der Wand und machte drei Schritte auf mich zu.

Im nächsten Moment wurde ich am Haar gepackt und mein wütender Aufschrei von seinen Lippen erstickt. Ich dachte nicht eine Sekunde nach, sondern floss genießerisch in seinen Kuss, als wäre ich Wasser und er ein brechender Damm. Smoke schob mir seine Zunge tief zwischen die Zähne und ich umspielte sie sehnsüchtig. Seine Lippen nagten an meinen, unsere Zähne bissen sanft ins Fleisch des anderen, und seine Atmung, die ich automatisch aufnahm, roch köstlich nach frischem Brot und Kaffee.

Mein Herz explodierte vor Glück, weil wir einfach nur dastanden und rummachten, aber ich wusste, dass es das nicht sollte. Ich durfte kein Glück empfinden. Höchstens Lust. Aber als Smoke sich löste, konnte ich nicht mehr an Sex denken. Sondern nur an seine stechenden bernsteinfarbenen Augen auf mir, die mich musterten, als wäre ich weit mehr als eine Sexpuppe auf zwei Beinen, die für ihn Aufgaben erledigen konnte.

»Mir gefällt es, wie du versuchst, mir das Leben zur Hölle zu machen«, sagte er schmunzelnd, und ich war klug genug, nichts darauf zu erwidern. »Was hältst du von einem Friedensangebot?«

»Du willst mich zurückbringen?«, fragte ich zuckersüß. »Wie nett von dir!«

Er lachte rau, was ein Kribbeln in meinem Magen erzeugte. *Nur Sex!* »Ich dachte an etwas, das dir deinen ... Aufenthalt hier etwas angenehmer gestalten könnte.«

»Du glaubst doch nicht, dass du mich mit so was kriegst.«

»Na ja, dich zum Gehorsam prügeln kann ich offenbar nicht, und du scheinst nicht an deinem Leben zu hängen, weshalb die Morddrohungen an dir vorbeigehen ... Also dachte ich, ich ködere dich mit etwas anderem.«

»Aha?«

»Ich bringe dir das Reiten bei.«

Meine Ohren schienen sich ständig zu verhören. »Wie bitte?«, fragte ich perplex.

Smoke lächelte nur, dann trat er aus der Box, griff nach einem der schweren Westernsattel und ging nach draußen zur Weide. Mit einem Pfiff lockte er die weiße Stute zu sich, die in der Nähe gegrast hatte. Neugierig trabte sie auf uns zu und Smoke tätschelte ihren stolzen Kopf. Er murmelte etwas, das ich nicht verstand, und öffnete im nächsten Moment die Koppel.

Er zäumte und sattelte die Stute, holte sie heraus und führte sie vor den Stall. Dass ich jemals einen Mann attraktiv finden würde, weil er mit Tieren umging wie einsame Hausfrauen mit Katzenbabys, hätte ich mir niemals vorstellen können. Smoke sattelte Velvet, die es gelassen geschehen ließ.

»Ihr kennt euch ja schon.« Er nickte mich zu sich. Das Tier schnaubte durch seine großen Nüstern, als ich näher trat.

Smoke hielt mir eine Hand hin und half mir dabei, aufzusitzen. Es war ein befremdliches Gefühl, mich so hoch über ihm zu befinden, und es trug nicht gerade zum Ausbau meiner Antipathie bei, dass er mir das wirklich ermöglichte.

»Es ist ein einfaches *Go*, dann geht sie los.«

»*Go*«, sprach ich laut aus, woraufhin sich Velvet tatsächlich in Bewegung setzte.

Smoke hielt sie davon ab, zum Haus zu laufen, indem er sie mit einem *Brrr* stoppte. Er hatte ihr Zaumzeug mit einem langen Seil verbunden und führte sie daran in die Mitte des Platzes, wo sie begann, Kreise zu drehen. »Angst?«, rief er mir zu.

»Ein bisschen?«, rief ich zurück. Ich wusste selbst, dass ich mich am liebsten in die Mähne des Tieres gekrallt hätte.

»Wieso hast du nur Angst vor unsinnigen Dingen?«

Ich verdrehte die Augen. »Also, Mr. Reitlehrer, was muss ich tun? Ich habe nicht ewig Zeit, schließlich muss ich lernen, dir auf Velvet zu entkommen.«

Sein Feixen wärmte mein Herz, auch wenn es kein Scherz gewesen war. »Du wirst Wochen brauchen. Und selbst dann wird kein Pferd der Welt dich schnell genug von hier fortbringen.«

Er gab Velvet einen schnalzenden Befehl, damit sie in den Trab fiel, was mich ängstlich am Sattel festkrallen ließ.

Mehrere Wochen …

War das jetzt gut oder schlecht?

DER HUT

MEINE VERGANGENHEIT IST WIE EIN
REISSENDER FLUSS, DER ALLES MIT SICH
TRÄGT UND SICH IM NIRGENDWO DES
OZEANS VERLIERT.

Auch wenn ich mir in meiner Wut auf seine Halsbrecherart etwas anderes vorgenommen hatte, hatte mich Smokes Angebot, mir das Reiten beizubringen, besänftigt. Der Fluchtinstinkt war verebbt und ich wollte sowieso nicht mehr weg. Smoke ließ mich einfach da sein, als wäre ich nur eine Angestellte, die mit Reitstunden bezahlt wurde, und hielt den nötigen Abstand, den ich brauchte.

Vermutlich erkannte er selbst, dass ich so gut wie alles tun würde, um mehr von dieser Magie, die von den Pferden ausging, in mich aufsaugen zu können. Einer meiner Mädchenträume war in Erfüllung gegangen, und es hatte nicht viel gebraucht, damit ich begann, mich wohlzufühlen. Die Stimme in meinem Kopf war verstummt, die mir einreden wollte, dass ich an einem heftigen Stockholm-Syndrom litt, dafür war mein Eifer zurückgekehrt. Ich begann Smoke als Freund zu sehen – und ließ sämtliche sexuelle Energie an mir abprallen.

Insgeheim wusste ich, dass ich mich zwischen den

Pferden und ihm entscheiden musste. Da nahm ich wirklich lieber die Tiere. Auf eine gewisse Art bot das Reiten auch einen Höhepunkt. Und davon hatte ich gleich zwei am Tag.

Smoke fasste mich nicht an, als würde er meine Entscheidung unterbewusst mitbekommen, und fesselte mich auch nicht mehr ans Bett, sondern schloss nur meine Tür von außen ab. Manchmal wurde ich sogar früher wach als er selbst und wartete schon, damit er mich hinausließ. Wortlos ging ich an ihm vorbei, ignorierte die Anziehung seines Körpers auf mich und machte Frühstück, die Betten, reinigte das Haus, den Hof, die Veranda, die Ställe, lernte jedes einzelne seiner Pferde kennen und verliebte mich in die Ranch, in die Tiere, ins Reiten, sogar in Boone. Jeden Tag lernte ich besser mit Velvet umzugehen, jeden Tag spürte ich meine schmerzenden Muskeln mehr. Aber ich ignorierte sie, so wie ich alles ignorierte, was die Harmonie irgendwie hätte stören können, und so machte ich mir vor, lediglich eine sehr besondere Art des Sommerurlaubs hier zu verbringen.

Vermutlich lag es daran, dass irgendein Teil von mir, und mochte er noch so winzig sein, felsenfest davon überzeugt war, gehen zu können, sobald ich es wollte. Nur eben nicht jetzt und sofort. Sondern eher wie bei einem Arbeitsvertrag, den man unterschrieben hat. Bevor dieser nicht auslief, hatte man einen Teil seiner Freiheit aufgegeben.

Smoke ließ mich mit allem gewähren. Da ich nicht das Gespräch suchte, sprach er auch nicht. Ich stellte keine Fragen, er gab mir keine Antworten. Tagsüber arbeitete er auf seinem Land, am späten Nachmittag ritt er irgendwohin und kam kurz vor Sonnenuntergang zurück. Wir aßen stumm, wir respektierten uns, und ich war vollkommen zufrieden.

An Tag 14 meiner ... ›Gefangenschaft‹ kam er etwas früher vom Feld zurück und trat zu mir auf die Veranda. Ich hatte mir ein Ritual geschaffen und las noch immer ein halbes Buch pro Tag, während ich die Kekse futterte, die Boone mitbrachte. Da ich ansonsten viel körperlich arbeitete und ritt, nahm ich trotzdem ab statt zu.

Smoke blieb vor mir stehen, was mich unbehaglich fühlen ließ. Seit unserer ersten Reitübung hatte er mich nicht mehr konfrontiert. Da mir ohnehin klar war, was er erwartete, hatte ich ihm den Vorschlag gemacht, wieder für den gesamten Haushalt zu sorgen, solange er mich unterrichtete. Er hatte wortkarg zugestimmt und seitdem lebten wir nach dieser Verabredung.

Es funktionierte, weil er es nicht weiter kommentierte. Er hatte mich bisher nicht mehr infrage gestellt oder eine zynische Bemerkung gemacht. Er war mir auch nicht nahe gekommen, geschweige denn, dass er mich geküsst hätte.

Also lief alles einfach nur perfekt.

»Ich fahre in die Stadt«, sagte er und blieb vor mir stehen, als wäre dieser Satz mehr als nur eine Information.

»Viel Spaß«, murmelte ich und versuchte mich wieder auf mein Buch zu konzentrieren.

»Du kannst mitkommen.«

Mein Puls beschleunigte sich sofort und ich sah auf. Seine Augen wirkten undurchschaubar wie eh und je, aber er schien sein Angebot ernst zu meinen. In mir wurde diese Stimme wach, die mir zuflüsterte, dass das *die Chance* sein könnte, um von hier wegzukommen, aber genau dafür war ich noch nicht bereit.

Ich wollte verdammt noch mal nicht gehen.

Nicht jetzt.

Nicht, wenn ich jeden Tag zweimal die Möglichkeit bekam, auf einem Pferd zu sitzen. Smoke hatte mir in Aussicht gestellt, bald mit mir auszureiten. Darauf freute ich mich. Wie ein kleines Kind.

»Willst du nicht?«, fragte er, als ich nicht reagierte.

»Doch«, antwortete ich zögernd. »Du meinst, so richtig in die Stadt? Ist das nicht ...«

»Du wirst dich an ein paar Regeln halten, dann fahren wir wieder zurück.«

»Schon ...«

»Wir brauchen richtige Reitkleidung für dich.«

»Wirklich?«, fragte ich erstaunt.

Die Furche bildete sich auf seiner Stirn. »Du tust so, als würde ich dir anbieten, dich auf einem Scheiterhaufen zu fesseln.«

Ich verzog die Lippen. »Nur du kommst auf solche Vergleiche.«

»Also willst du mitkommen?« Er wurde ungeduldig.

»Okay.« Zögernd stand ich auf und folgte ihm durchs Haus auf die andere Hofseite.

Er öffnete die Tür des Pick-ups und hielt sie mir auf. »Ich gehe davon aus, dass du lieber fährst, als es nicht zu tun.«

»Bist du sicher?«, fragte ich ihn verständnislos.

»Verdammt ...« Er wartete, bis ich ihn erreicht hatte, und blickte dann intensiv auf mich herab. »Kann es sein, dass du Angst davor hast, mir entkommen zu *können*? Das wird nicht passieren. Du fährst, ich sitze neben dir, niemand wird dich retten, solange ich es nicht will. Außerhalb dieser Ranch wird dir niemand glauben.«

Ich biss mir auf die Unterlippe. Dieser Arsch konnte in mir lesen wie in einem Buch. »Vielleicht bin ich ja so frustriert von dir, dass ich uns in den Tod fahre.«

»Viel Spaß bei dem Versuch«, entgegnete er sarkastisch, wartete, bis ich eingestiegen war, schlug die Tür zu und setzte sich auf der anderen Seite zu mir. Da ich ihn nun schon sehr lange um mich hatte, war es nicht mehr so befremdlich wie beim ersten Mal, zu fahren, während er mich anleitete.

Im Grunde war es dasselbe wie beim Reiten. Erst als wir auf eine Bundesstraße abbogen und sich die Fahrt zu ziehen begann, wurde es komisch. Komisch, weil alles einfach komisch war. Sollte ich das Gespräch suchen? Oder einfach weiter schweigen?

Doch jetzt, da wir die Ranch einmal verlassen hatten, kehrte der Freiheitsdrang in mir zurück. Natürlich war es auf eine verwerfliche Weise schön bei ihm – aber ich hatte ein Leben.

Vielleicht sollte ich mal wieder darüber nachdenken, wie ich es zurückbekam.

»Hast du dich schon entschieden?«, fragte ich im Plauderton.

»Wofür entschieden?«

»Ob du mir ›vertraust‹ und mich gehen lässt oder ob du mich tötest.«

»Nein.« Er hatte seine Arme verschränkt und starrte stur auf die Straße. »Habe ich nicht.«

»Irgendwann werde ich dir auf den Geist gehen. Meine Kooperation ist nur vorübergehend.«

»Davon gehe ich aus.«

»Aha?«

»Du kannst mich nicht für immer von dir fernhalten, also wirst du wieder versuchen, mich von dir zu stoßen. Das ist der Moment, auf den ich warte.«

Meine Nackenhaare stellten sich auf. Was zur Hölle meinte er damit? »Ich hatte eigentlich geplant, dass wir so was wie Freunde werden ... Vielleicht mag ich dich dann irgendwann sogar, wenn du die Gnade walten lässt, mir mein Leben zurückzugeben.«

Smoke lachte sein schönes, sonores Lachen. »Freunde. Klar.«

»Ist etwas, das du nicht so kennst, hm?«, fragte ich ihn foppend.

»Ich habe viele *Freunde*. Mir war nicht klar gewesen, dass es dir darum geht.«

»Worum?«

»Ums Leugnen von allem.«

Mein Gesicht wurde knallheiß, weil ich sofort an den Sex zwischen uns denken musste. Ich fühlte mich erwischt, beruhigte mich aber zeitgleich in meinen Gedanken. Es war in Ordnung. Wir hatten halt gevögelt. Darüber konnte ich hinwegsehen – und so jemand wie Smoke sowieso. »Ich will auch gar nichts *leugnen*, ich will einfach ...«

»Hier rausfahren.« Er nickte zu einem Schild, vor uns lag eine Straßenkreuzung.

Ich grummelte etwas und folgte dem Verkehr. Da er das Gespräch nicht mehr aufnahm und ich auch nichts zu sagen hatte, was er mir eh nicht im Mund herumdrehen würde, schwiegen wir, bis er mich auf den Parkplatz einer riesigen Einkaufsmall lotste. Die Stimme in meinem Kopf hielt mich dazu an, über Fluchtmöglichkeiten nachzudenken, aber mir kam es zu einfach vor, als dass ich wirklich an einem Plan schmiedete.

»Und jetzt?«, fragte ich ihn, nachdem ich eingeparkt hatte.

»Jetzt kommst du mit, bleibst immer in meiner unmittelbaren Nähe, wenn du schreist, schlachte ich Velvet, und solltest du sonst irgendetwas tun, das Aufmerksamkeit auf dich lenkt, wirst du keine Reitstunden mehr nehmen können, weil dein Hintern blutet.«

Ich verengte die Augen. »Das würdest du niemals tun.«

»Stimmt. Ich töte keine Tiere. Aber nach wie vor bist *du* ein Mensch.«

»Du tötest keine Tiere?«, fragte ich spöttisch.

Er verdrehte die Augen und stieg aus.

»Du hast eine Ranch und hältst Vieh!«

»Meine Ranch ist ein Gnadenhof, Cinder. Freut mich, dass du das nach über einer Woche endlich schnallst.«

»Ein was?!« Ich folgte ihm, weil er einfach vorgegangen war und sich nicht darum zu scheren schien, ob ich überhaupt mitkam. Was würde wohl passieren, wenn ich einfach anfing zu schreien? Ich blieb stehen und überlegte. In Hörweite befand sich eine Familie, deren drei Kinder um einen prall gefüllten Einkaufswagen herum tanzten, während die Eltern die Einkäufe im Kofferraum verstauten.

»Keine gute Idee.« Smoke war sofort wieder bei mir, legte einen Arm um meine Schultern und schob mich vorwärts. »Was willst du ihnen sagen? Ich habe dir nichts getan und du wirst das Gegenteil nicht beweisen können. Menschen verschwinden hier in Montana, werden von Bären gefressen oder stürzen Klippen hinunter, ohne dass es jemanden interessiert. Die Cops machen sich nicht die Mühe, dem Ganzen nachzugehen, dafür sind es einfach zu viele ahnungslose Touristen und man kann sie von den Opfern menschlicher Gewalt nicht unterscheiden. Früher oder später wirst auch du einen kleinen Unfall in einem der Nationalparks haben und nie wieder zurückkehren. Ich bin nicht der Einzige, der dich besser tot gebrauchen kann als lebend.«

»Aha? Das ist eine neue Erkenntnis. Wann hattest du Lust, mir mehr darüber zu erzählen?«

»Wenn ich dir vertraue.«

Ein sehr frustriertes Stöhnen verließ meine Kehle. Immer mehr beschlich mich das Gefühl, dass er einfach nur leere Drohungen aussprach. Ja, er hatte mich im Stall schlafen lassen, und ja, er hatte mich hier und da schon mal grob behandelt. Aber *was* zur Hölle war so schlimm an ihm, wie er es immer darstellte? Außer dem Umstand, dass er mich wie eine Entführte festhielt?

Was sich wiederum nach einem Ponyhofurlaub anfühlte ...

Smoke schob mich bestimmt in einen Laden, in dessen Schaufenstern auf der einen Seite Reitausrüstung auslag und auf der anderen Seite Motorradhelme und Zubehör für Zweiräder.

Er blieb mit mir vor einem Regal stehen, betrachtete meinen Kopf, griff nach einem Reithelm und setzte ihn mir auf. »Passt«, brummte er und zog mich weiter zu den Hosen.

Es dauerte nicht lange und ich trug mehrere Kleidungsstücke auf meinem Arm, mit denen er mich in die Umkleide schickte.

Während ich mich umzog, überlegte ich, ob er recht haben könnte. Zwar würde ich ihm vermutlich entkommen, aber wer wusste schon, ob die Polizei mich ernst nahm? Und wenn sie es tat, wie sicher wäre ich dann? Würde Smoke mich suchen? Und mir dafür egal wohin folgen? Würde er mich dann töten?

Und wer zur Hölle sollte denn noch eine Gefahr für mich darstellen?

Ich bekam die Antwort, bevor ich die Frage gestellt hatte. Als ich aus der Umkleide trat, lehnte Smoke mit verschränkten Armen an der Wand und bemerkte den Mann nicht, der hinter ihm auf die Kasse zusteuerte, plötzlich innehielt und mich anstarrte.

»Ich kenn dich doch!«

Smoke drehte sich sofort um, löste die Verschränkung seiner Arme und stellte sich leicht vor mich. »Pincher.«

Pincher kam auf mich zu. »Dich hab ich doch schon mal gesehen oder spielt mein Hirn mir mal wieder einen Streich? Gehört sie zu dir, Smoke?«

Ich betrachtete den Biker, der mich schon im Saloon vor zwei Wochen angesprochen hatte, und kam erst gar nicht auf den Gedanken, ihn um Hilfe zu bitten. Der Typ war ein absolutes Ekel. Nicht, weil er verwahrlost aussah oder seine Kutte ihn düster wirken ließ, sondern weil in seinem vernarbten Gesicht das Verderben haftete wie auf einem alten Käse der Schimmel.

»Sie ist der Dolly wirklich wie aus dem Gesicht geschnitten, alle Achtung. Aber das ist Zufall, oder?« Pincher lachte und verzog einen Mundwinkel.

»Ja«, entgegnete Smoke knapp. »Seit wann fahrt ihr hierher, wenn etwas an euren Bikes fehlt?«

»Ach, hab 'ne ... Bekannte hier. Du weißt schon. Mir ist vorhin ein Handschuh verloren gegangen und ich fahr echt ungern ohne die Dinger.« Pincher grinste schief, ohne den Blick von mir abzuwenden. »Kann die Kleine sprechen?«

»Ja«, antwortete ich.

»Nein«, sagte Smoke zeitgleich. »Sie gehört zu mir, Pincher. Das ist alles, was du wissen musst.«

»Aha.« Pincher scannte mich noch einmal von oben bis unten, dann nickte er Smoke zu. »War klar, dass das mit dir und dieser alten Nutte nicht lange halten wird. Wer will schon eine dreckige Rothaut, wenn er sich auch so ein hübsches Ding halten kann. Man sieht sich.«

Smoke reagierte erst wieder, nachdem Pincher das Geschäft verlassen hatte, und blickte mich wie ein dunkler Schatten an. »Keine Fragen«, knurrte er, als ich schon zum Herunterrattern meines Fragekatalogs ansetzen wollte. »Die Hose passt, zieh dich wieder um.«

Frustriert tat ich, was er verlangte, während meine Gedanken nun um etwas ganz anderes kreisten. Wer war Dolly? Sah ich ihr ähnlich? Hatte ich hier noch andere Verwandtschaft? Wenn ja, wen?

Ich wusste nur von dem Land meiner Großmutter und dass sie eine Tochter gehabt hatte. Keine Tanten, keine Geschwister, niemand sonst. Sah ich meiner Mutter ähnlich? Aber wie lange war es her, dass sie in Montana gewesen war? Konnte sich irgendein Typ wirklich an sie erinnern?

Ich zog mich um, trat aus der Umkleide und erschrak vor Smokes starrem Gesichtsausdruck. Er machte mir nicht oft Angst, aber gerade wirkte er wie ein geladener Revolver, der kurz davor war, von alleine wild um sich zu schießen.

Er riss mir die Sachen aus der Hand, ging zur Kasse, bezahlte, indem er das Bargeld abgezählt auf die Theke knallte, und sorgte mit seinem Todesblick dafür, dass ich ihm folgte. Doch meine Neugierde war zu groß. Als wir am Pick-up ankamen, war ich nicht bereit einzusteigen.

»Du musst mir Antworten geben.«

Smokes Augen verengten sich gefährlich, nachdem er die Sachen verstaut hatte, und er schloss die Fahrertür wieder. »Sonst was?«

»Hier sind überall Menschen, ich muss nur schreien und ein paar Schritte vor dir weglaufen und jeder wird es sehen.« Während ich sprach, hielt ich vier Schritte Abstand, damit er mich nicht sofort fassen konnte, sollte er es wollen. Der Parkplatz füllte sich immer mehr. Überall befanden sich Menschen, Familien, Autos, lachende Kinder. Heute musste Samstag sein. Ich wäre unendlich dumm, wenn ich das nicht ausnutzte. »Dein Gerede, mir würde dann früher oder später doch etwas passieren, zieht nicht. Weil es im einundzwanzigsten Jahrhundert überhaupt keinen Sinn macht.«

Seine Augen ruhten auf mir und wirkten wie kochendes Gold, wunderschön, heiß und gefährlich, weil man sich unmittelbar daran verbrennen konnte. »Okay«, sagte er langsam. »Dann bitte ich dich.«

»Was?«, fragte ich perplex.

»Dich wieder aufzutreiben, weil du davonläufst, kostet mich Nerven und Zeit. Ich *bitte* dich, mir das zu ersparen.« Er kam langsam auf mich zu, und ich ließ es geschehen, dass der Abstand zwischen uns kleiner wurde. »Ich sagte dir, worum es mir geht«, erklärte er ruhig und strich eine meiner Strähnen aus meinem Gesicht. »Ich wusste nicht, ob du schon so weit bist. Ob ich anfangen kann, dir zu vertrauen. Wir sind meilenweit davon entfernt, wie es scheint. Also lauf weg und sieh, was geschieht, oder *vertrau du mir*, indem du einfach bleibst und es mir leichter machst – und dir.«

»Aber das wäre so endlos dumm«, wisperte ich.

»Dass du nach Montana gekommen bist, hat deinen Tod schon besiegelt. Dumm wäre nur, wenn du nicht endlich begreifst, worum es hierbei geht.«

»Um mein Leben?«, äffte ich ihn nach.

»Genau«, sagte er mit vollem Ernst. »Und dumm ist, dass ich mir deine Bockigkeit auflade, statt dich einfach in den Bergen auszusetzen und die wilden Tiere den Rest erledigen zu lassen.«

»Aber warum drohst du mir mit dem Tod? Was soll das denn? Hast du was davon? Und wenn ja, was? Ich besitze *nichts* und weiß auch nichts, das dir gefährlich werden kann, oder? Ich könnte auch einfach zurück nach Philadelphia gehen und das alles hinter mir lassen. Wo wäre das verdammte Problem? Wer will mich denn tot sehen? Nur du oder jemand, der meine Mutter kannte? Verstehst du nicht, dass es einfach nur dämlich ist, wenn du so wenig preisgibst? So kann das alles einfach nie funktionieren.«

»Darum geht es, Cinder. Dass du nach Philadelphia zurückgehst und alles hinter dir lässt. Und *niemals wieder* zurückkommst.«

»Okay. Dann lass mich los und ich gehe.«

Ein Schmunzeln zeichnete sich auf seinen Lippen ab. »Noch wird dich deine Neugierde dazu anhalten, herauszufinden, was das alles sollte. Und dass die Cops auf meinem Land rumschnüffeln, ist eine Sache von vielen, die ich nicht gebrauchen kann.«

»Das meinst du mit ›vertrauen‹? Du willst dir einfach sicher sein können, dass ich nicht die Polizei einschalte, sobald du mich freilässt?«

»Ja.«

Okay, dieses Gespräch hatten wir fast genauso schon einmal geführt. Er hatte seine Hand sinken lassen, was mir guttat, denn nicht von ihm berührt zu werden klärte meinen Kopf. Mir boten sich zwei Optionen: wegzulaufen und zu hoffen, dass irgendein Polizist oder FBI-Agent mir glauben und helfen würde, womit ich mir allerdings ziemlich viel Stress aufhalsen würde, um nicht doch noch von Smoke gefunden zu werden, oder aber mich einfach zu fügen.

Einfach fügen.

Beschützt werden.

Nicht gehen müssen.

Und nicht verlassen werden.

Es war so verlockend. Es war verlockend, so wie es die letzten Tage verlockend gewesen war, mein Schicksal zu akzeptieren. Herausgerissen zu werden aus der Einsamkeit meines alten Lebens, hineinkatapultiert in die neue Einsamkeit einer sehr besonderen Konstellation zweier Verrückter. Verlockend, mich fallen zu lassen. Zu vertrauen. Hinzunehmen. Nichts entscheiden zu müssen.

Smoke hatte mich absichtlich an diesen Punkt gebracht, das wusste ich jetzt. Er wollte sehen, wie ich reagierte, wenn er mir eine Wahl ließ. Er *wollte*, dass ich wieder eine Wahl bekam, um in Erfahrung zu bringen, wofür ich mich entschied.

Fast fühlte es sich an wie ein Angebot: ›Bleib bei mir, Cinder, dann lasse ich dich nie wieder gehen‹, wie ein Versprechen, das sich Verliebte gaben. Wie ein tiefgreifender Schwur.

»Wenn ich jetzt mit dir komme …«, begann ich zögerlich.

»Wenn?«, fragte Smoke übellaunig.

»… dann vertraust du mir schon ein Stück weit mehr, aber noch nicht weit genug, richtig?«

»Was ist die eigentliche Frage?«

»Keine Frage.« Ich nickte geschäftlich. »Ich bin einverstanden. Ich bleibe. Wolltest du sonst noch etwas in der Stadt erledigen oder soll ich uns wieder zurückfahren?«

Seine Miene entglitt ihm für ein paar Sekunden. Es war keine Verwirrung, die sich auf seinen Zügen abzeichnete, aber so etwas Ähnliches auf jeden Fall. »Willst du etwas essen?«

Ich ließ meine Lider flattern. »Du lädst mich zum Essen ein, Smoke?«

Er weitete die Augen, als hätte ich ihn überführt, dann schüttelte er nur den Kopf, öffnete die Tür des Pick-ups und stelle sich daneben. »Rutsch durch. Ich fahre nur über den Parkplatz auf die andere Seite. In Schrittgeschwindigkeit.«

»Okay.« Merkwürdig berührt davon, wie sehr er auf meine Beifahrerphobie Rücksicht nahm, setzte ich mich und schaute aus dem Fenster, während er uns langsam um die gewaltige Mall herumfuhr. Er hielt vor einem unscheinbaren Burgerladen in erster Reihe.

Als wir eintraten, grüßte Smoke den Kellner, als wären sie alte Bekannte, und ging zu einem Platz am Fenster, der am weitesten von den anderen Gästen entfernt lag.

Kaum saßen wir, kam der Kellner und stellte Smoke eine eiskalte Bierdose und ein leeres Glas auf den Tisch. »Und was darf es für dich sein?«

»Sie nimmt etwas von dem, was nicht offiziell auf der Karte steht«, sagte Smoke und fixierte mich, nicht den Kellner, der die Lippen zu einem kreisrunden O verzog und nickte.

»Alles klar. Soll ich euch die Karte holen oder –«

»Das Gleiche wie immer.«

»Okay.« Der drahtige Typ verschwand zur Theke und ließ mich mit Smoke alleine zurück.

»Cinder«, begann er unheilschwanger, als er sich das Bier in ein Glas umfüllte. »Den Namen hast du nicht von deiner Mutter, nicht wahr?«

»Von wem sollte ich ihn sonst haben?«

Er sah auf und bohrte seinen Blick in meinen. »Er ist schön. Ich dachte nicht, dass sie mehr in ihrem Leben zustande gebracht hat, als dich zu gebären.«

Meine Fingerspitzen zuckten nervös, und mir war klar, dass er es bemerkte. Er bemerkte alles. »Du kanntest sie«, wisperte ich.

»Ja.«

»Ist sie es, an die ich Pincher erinnere?«

Smoke antwortete nicht, doch ich hörte die Antwort aus seinem Schweigen heraus. »Sie muss dich früh zurückgelassen haben.«

»Als ich fünf war.«

»Aber sie kam wieder, oder?«

»Woher weißt du das?«

»Weil sie hier aufgekreuzt ist und etwas mit ein paar Leuten zu tun hatte, von denen man sich lieber fernhält, und sie verschwand, bevor es zu brenzlig wurde. Dein Vater hat ihr eine zweite Chance gegeben, richtig? Bevor sie dann endgültig ging. Daran erinnere ich mich noch.«

»Warum willst du das wissen?«, fragte ich kühl.

»Ist es nicht das, was man beim Lunch tut? Sich unterhalten?«

»Nicht über solche Themen, die dich nichts angehen.«

»Du lässt dich von mir auf dreckigste Weise ficken, aber ich darf nichts über deine Eltern erfahren?«

»Nö.« Ich verschränkte die Arme vor der Brust.

Ein amüsierter Zug glitt über seine Lippen und er lehnte sich entspannt im Stuhl zurück. »Wenn dein Vater tot ist, dann wird er in einem Auto gestorben sein.«

»Na und?«, zischte ich.

»Als du Beifahrerin warst?«

»Und du? Welches Elternteil kommt auf die Idee, sein Kind *Smoke* zu nennen? Warum nicht gleich *Cigarette*?«

Smoke lachte auf und begann gedankenverloren die Bierdose in der Hand zu drehen. »Ich wurde aus einem Feuer gerettet. Ein Mietshaus, das brannte. Hier in der Nähe. Meine Eltern waren wohl zu stoned, um daran zu denken, dass ich auch noch da war, als es zu einem Schwelbrand an einer defekten Leitung kam und alles vernichtet wurde.«

»Sie waren zu stoned?«

»In der Wohnung, aus der ich gerettet worden war, befand sich ein halbes Zimmer voll mit getrocknetem

Marihuana. Direkt neben meinem Laufstall aus Holz. Ich wäre beinahe elendig verbrannt, und da ich keinen Namen hatte, niemand wusste, wer ich war und zu wem ich gehörte, meine Eltern sich aus Angst vor den Bullen verpissten und der Vermieter im Feuer gestorben war, nahm mich einer der freiwilligen Feuerwehrleute mit. Meine neue Familie hoffte, dass ich irgendwann abgeholt werden würde, aber niemand kam.«

»Und dann?«, fragte ich neugierig, hing an seinen Lippen, als würde er mir die Story eines Filmes erzählen.

»Sie nannten mich Smoke und ich wuchs als Blackwolf im Reservat auf. Aber es dauerte nicht lang, da verlor mein Ziehvater seinen Job, seine Disziplin, seine Frau, und ich musste zusehen, dass ich nicht vollkommen verwahrloste.«

»Dann bist du vermutlich früh erwachsen geworden.«

»Nein. Ich war unendlich lange Kind.«

Ich runzelte die Stirn und wollte unbedingt wissen, wie er das meinte.

»Ich habe zig Jahre das Falsche getan«, führte er aus. »Mich mit den falschen Leuten abgegeben. Meinen Körper fast zugrunde gerichtet. Ich konnte nicht mal lesen und schreiben, bis ich sechzehn war. Dann lernte ich es nur, weil ich einen Führerschein brauchte. Um das Geld der Casinos wegzuschaffen, weil davon so gut wie nie was in den Reservaten selbst blieb. Ich war ein Bastard, ein mieser Verräter, beutete die Leute aus, die mich großgezogen hatten, und kannte nichts außer meinem eigenen Vorteil. Ich steckte irgendwann so tief in der kriminellen Scheiße, dass nur mein Alter und mein Waisenstatus mich davor bewahrten, in den Knast zu wandern.

Der Vater des heutigen Sheriffs hatte ein zugegeben schwächliches Herz für Typen wie mich. Er schickte mich auf eine Ranch, wo ich wie ein Leibeigener meine Strafe abarbeiten sollte. Ab dem Moment wurde alles anders. Ich spürte, dass ich für das Ganze bestimmt war. Tiere gehorchten mir aufs Wort, weil ich keine Angst vor ihnen hatte. Nie. Dafür Achtung. Ich kann sie respektieren, anders als Menschen, die mir noch nie bewiesen haben, dass in ihnen nicht auch der Abgrund steckt. Also lebe ich zurückgezogen und arbeite noch immer die Schulden aus meiner Jugend ab. Während ein paar Leute im County denken, ich sei ein netter Typ.« Er schwieg, vollkommen in seine eigenen Worte versunken. »Das ist meine Geschichte.«

Ich saß mit leicht geöffnetem Mund da, ehe ich schnell den Blick abwandte und ihn schloss. Okay, das erklärte einiges. Das erklärte so gut wie alles.

»Hey, ihr, eure grünen Burger sind schon fertig.« Der Kellner trug ein volles Tablett in den Händen, stellte es auf die Tischplatte ab und servierte uns das Essen. »Hier, das Getränk des Hauses, getarnt in einer Coke«, sagte er zwinkernd, stellte das Colaglas vor mir ab, ließ uns Besteck, Burgersauce und Servietten da und ging wieder.

»Grüne Burger?« Skeptisch hob ich das Brötchen an und begutachtete das ›Fleisch‹, das zwischen dem vielen Salat und gebratenen Gemüse lag.

»Ich sagte dir, dass ich keine Tiere töte.« Smoke griff nach einem Besteckset und begann sich ein großes Stück vom Burger abzuschneiden.

Ich wollte meinen Augen und Ohren nicht trauen. »Das hier ist *kein* Fleisch?!«

Sein genervter Blick sprach Bände, als er die Gabel,

die er schon zum Mund geführt hatte, sinken ließ. »Du hast zwei Wochen aus meinem Kühlschrank gegessen und wunderst dich?«

»Die meisten Zutaten konnte ich nicht zuordnen. Und ... Ich glaub's nicht.«

»Was?«, knurrte er.

»Das ist alles ein Witz. Du bist der witzigste Entführer überhaupt.«

Sein Kiefer mahlte, und ich erschrak, als er sich vorbeugte, in meinen Nacken griff und meinen Kopf Richtung Fenster drückte. »Was siehst du?«, raunte er in mein Ohr.

Auf dem Parkplatz liefen Familien herum. Leute stiegen in Autos ein, stiegen aus.

»Ich sehe genau eine einzige Kreatur«, antwortete er an meiner statt, »die ich nicht sofort töten würde, weil kein ignorantes Arschloch in ihr steckt, und das ist der kleine Dackel, der nebenan vor dem Laden auf seinen Besitzer wartet.« Er ließ mich genauso plötzlich los, wie er mich gepackt hatte, und sank zurück auf seinen Stuhl. »Mein Moralverständnis ist nicht verdreht, es ist konsequenter als jedes andere.«

Ich rieb mir den Hals. »Was ist mit den Kindern?«

Smoke begann zu essen. »Aus ihnen werden auch Erwachsene.«

»Also verurteilst du Menschen per se?«

Er verdrehte die Augen. »Das ist, wie wenn ich Stechmücken per se verurteile. Sie sind nur dafür geschaffen, anderer Wesen Blut auszusagen. Ich kann kein Mitleid empfinden.«

»Du würdest Kinder töten?«

Smokes Augen lagen in Schatten. »Bisher musste ich

noch nicht herausfinden, ob ich es tun würde. Aber ›Kinder‹, die sind wie ich? Ich würde nicht zögern.«

»Aber damit bist du nicht besser als sie.« Ich nickte zum Fenster. »Sie sind alle sogar weniger schlimm als du.«

»Das liegt im Auge des Betrachters.«

»Weil sie Tiere essen?«

»Zum Beispiel.«

»Das ist völlig krank.«

»Wenn du das meinst.«

Seine Offenheit schockierte mich, und weil alles zwischen uns so kompliziert war, musste ich über seine Worte intensiver nachdenken, als ich es jemals sonst getan hätte. Nach welcher abgefuckten Moral lebte er? Menschen zu töten war okay? Aber wehe, jemand tat einem Tier etwas an?

»Wozu hältst du dein Vieh überhaupt?«, fragte ich spitz. »Und warum reitest du? Hast du mal das Pferd gefragt, ob es vielleicht was Besseres zu tun hat, als dich Hundert-Kilo-Mann herumzuschleppen?«

Smoke grinste, doch es wirkte kalt. »Und du? Glaubst du, Storm wäre dir dankbar, dass du plötzlich Partei für ihn ergreifst, obwohl du absolut nichts von Tieren verstehst und vor allem kein Tier bist?«

»Vielleicht wäre er das, ja!«

»Niemand von uns ist gut.« Seine Augen blitzten gefährlich auf. »Ich bin es nicht und niemand sonst, der auf zwei Beinen herumläuft und glaubt, die Welt verändern zu müssen. Und schon gar nicht die, die es nicht glauben. Der Einzige, dem ich Rechenschaft schuldig bin, ist mein Spiegelbild. Und Gott, sollte es ihn geben.«

»Warum ich?«, schloss ich die konsequente Frage an dieser Stelle an. »Warum ... ›verschonst‹ du mich?«

Er hatte schon die Hälfte seines Burgers verspeist, bevor er antwortete. Bei allem, was er über sich preisgegeben hatte, wunderte es mich plötzlich, dass seine Tischmanieren vorbildlich waren. Zu seinem sonstigen Auftreten passend, zeugten sie dennoch von guter Erziehung. »Auch ich bin ein Mensch.«

»Das beantwortet meine Frage nicht.«

»Du bist aus einer kranken Idee heraus auf mich zugestürmt und hast mich ... angefallen. Das hat dich fickbar gemacht. Ich wäre schon blöd, wenn ich das nicht ausnutze.«

Mein Magen rebellierte. »Also, wenn *du* dich wie ein Arschloch verhältst, ist das völlig okay?«

»Warum sollte ich meine Natur verleugnen?«

»Dieses Gespräch dreht sich langsam im Kreis.«

»Deine Gedanken tun es. Um mich zu verstehen, musst du deine gewohnten Grenzen aufbrechen.«

»Du hast mich also doch nur wegen Sex mitgenommen? Das ist alles?«

Smokes Schultern zogen sich zusammen, als würde er mir am liebsten den Mund stopfen. Er kaute zu Ende und schob gleichzeitig den restlichen Burger beiseite. Er musterte mich, lange, und ich erwiderte starr seinen Blick. »Etwas Schönes ist in dir. Es wäre schade, wenn es wie eine exotische Pflanze, die in einer Wiese voller Unkraut wächst, vergeht.«

»Etwas Schönes?«

»Etwas, das mich *reizt*. Und jetzt iss.«

Ich kugelte aus dem Burgerladen, weil ich im völligen Übermut den gesamten Teller samt Pommes und der phänomenalen Burgersoße aufgegessen hatte. Mein Bauch fühlte sich an, als erwarte ich Nachwuchs, und es fiel mir schwer, mit Smoke mitzuhalten, der auf einen Eingang zwei Shops weiter zusteuerte.

Ich achtete mehr darauf, dicht hinter ihm zu bleiben, damit er nicht davon ausging, ich würde fliehen, und mir sonst was antat, und bemerkte ungläubig, dass er mitten ins *Barnes&Noble* gelatscht war.

Irritiert blieb ich neben ihm stehen. »Meinst du nicht, dass du schon genug Bücher hast?«

Er griff nach einem Korb, der beim Eingang stand, und dann noch nach einem zweiten. »Ich kaufe dir so viele Bücher, wie ich tragen kann.«

»Hm?«

»Der Lesestoff in meiner Bibliothek ist veraltet.«

»Du willst mir ... Bücher kaufen? Bücher? Einfach so?«

Die Falte auf seiner Stirn entstand, aber ich hinterfragte sein Handeln kein zweites Mal. Das war ... überraschend. Es war geradezu ... niedlich.

Verdammt. Obwohl der Burger meinen Magen und seine Worte im Restaurant meine Gedanken verstopften, spürte ich ein nervöses Kribbeln überall auf meiner Haut. Es fiel mir schwer, nicht auszuflippen und ihm um den Hals zu fallen, auch wenn noch immer er es war, der mich überhaupt daran hinderte, mir von *meinem eigenen* Geld Bücher zu kaufen, wann immer und so viele ich wollte.

Aber scheiß drauf. Belle hatte sich schließlich auch über die Bibliothek gefreut, obwohl das dusselige Biest sie bei sich eingesperrt hielt. Ich nahm ein paar Bestseller mit, ohne den Klappentext zu lesen, wählte einige andere Bücher nur nach dem Cover aus und blieb eine ganze Weile vor dem Bereich ›Local Crime‹ stehen. *Ein Krimi, der in Montana spielt? Könnte mir gefallen …*

Aus dieser Sparte wählte ich einige nach den ersten Sätzen auf der ersten Seite aus und musste nach einiger Zeit enttäuscht feststellen, dass kaum noch Platz in den beiden Körben war.

Um die restliche Luft zu füllen, entschied ich mich für ein veganes, mehrfach ausgezeichnetes Kochbuch und hielt es ihm hoch.

Smoke nickte fast unmerklich, ohne eine sonstige Reaktion zu zeigen.

Also griff ich blindlings nach einem DIY-Haushaltsbuch von irgendeiner Influencerin, das direkt daneben stand, und wedelte auch damit vor ihm herum. »Soll ich abwechslungsreicher kochen oder Upcycling betreiben?«

Smoke hob eine Braue. »Nimm beides und trag sie selbst.« Er hievte die vollen Körbe zur Kasse und bezahlte, ohne zu murren, vierhundert Dollar. Ein Blick in sein schlankes Portemonnaie verriet mir, dass er nicht einmal eine Kreditkarte besaß. Woher nahm er das Geld? Womit verdiente er überhaupt welches? Warum zahlte er alles in bar und trug mehrere hundert Dollar mit sich herum?

Nachdem er die Bücher im Pick-up verladen hatte, überließ er mir wieder den Fahrersitz. Wir waren wirklich nur für die Reitkleidung und die Bücher hierhergefahren – und weil er mich offenbar testen wollte. Aber all der Aufwand, nur für mich? Warum tat er das?

»Du hilfst mir nicht deshalb im Haushalt, weil ich

der Meinung bin, dass du nur das kannst.« Er füllte mit einem ungewohnt langen Satz die Stille zwischen uns.

»Sondern?« Vor einer roten Ampel warf ich ihm einen Seitenblick zu.

»Weil du ...« Irgendeiner seiner Gedanken ließ ihn unterbrechen. »Du hilfst mir damit, weil du *noch* nichts anderes kannst. Jeder auf der Ranch ist nützlich.«

»Und ich bin eben eine Frau und kann nicht mehr als kochen und putzen«, neckte ich ihn.

»Eben das wollte ich nicht sagen ... Verarschst du mich?«

»Du bist wirklich süß, wie du mir versuchst nahezubringen, dass du eigentlich kein Patriarch bist.«

»Bin ich nicht.«

»Natürlich nicht.«

»Der Vernünftige bestimmt. Das bin ich, allein deshalb, weil ich mehr weiß als du.«

»Aber weil ich eine Frau bin, hältst du mich absichtlich klein, denn ich bin ja ›zu doof‹, um das ›große Ganze‹ zu verstehen.«

Er wirkte wie vor den Kopf geschlagen, was mich lachen ließ. »Das war nicht, was ich sagen wollte.«

Die Bedeutung seiner Worte sickerte nur verzögert in meinen Kopf, aber als sie alle vollständig angekommen waren, begriff ich ihre Reichweite. Und plötzlich wurde mein Gesicht sehr heiß. *Verdammt* heiß.

Smoke hatte eben gerade versucht, die *Beziehung* zwischen uns zu klären. Er wollte, dass ich meine Rolle erkannte, die nicht festgelegter war als seine. Eigentlich sollte ich gar keine untergeordnete Rolle erhalten. Sondern irgendwie ... gleichwertig sein. Als hätte er für uns bestimmt, dass es hierbei längst um mehr ging als um eine ›Ich halte dich fest, weil ich dich sonst leider töten muss‹, ist nicht wichtig, dass du das verstehst‹-Konstellation.

Bei der nächsten roten Ampel zog ich aus einem dummen Impuls heraus die Handbremse. Smoke starrte mich an, als ich mich abschnallte, aber dann war ich schon auf seinen Schoß gekrabbelt und hatte meine Lippen auf seine gesenkt. Er öffnete seinen Mund und ließ mich ein, umfasste meine Hüfte, meinen Kopf, hielt mich gefangen, während unsere Zungen sich umtanzten.

»Verdammt«, knurrte er, als die Leute hinter uns zu hupen begannen. »Du suchst dir immer die unpassendsten Momente aus.«

»Lass sie doch hupen«, murmelte ich an seinen Lippen und verkrallte mich in seinem Haar. Sein Hut war längst zu Boden gefallen. Ich küsste ihn, als hätte ich ihn nie zuvor geküsst, umschlang ihn, damit es keinen Raum mehr zwischen uns gab, genoss es, wie er mich mit rhythmischen Bewegungen über seinen Schoß zog. Seine Lust bildete sich aus und ich wollte ihn unbedingt wieder in mir spüren.

Plötzlich hielt er meinen Kopf von sich, als ich schon fast damit angefangen hätte, ihn trocken zu ficken. »Vertraust du mir?«

Ich nickte.

»Dann lass mich fahren.«

Eisige Schauer rieselten über meinen Rücken.

»Mir wird nichts passieren – und dir auch nicht.«

»Ich weiß.«

»Dann verinnerliche es.« Er rutschte unter mir hervor auf den Fahrersitz und steuerte den Pick-up von der Kreuzung. Die Angst davor, nicht die Kontrolle über den Wagen zu haben, packte mich unmittelbar und ich krallte mich nervös am Türgriff fest. »Was ist das Schlimmste, das passieren kann?«, fragte er.

»Dass wir sterben«, schoss es sofort aus mir hervor.

»Nein, das ist sicher nicht das Schlimmste. Sterben werden wir eh.«

»Dass wir qualvoll sterben!«

»Jede Qual geht vorbei.«

»Aber ...!«

»Tu mir einen Gefallen und stell dir vor, wie du qualvoll stirbst. Tu es jetzt.«

Ich starrte ihn fassungslos an.

»Stell es dir einfach vor.«

Darauf getrimmt, ihm auf perfide Weise zu gehorchen, schloss ich krampfhaft die Augen und stellte mir einen Unfall vor. Doch in dem Moment, als ich glaubte, das viele Blut zu sehen, verschwand es, als wäre das gar nicht so wichtig. Vielmehr sah ich Smoke vor mir, wie er das Lenkrad verriss, der Pick-up ihn unter sich begrub und er all meine unbeantworteten Fragen mit ins Grab nahm. Das war eine vollkommen quälende Vorstellung. »Okay, habe ich.«

»Ist es jetzt besser?«

»Nein. Eher schlimmer.«

»Das ist eine Lüge.«

»Warum fragst du dann?!«, fauchte ich.

Er feixte und beschleunigte auch noch. »Es wird Zeit, dass du dich deinen Ängsten stellst, Cinder. Und dich vor den richtigen Dingen fürchtest.«

Ich hatte noch immer keine Vorstellung, wie das gehen sollte, aber die Fahrt war wirklich weniger schlimm als gedacht. Als wäre ein Teil des Drucks verflogen, der normalerweise auf mir lastete, ja, ich war fast so entspannt wie beim ersten Mal, als er das Steuer übernommen hatte. Nach einer Dreiviertelstunde Fahrt fielen mir die Augen zu, aber sobald ich sie schloss, entstanden die Bilder wieder in meinem Kopf. Smoke, das umgekippte Auto, Blut, ich, die erklären musste, warum ich bei ihm war und es irgendwie nicht konnte ...

Also behielt ich sie offen und war unfassbar dankbar, als wir endlich die Auffahrt zur Ranch erreichten. Es ging über die letzte Hügelkuppe und schließlich hielten wir vor seinem Haus.

Ohne ein Wort stieg er aus und rief über den Platz nach Boone, dessen Chevrolet vor einem der Ställe parkte.

»Geh ins Haus, Cinder«, befahl er mir. Ich bekam noch mit, wie er dem arbeitsamen Boone, der aus dem Schuppen getreten war, erklärte, dass er nach Hause fahren sollte, dann erreichte ich die Haustür und trat ein.

Kaum hatte sich die Stille um mich herum in meinem Kopf verfestigt und mir klar gemacht, dass ich mal wieder freiwillig mit meinem Entführer gegangen war, als die Tür hinter mir erneut aufging.

Ich drehte mich um.

Smoke stand im Rahmen. Das Licht in seinem Rücken umspielte seine mächtige Statur.

Ich starrte ihn an, so wie er mich ansah, dann trat er ein und im nächsten Moment spürte ich seinen harten Griff in meinem Nacken. Er dirigierte mich vor seinen Mund, schob mir seine Zunge zwischen die Zähne und steuerte mich gleichzeitig rückwärts gegen die Wand.

Dann ging alles ganz schnell. Ich wusste nicht wie, aber kurz darauf war ich nackt, sein Hemd zerrissen, sein

Gürtel offen. Er schob sich ein Kondom über, warf mich herum, sodass ich mit dem Gesicht und Oberkörper gegen die Wand stieß, umfasste meine Hüfte und stieß sich in mich vor.

Mein erlöstes Stöhnen hallte durchs Haus, und ich spürte die Nässe aus mir heraustropfen, bevor er mich richtig nahm.

In irgendeinem Teil meines Bewusstseins empfand ich Schmerzen, weil er mich so grob gefangen hielt, aber der Rest wurde überlagert durch grenzenlose Geilheit, weil er mich wie ein Tier fickte.

»Härter!«, trieb ich ihn an, was ihn aufknurren und seine Hand auf meine Schulter pressen ließ. Ich rutschte an der Wand nach vorn, was ihm leichteren Zugang zu meinem Arsch gewährte, sodass er sich noch schneller und einfacher in mich stoßen konnte. Mein Körper war schnell von Schweiß überzogen, und ich wollte nicht wissen, wie anstrengend das Ganze für ihn war. Er fand keine Pause und stimulierte gezielt einen inneren Punkt von mir, von dem ich nicht einmal gewusst hatte, dass er da war und überreizt werden konnte.

»Oh Gott!«, keuchte ich. Als die Stimulation fast wehtat, wurde ich im nächsten Moment von meinem Nabel aus weggerissen. Meine Augen verdrehten sich, ich sah schwarz, als ein tosender Sturm aus Lusterfüllung durch meinen Körper rauschte. Noch während dieses ultimativen Moments wurde ich herumgerissen, Smoke war vor mir, drückte mich an die Wand, meine Schenkel in der Hand, rammte sich wieder in mich und fickte mich weiter.

Mit dem Unterschied, dass seine Lippen nun meine suchten und ich ausgehungert meine Zunge durch seinen Mund gleiten ließ. Dass die Wand hinter uns nicht brach, wunderte mich, so gewaltsam, wie Smoke mich mit seinen harten Stößen dagegendrückte.

Ich krallte mich in seinen Rücken, versuchte ihm den nötigen Halt zu geben und spürte plötzlich, wie er langsamer wurde.

»Nicht«, wisperte ich.

»Was?«, fragte er mit seiner rauen, tiefen Stimme, die mich fast erneut kommen ließ.

»Komm in meinem Mund.«

In seinen Augen las ich, dass es ihm wie mir ging und er unsicher war, ob ich meinen Vorschlag ernst meinte.

»Ohne Kondom«, ergänzte ich.

»Du kleines Luder«, knurrte er, ließ mich frei, drückte mich in die Hocke, während ich mich sowieso freiwillig nach unten bewegte. Er zog das Gummi ab, packte mit der Faust in mein Haar und vögelte meinen Mund, wie er zuvor meine Pussy gefickt hatte. »Du verdammt geiles Stück. Sieh mich an.«

Mit flatternden Lidern blickte ich zu ihm hoch, während ich seine Stange lutschte. Das Ziehen beherrschte meinen Bauch, diese Sehnsucht, die unserem Treiben eine viel tiefere Note gab.

»Mach's dir selbst.«

Zögernd bewegte ich meine Hand.

»*Jetzt.*« Sein Tonfall ließ keine Widerworte zu.

Ich nahm meine Hand, führte sie zwischen meine Beine und begann meine Perle zu reiben, während er seinen prallen Schwanz weiter zwischen meine Lippen schob.

»Verdammt«, knurrte er, seine Pupillen verdrehten sich. Er schien Mühe damit zu haben, sich zurückzuhalten, aber er wartete, bis sich in mir der Orgasmus anbahnte, und kam erst dann selbst.

Ich war so angetrieben und geil, dass mein Höhepunkt noch versüßt wurde, als ich seinen Samen auf meiner Zunge schmeckte. Ich wollte mehr davon. So viel mehr, und saugte mich regelrecht an seiner Spitze fest, damit er bloß nicht ging.

Erst als auch die zweite Welle vorüber war, entspannten sich meine Muskeln und auch mein Mund weitete sich. Langsam glitt er aus mir hervor, bückte sich und schloss seinen Gürtel.

Smoke umfasste mein Kinn, zwang mich dazu, ihn anzusehen. »Warst du mit allen Männern vor mir so?«

Ich konnte nicht deuten, ob einfach nur Neugierde aus seinen Worten sprach oder Besitzanspruch. »Nein.«

Er ließ seinen Griff locker und schien zu entspannen. Aha, also Besitzanspruch. Zumindest ein wenig.

»Normalerweise gab es kein zweites Mal«, ergänzte ich.

Smoke runzelte die Stirn, bevor sich sein Gesicht aufhellte. Vermutlich verstand er plötzlich, was ich nie verstehen können würde. Die Komplexität meiner Psyche. Meine Neigungen, meine Phobien und Ängste.

»Vielleicht solltest du länger bleiben«, sagte er raunend. »Vielleicht zwinge ich dich für immer.«

Seine Worte klangen für mich nicht so abschreckend, wie sie es eigentlich sollten. Ich ahnte, warum er es genau so sagte. Er wusste, dass ich früher oder später wieder Abstand brauchte, wie beim letzten Mal das Bedürfnis haben würde, zu gehen. Nicht aus rationalen Gründen, sondern weil ich Nähe verabscheute. Je näher mir ein Mensch war, desto schneller verschwand er für gewöhnlich aus meinem Leben. Und dann war lieber ich es, die ging.

Von Smoke dazu gebracht zu werden, zu bleiben, bedeutete zwar nicht unbedingt Heilung, aber es gab mir auf verquere Weise Sicherheit. Ich musste dafür sorgen, dass er niemals lernte, mir zu hundert Prozent zu vertrauen – jedenfalls so lange, wie ich mir seiner Nähe sicher sein wollte.

»Vielleicht«, antwortete ich auf seinen Vorschlag. Er hielt mir die Hand hin und ich zog mich daran hoch.

Er ließ wie im Burgerladen erneut einen Finger über meine Wange gleiten. »Wollen wir ...« Sein Tonfall klang so völlig fremd, wahrscheinlich weil Vorschläge nicht seiner sonst so bestimmten Art entsprachen. »Wir könnten ...«

Ich hob langsam eine Braue.

»Ausreiten«, brachte er hervor, als hätte er mir damit einen Heiratsantrag gemacht.

»Jetzt?«, fragte ich.

Irgendetwas schien ihn zu verwirren, er war so ganz anders als sonst. »Wenn du möchtest?«

Meine Kinnlade fiel. War das der unsichere Smoke? Und wenn ja, wo kam er her?

Als ich ihm gerade antworten wollte, bemerkte ich einen Schatten vor dem Fenster. Verwundert sah ich nach links und beobachtete einen hochgewachsenen, fast nackten Mann, der in den Wald davonlief. Er humpelte mehr, als dass er ordentlich rannte, und sein gesamter Körper war mit Blutergüssen übersät. Bevor ich mehr Details ausmachen konnte, war er aus meinem Sichtfeld verschwunden.

»Verdammt«, brummte Smoke und ließ mich los.

»Wer zur Hölle war das?«

Er antwortete nicht, schritt zur Tür und führte zwei Finger an den Mund. Ein gellender Pfiff erfüllte den Hof und kurz darauf war schweres Hufgetrappel zu hören. Storm kam von einer der Weiden galoppiert und sprang einfach über den Zaun. Noch im Rennen schwang Smoke sich auf ihn. Einerseits war es unglaublich schön, ihn dabei zu beobachten, weil Smoke trotz seiner massigen Gestalt wirkte wie ein Turnierreiter, andererseits beunruhigte es mich aber auch, dass ein halb nackter Mann, der schwer verletzt zu sein schien, einfach über seine Ranch rannte.

Vor ein paar Tagen noch wäre ich dazu verdammt gewesen, auf Smokes Rückkehr zu warten und zu hoffen, dass er mir mehr erzählte, aber jetzt besaß ich andere Möglichkeiten. Ich zog mich schnell wieder an, lief zum Stall und holte Zaumzeug. Damit ging ich zur Weide, doch obwohl ich Velvet rief, kam sie nicht.

Mist.

Smoke musste mir noch erklären, wie ich die Tiere zu mir beorderte. Mir blieb nichts anderes übrig, als über die Koppel zu stapfen, bis hinter mir wieder Hufgetrappel zu hören war.

»Was hast du vor, Cinder?« Smokes Stimme klang nach unterdrücktem Zorn, also drehte ich mich freundlich lächelnd um und zwinkerte.

»Alles für unseren Ausritt vorbereiten, oder kneifst du?«, rief ich.

Er trieb Storm an, zu mir auf der Weide aufzuschließen. »Wir werden nicht ausreiten.«

»Gut, dann nur ganz normaler Unterricht hier auf dem Platz?«

Schatten bildeten sich in seiner Miene. »Du gehst ins Haus und wartest, bis ich zurückkomme.«

Ach, verdammt. Wenn ich irgendetwas nicht tun wollte, dann das. »Du machst mir erst Hoffnungen und versetzt mich einfach?«, foppte ich ihn. Als ich unbeirrt auf Velvet zuhielt, stieg er von Storm ab und packte mich am Oberarm.

»Geh. Ins. Haus«, brummte er.

»Wie wäre es mit einem ›Bitte, Cinder‹?«

»Ich bitte dich nicht um Dinge, die unumstößlich sind.«

»Aber genau das macht den Zauber aus, Smoke«, tadelte ich ihn. »Man bittet und dankt, um zu zeigen, dass nichts selbstverständlich –«

Ein Schatten über meinem Gesicht, ein gewaltiger Knall und das heftige Zwirbeln meiner Wange. Tränen explodierten in meinen Augen und ich ließ fassungslos den Sattel fallen.

»Du hast etwas vollkommen falsch verstanden«, sagte er und zerrte mich mit sich Richtung Haus. Das Zaumzeug und Storm ließ er zurück. »Das heute war keine Einladung, bei mir einzuziehen, du hattest lediglich die Wahl dazwischen, abzuhauen und zu sterben oder bei mir zu bleiben und gegebenenfalls zu überleben. Aber *nichts* hat sich geändert. Wenn wir *ficken und rummachen*, ändert das nichts. Wenn du mir den Schwanz bläst wie eine kleine Nutte, ändert das nichts. Du bist und bleibst meine Gefangene, und die einzige Wahl, die du zurzeit hast, ist die, jetzt sofort zu sterben oder zu tun, was ich sage.«

Wir erreichten die Veranda, und ich war noch immer zu schockiert, um zu antworten.

Er stieß mich in die Küche und ließ mich los, sobald er eingetreten war. »Du bist nur –«

»Hör auf!«, schrie ich, die Hände zu Fäusten geballt, meine Wange noch immer glühend heiß. »Ist es das, was du bist? Ein Typ, der Frauen schlägt, wenn sie nicht sofort parieren?«

Smoke blickte unbeeindruckt zurück.

»Das wolltest du mir die ganze Zeit sagen? *Das* ist das Monster in dir? Ein Frauen schlagendes Weichei?«

Er schnaubte amüsiert und verschränkte die Arme vor der Brust, ließ sich aber nicht zu einer Entgegnung herab.

»Du bist einfach nur erbärmlich«, zischte ich und ging zum Kühlschrank, um mir Eis zu holen.

»Lass das.«

»Ich darf ja wohl meine verdammte Wange kühlen, wenn du mich ohne irgendeinen Grund schlägst?«

Er kam zu mir und drückte die Kühlschranktür zu.

Ich wollte ihn anspringen und ihm das verdammte Gesicht zerkratzen. »Wichser.«

»Nach allem, was ich Madame angetan habe, bedeutet eine Ohrfeige das Ende jeder Sachlichkeit?«

»Weil es erniedrigend ist und zeigt, was du über Frauen wirklich denkst!«

»Es ist *nicht* erniedrigend, wenn ich dir den Hintern versohle?«

»Das war beim Sex und ist was ganz anderes!«

»Dich in einen Stall sperre?«

Ich verengte die Augen.

»Dich ans Bett fessle? *Dich mit einem Lasso einfange und ins Haus schleife?*« Er wirkte auf merkwürdige

Weise interessiert an meiner Antwort, auch wenn er sich über mich lustig machte.

Brachte es etwas, mit diesem Vollidioten, der anscheinend noch nie eine zwischenmenschliche Beziehung geführt hatte, die nicht auf Kälte und Nutzen beruhte, zu diskutieren? »Eben auf der Weide habe ich nicht versucht zu fliehen. Wir hatten keinen verdammten Sex. Und es ging auch nicht um Arbeitsverweigerung, was aber ähnlich schlimm wäre, wenn du mich nur deshalb schlägst. Ich habe dich einfach nur gefoppt. Wenn dir in so einem Moment – hupps – die Hand ausrutscht, dann ist das erbärmlich und zeugt von fehlender Selbstkontrolle, Souveränität und quasi null Selbstbewusstsein. Denn sonst könntest du es einfach ab und würdest drüberstehen!«

»Okay.« Smoke fuhr mit Daumen und Zeigefinger über seinen Bart. »Wenn es nur eine Ohrfeige gebraucht hat, damit du erkennst, zu was ich fähig bin, soll es mir recht sein.«

»Das hat überhaupt nichts mit Fähigkeit zu tun!«, schrie ich ihm ins Gesicht, was seine Hand abermals vorschnellen ließ. Dieses Mal fand sie an meine Kehle, umschloss sie und drückte mich gegen den Kühlschrank, sodass ich in der Luft schwebte und japste. Ich atmete panisch durch die Nase ein, und er lockerte seine Hand nur so weit, dass ich wenigstens etwas Luft bekam.

»Ich bin ein verdammter *Mörder*, Cinder, wann erreicht das deinen Schädel? Wenn du keine Schmerzen magst, dann hör auf, diese Tatsache zu ignorieren, und benimm dich.«

Benehmen, echote es abfällig in meinem Kopf.

»Ich werde weg sein und so lange verlässt du nicht

das Haus. Leb damit, dass ich die Befehle gebe. Oder bereite dich auf dein Grab vor.« Er ließ mich los und wandte sich zur Tür. Ich sank am Kühlschrank hinunter, bis ich sitzend am Boden ankam, und konnte die Tränen nicht zurückhalten.

»Ist es das, was dein Ziehvater dir über Frauen beigebracht hat? Wurde er deshalb von seiner Frau verlassen? Glaubst du, dass du dir nur so Respekt verschaffen kannst?«

Er war gerade am Tischende angekommen und drehte sich um. »Du musst mich nicht respektieren, du musst mir gehorchen. Nicht ich bin es, der dir schaden will. Und wäre ich wie der Mann, bei dem ich aufgewachsen bin, wärst du längst verloren. Er hätte dich nie beschützen können.«

»Das ist deine kranke Logik? Du schlägst mich, um mich zu beschützen?«

»Klappt es?«, fragte er ironisch, dann ging er wirklich und ich blieb mit meinen Tränen zurück.

Okay, gut. Dann war Smoke eben doch nicht mein Traummann vom Ponyhof, damit würde ich genauso schnell klarkommen wie mit allem anderen. Er wollte seine Reaktion herunterspielen, aber damit hatte er die empfindliche Grenze zwischen ›Ich behalte dich aus einem nebulösen Grund bei mir, weil es angeblich besser für dich ist‹ und ›Das ist häusliche Gewalt‹ überschritten. Er durfte mich beim Sex mit Schmerzen anheizen, aber er durfte mir nicht ins Gesicht schlagen, nur weil ich nicht sofort spurte – ohne Vorwarnung, ohne Regeln, einfach so, weil ihm die Hand ausrutschte.

Das änderte alles.

Für mich zumindest.

Da konnte er so viele Vergleiche anstellen, wie er wollte.

Aus den Fenstern blickend beobachtete ich, was er trieb. Er holte den Sattel zurück, beruhigte Storm und stieg schließlich in den Pick-up. Ich wartete, bis ich sicher sein konnte, dass er etwas länger wegbleiben würde, und schlich mich aus dem Haus.

Ich war nicht so dumm, meine Flucht zu planen, solange er jederzeit zurückkommen konnte. Aber ich sah mich um. Untersuchte die Ställe, achtete auf Kleinigkeiten. Ein Schürhaken bei der Feuerstelle? Eine Axt im Schuppen? Ich prägte mir mögliche Waffen und Hilfsgeräte ein und suchte dabei nach einer Spur, wo sich der Mann, der über die Ranch gelaufen war, aufgehalten haben könnte. Ich fand schließlich einen offenen Verschlag. Nicht viel mehr als ein Loch, in dem es auffällig nach Exkrementen roch. Er grenzte an eine Box an und ich begann im Stroh nach Spuren zu suchen.

Ja, Essensreste verbargen sich zwischen den Halmen. Smoke hatte hier tatsächlich einen Menschen festgehalten. Woher kam er? Und warum tat er das?

Was zur Hölle war los mit ihm?

Mir lief es kalt den Nacken hinunter, als ich mich wieder zum Haus begab. Plötzlich fühlte ich mich beobachtet. Doch der Pick-up war noch immer fort. Versteckte Boone sich in den Büschen?

Im Haus begann ich mich darauf vorzubereiten, was Smoke tun würde, wenn er meinem Widerstand begegnete.

Für mich war außerdem klar: Ich würde versuchen, den Mann zu finden. Ihn ausfragen und sehr wahrscheinlich befreien. Dabei mehr über Smoke erfahren, und vielleicht sogar über meinen eigenen Aufenthalt, und dann selbst fliehen. Vielleicht tat sich dieser Kerl ja mit mir zusammen.

Ich kochte Essen und überlegte dabei, wie ich die Messer entwenden konnte, ohne dass Smoke es mitbekam ... Das war vermutlich nicht möglich. Dafür fand ich ein paar Rasierklingen in seinem Badezimmer, das er unklugerweise nicht vor mir abgeschlossen hatte. Ich löste die Klingen heraus und verteilte sie im Haus. Überall dort, wo ich glaubte, dass sie mir nützlich werden könnten.

Dann ging ich zurück in die Küche und ließ mir meinen Schreck nicht anmerken, weil Smoke darin bereits wartete. Er saß am Tisch und beobachtete, wie ich zurück zu dem Topf mit Reis ging, der auf dem Herd stand, dann stand er auf.

Als er sich näherte, verspannte ich mich am ganzen Körper, und als er es wagte, in meine Taille zu fassen und seinen erigierten Schwanz an meinen Hintern zu pressen, zischte ich eine der gemeinsten Beleidigungen, die ich kannte.

»Wehr dich nicht«, flüsterte er an mein Ohr und ließ seine Zunge vorschnellen. »Wir brauchen es beide.«

Das war so abartig, dass mir nicht einmal eine Erwiderung einfiel. Vielleicht lag es an meinem ohnehin bereits bis zur Fassungslosigkeit hochgefahrenen Wutlevel, dass ich einfach nur dastand, als er meine Hose öffnete und sie hinunterzog. Oder es lag am Schock. Ich war nicht feucht, aber immer noch von dem vorangegangenen Sex geweitet. Als ich ihn zwischen meinen Schenkeln spürte, mich gezwungenermaßen am Herd festhalten musste, reagierte ich nicht. Auch nicht, als er in mich glitt, mich spaltete und mich ohne mein Einverständnis zu ficken begann. Seine Hände glühten auf meiner Haut, während er meinen Arsch fest gepackt hielt und mich mit langsamen Stößen dehnte.

Der Reis vor mir kochte, aber ich verlor den Appetit. Fest hielt ich meinen Kiefer zusammengepresst, damit mir ja kein Laut entwich. Trotzdem begann mein Herz immer wilder zu schlagen. In irgendeinem sehr kranken Teil meines Kopfes empfand ich ... Lust. Befriedigung. Als er härter wurde, wollte ich es. Nicht, weil ich es *wollte,* sondern weil es einen kranken Teil meiner Fantasie anturnte, gegen meinen Willen gevögelt zu werden. Nun – jedenfalls solange derjenige jemand unfassbar Attraktives wie Smoke war.

Natürlich kümmerte er sich nicht darum, ob ich kam, und ich war zu stolz, um mich selbst zu fingern. Ich wünschte, es hätte sich schrecklicher angefühlt, als er mit einem tiefen Stöhnen in mir abspritzte. Es war auch schrecklich. Aber eben auf gute Art.

»Daran könnte ich mich gewöhnen«, raunte er in mein Ohr und gab mir einen Schlag auf den Hintern.

Ich zuckte zusammen und biss mir in die Wangen. Selbst wenn es mir nicht hätte gefährlich werden können, wusste ich nichts zu sagen.

»Vor Sonnenuntergang bin ich zurück und werde dann essen. Benimm dich, kleine Cinder.«

Ich fuhr herum und funkelte ihn mit wütenden Augen an. »Das kannst du vergessen!«

Smoke hob seine rechte Braue. Wieso konnte er nicht wenigstens aussehen wie ein frauenverachtendes Schwein und ein ekelhafter Entführer? Warum musste er stattdessen aussehen wie ein Cowboygott?

»Wieso? Hast du etwa Gefallen daran gefunden, wenn ich dich bestrafe?«, fragte er süffisant, streckte eine Hand nach meinem Kinn aus und griff an meinen Hals, als ich mich abwandte. Mit festem Druck zog er mich vor seine Lippen. »Wir hätten niemals so weit gehen dürfen«, flüsterte er. »Ich habe nie gelernt, mich zurückzunehmen, wenn ich etwas wirklich haben will. Und ich will dich. Daran wird auch dein Gezeter nichts mehr ändern.« Er berührte mit seinen Lippen meine, bevor er mich abrupt los- und die Küche wieder verließ.

Mein Puls hämmerte das Blut durch meine Venen. Die Küche stank nach Essen, Kondomen und Sex. Ich stand einfach da und musste warten. Warten, bis ich sicher sein konnte, dass er wirklich aufgebrochen war.

Dann setzte ich mich breitbeinig auf die Küchenbank, den Fuß gehoben, mein Knie an die Tischplatte gestützt, und glitt mit meiner Hand zwischen meine Schenkel. Ich kam fast sofort und schrie fluchend das Haus zusammen.

Mir war klar, dass das nur ein billiger Abklatsch von dem Orgasmus war, den Smoke in mir erzeugen konnte. Aber ich tat es gleich noch einmal. Mehrmals. Bis ich so überreizt und atemlos war, dass mein Kopf vornübersank und ich meine Stirn auf meinen Unterarm legen musste.

Wenn er zurückkam, würde er nicht einfach nur etwas zu essen vorfinden.

Ich musste endlich meine Drohung wahrmachen. Niemand behandelte mich so, wie er es tat, und kam einfach davon. Er hatte mich bisher unterschätzt. Und er hatte keine Ahnung, wie sehr.

SMOKE

Es war ein Wunder, dass ich mir beim Reiten keinen runterholte, so hart, wie ich war. Meine Gedanken kreisten unentwegt um Cinder, wie sie sich an meinem Schwanz festgesaugt hatte, als böte er ihr ein Lebenselixier, und zeitgleich mit mir gekommen war. Sie hatte nicht nur meine Gehirnwindungen infiltriert, sie hatte auch den Schalter umgelegt, der vorher meine Zurückhaltung mit Energie versorgt hatte.

Ich konnte mir nicht mehr erklären, wieso es diese Stromzufuhr überhaupt gegeben hatte.

Seit zwei Wochen wohnte diese Puppe mit Traumlippen und dauerfeuchter Pussy auf meiner Ranch und ich hatte sie noch keine fünfmal gefickt. Was hatte mich davon abgehalten? Mein Gewissen? Nein. Meine ... Zuneigung? Niemals. Ich kannte den Grund. Sie war die Tochter ihrer Mutter und die Enkelin ihrer Grandma und das hatte ein Problem bedeutet. Es hatte an meinem Ehrgefühl gekratzt, die kleine Cinder wie eine Fickpuppe zu behandeln, die sie allein von ihrem Aussehen her schon war. Ich wollte vor den Toten nicht dastehen, als würde ich eine kleine, unschuldige Großstädterin vergewaltigen, die mir mit ihrer Naivität ins Netz gegangen war.

Und jetzt ahnte ich, dass ich sie nie hätte vergewaltigen können. Wo auch immer ihre Grenze beim Sex lag, solange ich sie ihre dummen Sprüche aufsagen ließ, schien sie befriedigt. Wie konnte sie sich nach allem über einen dämlichen Schlag mit meiner flachen Hand aufregen?

Ich hatte überhaupt nicht nachgedacht, bevor die Ohrfeige ihre Wange traf. Es war eben dringend gewesen. Riman irgendwo im Gebüsch, halb am Verbluten, weil er sich bei einem Sturz sein gesamtes Bein aufgeschlitzt hatte, Cinder, die mir etwas vom Ausreiten erzählte, obwohl sie den Blackwolf eindeutig gesehen hatte.

Ach, egal. Nicht ich musste dazulernen, sondern sie mit ihrem verdammten Mundwerk. Ich sah sie wieder vor mir, wie sie mich bat, mir einen zu blasen, wodurch ihr Geplapper in meinem Kopf verstummte, und ich wurde schon wieder steinhart.

Verdammt.

Bei der Lichtung angekommen, rückte ich meine Jeans zurecht, bevor ich abstieg. Alles war ruhig, was ein gutes Zeichen war. Die Jungs ackerten vermutlich noch oder betrieben zur Abwechslung Körperhygiene.

Ich brachte meine Taschen ins Haus und füllte sie mit dem Müll, den ich für gewöhnlich mit zurücknahm, damit aus der Lichtung keine Halde wurde. Hinter dem Haus fand ich die aussortierten Geröllklumpen, die ich in meine leeren Taschen packte. Ich wollte gerade wieder abziehen, weil es mich nicht störte, keinem von den Psychos zu begegnen, als Peak vom Flussufer nach mir rief.

»Wolltest dich schon wieder verpissen, was?«

Er stapfte zu mir nach oben und ich verdrehte die Augen.

»Willste dem guten alten Peak nicht mal mehr Hallo sagn, oder was?«

»Das Koks liegt drinnen. Bis morgen.« Ich ging zu Storm, der geduldig am Rand der Lichtung wartete, doch Peak eilte mir hinterher.

»Der Boss hat gesagt, du bringst ab sofort das Doppelte mit!«

»Warum?«, fragte ich gelangweilt.

»Na, weil unser Anteil jetzt größer wird. Du bringst uns mehr hierher. Hast doch noch Platz für'n Rucksack aufm Rücken, passt also noch etwas rein.«

Langsam drehte ich mich um.

»Ob jetzt ein Rucksack mehr oder weniger. Der Gaul muss dich doch eh schon schleppen, hahaha!« Er lachte schrill.

»Warum sollte der Anteil für euch drei Ratten größer werden?«

»Weil deiner kleiner wird«, erzählte mir Peak stolz.

»Ist das so?«

»Ja. Du verheimlichst dem Boss nämlich was. Und wenn das so bleiben soll, musst du dafür zahlen. Hast dich verliiiieeebt, hmm? Ausgerechnet in die Kleine? Oder behältst du sie aus einem anderen Grund bei dir?« Seine Augen traten glubschartig hervor. Pincher hatte also getratscht. Ausgerechnet bei einem Ferngespräch mit Peak und seinen Vollidioten musste er davon erzählen, wie er Cinder und mir im Reitladen begegnet war. Wollte Pincher mir auf diese Weise drohen? Oder war es ihm rausgerutscht? Pincher war zwar als Vizepräsident

Henchs rechte Hand, galt bei den *Crowriders* aber als Spinner, weil er gerne Schwachsinn von sich gab. Dass Peak ihm sofort glaubte, passte wiederum zu Peak. Vielleicht ließ sich der Schaden noch eindämmen, wenn ich mir nichts anmerken ließ. »Willst du *sie* dazu bringen, dass sie sich verliebt, hm?«, fragte Peak höhnisch. »Wollt ihr eine kleine, schöne Hochzeit feiern? Aber Pincher hat schon gesagt, dass sie eher tot sein wird, bevor du ihr einen Ring überschieben kannst, hahaha! Dann kannste ja mit einem Grabstein vögeln! Haha!«

Es passierte nicht oft, dass ich bei Peak die Kontrolle verlor, aber jetzt überkam es mich einfach. Sein Nasenrücken brach unter meiner Faust, als ich sie ihm ins Gesicht donnerte. Er fiel sofort wie ein Streichholz um und blieb reglos liegen. Ich wischte mir seinen blutigen Schnodder an einem Lappen ab, den ich ihm ins Gesicht warf, und schwang mich auf Storm.

Der Rappe tänzelte nervös, als wüsste er, dass es eine der schlechteren Ideen war, Peak zu schlagen. War es auch.

Aber wenn diese verdammten Rednecks von Cinder wussten, war sowieso alles zu spät. Ich musste zurück zur Ranch. Hench, der Präsident der Crowriders, könnte auf die Idee kommen, sie sich zu holen, wenn er glaubte, sich dadurch einen Vorteil zu verschaffen. Das war das Problem an Menschen. Niemand erwartete, dass es einem nicht um seinen Vorteil ging. Ich wollte Cinder nicht benutzen.

Ich wollte sie davor bewahren, benutzt zu werden.

Aber niemand würde mir das glauben.

Schon gar keiner von diesen versifften Spinnern.

Plötzlich konnte ich nicht mehr an Sex denken, sondern nur daran, wie wichtig es mir geworden war, Cinder nicht an Hench und seine Bastarde zu verlieren. Sie gehörte mir. Wie mein Vieh, wie mein Land, wie mein Haus. Was würde ich tun, wenn ich zurückkam und sie war nicht mehr da? Welche Bäume würde ich ausreißen, um sie zu finden?

Und wäre das das Ende von allem? Würde ich mein Leben riskieren, nur weil mir ihre kleine Pussy und das dazugehörige nervtötende Mundwerk mit einem Mal so viel bedeutete?

Die letzten Meilen galoppierte ich, und nicht nur Storm war schweißnass, als wir vor der Ranch ankamen. Ich löste den Sattel, warf ihn über den Pick-up und ließ Storm frei laufen. Er wusste schon, wie er sich nach diesem Ritt erholte.

Nervös ging ich auf die Tür zu. Irgendetwas war anders, aber ich konnte nicht sagen, was es war. Wenn sie weg war .... wenn sie wirklich schon geholt wurde ...

Ich trat ein und alles war ruhig. Die Möbel waren verrückt worden. Ein Kampf? Das schlechte Verwischen von Spuren?

»Cinder?«, rief ich, in der Hoffnung, dass sie einfach von der Bibliothek oder der Küche aus antwortete. Doch alles blieb verräterisch ruhig. Ich machte einen weiteren Schritt nach vorn und rutschte plötzlich weg.

Der vollen Länge nach knallte ich auf den Boden. Als ich mich abstützen wollte, verlor ich den Halt, der Boden war rutschig, als wäre Seifenlauge ausgekippt worden. Ich bemerkte noch einen Schatten im Flur, dann knallte mir eine volle Ladung weißer Matsch ins Gesicht. Oder was auch immer es war – es schmeckte jedenfalls neutral und verschmierte mir die gesamte Fresse. Ich wischte mir die

Pampe aus den Augen, spuckte sie aus, wollte an mein Bein fassen, an dem ich mein Klappmesser trug, als ich einen Widerstand an meinem Handgelenk spürte. Ich riss daran und stellte fest, dass ein Seil von meinen Handgelenken bis zur eisernen Kamintür reichte. Noch immer konnte ich kaum etwas sehen. Der Schatten im Raum näherte sich meinen Füßen. Ich versuchte nach ihm zu treten und spürte, wie sich auch dort die Fesseln zusammenzogen.

Dann hockte Cinder sich auf meine Brust.

Erleichterung durchflutete mich. So sehr, dass ich für einen Moment vergaß, die Situation zu bewerten. Dass sie hier war und offenbar ungestört irgendeinen Bullshit planen konnte, löste die Verkrampfung um meine Brust. Ich wehrte mich für einen Moment nicht gegen die Fesseln und blickte sie aus verschmierten Augen einfach nur an. Erst langsam sickerte der volle Umfang des Geschehens in mein Gehirn, und mir verging jedes Lachen, als sie es sich auf meiner Brust bequem machte und eine Tüte Cookies öffnete.

»Hi.« Sie knusperte an dem Keks, als wäre ich ein Clown, der für ihre Belustigung herhielt. »Wie war der Ausritt?«

»Bind mich los, Cinder.«

Sie runzelte die Stirn. »Weißt du, wie viel Mühe es gekostet hat, dir eine solche Falle zu stellen? Da verderbe ich mir doch nicht gleich in den ersten zehn Sekunden den Spaß.«

Ich knurrte auf und blickte an mir herunter. Um meine Fußgelenke waren mehrere Kabelbinder zu einer Fessel ineinandergesteckt, an meinen Händen dasselbe. Der komplette Boden unter mir war glitschig, weshalb

ich mich nicht hochstemmen konnte, ohne wieder hinzu-
fallen. Zudem klebte mir noch immer das weiße Zeug im
Gesicht. »Gut. Ich gönne dir deinen fünfminütigen
Triumph.«

»Fünf Minuten?«, fragte sie rätselnd. »Ich hatte eigentlich vor, länger mit dir zu plaudern.«

War ihr eigentlich klar, was sie da tat?

»Also ...« Sie malte mit einem langen Zeigefinger auf
meiner Brust herum, bevor sie sich den nächsten Cookie
in den Mund schob. »Wer war der Typ, der halb totgeprügelt über die Ranch gelaufen ist?«

»Ein Blackwolf.«

»Und warum hast du ihn eingesperrt?«

Ich blickte sie stumpf an. Sie glaubte doch nicht, dass
ich ihr auf diese Tour Fragen beantwortete?

»Och, wie schade, spiel doch mal mit, Smoke.«

Sie hatte wirklich einen Knall. Einen gewaltigen
Knall.

»Warum darfst nur du mich fesseln? Mir wehtun?
Mich gefangen halten?«

Ich verzog spöttisch einen Mundwinkel.

»Das hier ist ausgleichende Gerechtigkeit.«

»Natürlich.«

»Also?«, fragte sie frech. »Warum hast du den Blackwolf gefangen gehalten?«

Sie erwartete hoffentlich nicht, dass ich ihr unter
diesen Umständen die Wahrheit sagte. »Ich habe ihn im
Stall gehalten, um ihn jeden Tag ein wenig zu verprü-
geln. So bin ich nun mal. Bind mich los, Cinder.«

»Wirklich?«, hakte sie nach. »Und was wolltest du
*aus ihm heraus*prügeln?«

»Nichts. Ich habe daran einfach Spaß. Und wisch mir diese Scheiße aus dem Gesicht.«

Sie streckte einen Daumen nach meiner Wange aus und wischte etwas von der weißen Pampe beiseite. Dann lutschte sie den Finger ab. »Keine Angst, das ist nur Mehlwasser.«

»Gut für dich.«

Sie beugte sich zu mir herunter, bis ihre Nasenspitze über meiner lag. »Ich will alles wissen. Ich will jedes dreckige Geheimnis von dir hören. Und du redest besser schnell, ich habe zwar den ganzen Abend Zeit, aber wir wollen ja nicht, dass du dich einnässt, oder?«

Ich mahlte mit dem Kiefer. Was auch immer das hier werden sollte, sie hatte schon verloren.

»Willst du mir wirklich *gar* nichts sagen?«, stellte sie mit Bedauern fest. »Vielleicht muss ich deiner Redebereitschaft ein wenig nachhelfen?« Sie hob wie aus dem Nichts mein schärfstes Küchenmesser an und drehte es im Licht der untergehenden Sonne.

»Du willst mich ... foltern?«, fragte ich skeptisch. »Mit einem Messer?«

»Oh Gott, wo denkst du hin?«, fragte sie zurück und fuhr mit der Klinge unter mein Shirt, die scharfe Seite Richtung Stoff gerichtet. Ein fester Zug und sie zerteilte es. Während sie gefährlich mit dem Messer in der Hand herumwedelte, zerriss sie mein T-Shirt vollkommen und legte meine Brust frei. »Ich brauche dafür doch kein Messer«, sagte sie und beugte sich hinunter.

Okay, das nahm eine verdammt eigentümliche Wendung. Sie fuhr mit der Zunge über meine rechte Brustwarze und warf mir dabei einen kecken Blick zu. Ich zog an meinen Fesseln, doch meine Arme waren fest arretiert. Das kleine Ding hatte ganze Arbeit geleistet, um einen Riesen wie mich außer Gefecht zu setzen.

»Wie lange muss ich dich hier liegen lassen und quälen, damit du mir die Wahrheit sagst?«

»Lange«, antwortete ich nur, ging aber ohnehin davon aus, dass ich mich innerhalb der nächsten Stunde würde befreien können.

Sie wanderte mit ihrem Mund meinen Brustkorb hinunter und verteilte feuchte Küsse auf meiner Haut. Als sie sich meinem Gürtel näherte, bekam ich eine Ahnung von ihrem Plan, konnte ihn aber erst glauben, als sie meinen Gürtel wirklich öffnete.

Sie legte meinen Schwanz frei und rieb ihn in ihrer Hand zu voller Größe. Es war Cinder, die ihn bearbeitete, noch immer die Frau, die mein Gehirn wie eine heimtückische Zecke besetzt hatte, weswegen ich hart wurde.

In ihrer Hand hielt sie meinen Schaft fest umschlossen, als sie sich über meine Spitze beugte und mit geöffnetem Mund davor innehielt. »Soll ich?«, fragte sie mich, als wäre meine Selbstbeherrschung alleine deswegen flöten gegangen, weil sie ein bisschen an mir rumspielte.

»Nein.«

»Sicher?«, fragte sie und schob sich meine Latte in den Mund, bis ich gar nicht anders reagieren konnte, als ihr meine Hüfte entgegenzudrücken. Sofort zog sie sich zurück. »Hm. Da ist wohl jemand anderer Meinung als du.« Mit einem lasziven Zwinkern richtete sie sich auf, ließ mich am Boden liegen und verschwand Richtung Flur.

»Cinder! Bind mich sofort los!«, donnerte ich, aber sie war lebensmüde genug, nicht zu gehorchen. Als hätte sie enorm großen Gefallen daran, kam sie immer wieder. Stimulierte mich, blies meinen Schwanz so lange, bis ich den Verstand verlor und kurz davor war zu kommen, versuchte mir eine Antwort zu entlocken, und ging wieder. Dieses Spiel trieb sie über eine Stunde, bis es draußen tiefschwarze Nacht war und mein Zorn mir die Sinne vernebelte. Ich stellte mir nicht einmal mehr vor, wie ich *sie* zur Strafe fickte, ich stellte mir vor, wie ich *alle anderen Frauen* der Welt vor ihr fickte. Damit sie wusste, wie es war, nicht befriedigt zu werden.

Ich malte mir die Bestrafungsszenerie mit blühender Fantasie aus, als sie zum zehnten Mal zurückkam.

»Mir wird langweilig«, nörgelte sie und griff wieder nach den Keksen. »Ich könnte dich ja auch vergewaltigen, wie wär's?«

»Tu, was immer du nicht lassen kannst. Es wird für lange Zeit das letzte Mal sein, dass du frei entscheidest.«

»Sagt wer?«, fragte sie neugierig und machte es sich auf dem Sessel bequem. »Der Typ, der noch immer Mehlpampe im Gesicht hat?«

»Uns ist beiden klar, was du vorhast. Du könntest mir den Schlüssel abnehmen und abhauen, stattdessen versuchst du meinen Zorn so hochzutreiben, bis ich irgendetwas zerstöre. Das zerstöre, von dem du ausgehst, dass es früher oder später sowieso zerstört wird.«

»Hä?«, fragte sie betont planlos.

Ich verdrehte die Augen zur Decke und dachte angestrengt nach. Cinder war ein komplizierter Charakter, aber ihr Knackpunkt offenbarte sich mir immer mehr. Sie fürchtete jede Nähe und Bindung und versuchte auf diese abartige Weise, mich dazu zu bringen, sie für immer irgendwo festzuketten, damit sie nicht mehr vor mir fliehen konnte. Oder so was Ähnliches.

Ach, es brachte nichts, die Funktionsweise ihrer Gehirnwindungen über meine eigenen erfassen zu wollen. Eines war klar: Sie konnte dieses Spiel nicht noch viel länger treiben, sonst verlor auch ich das Interesse.

Und das endete nun mal tödlich für sie.

»Ich bin nicht dein Vater, Cinder. Ich werde nicht sterben, während ich im Auto sitze. Und deine verdammte Mutter bin ich schon gar nicht.«

»Du kanntest sie. Erzähl mir alles, was du weißt.«

»Ich weiß, dass sie eine verfickte kleine Hure war. Mehr weiß ich nicht.«

»Klar. Mehr weißt du nicht.« Erst nach zwei Sekunden entglitt ihr die Miene. »›War‹?«, fragte sie mich fassungslos.

Scheiße. Da hatte ich mich also verplappert. »Hier gilt sie als tot.« Okay, jetzt log ich. Jetzt log ich krass.

»Tot?«

»Was glaubst du, wo sie steckt?«

»Irgendwo halt ...«

»Kann dir auch egal sein, weil sie so oder so nicht zurückkommt. Cinder, vergiss sie. Ich werde nicht gehen, nur weil sie mehrmals gegangen ist. *Du* bist *mir* nicht egal.« Das stimmte zwar, aber ich laberte auch, damit sie mich endlich losband. Ich musste pissen und ich hatte keinen Bock mehr. Die kleine Schlampe hatte ihren Spaß gehabt, und vielleicht war ich sogar schon zu müde, um ihr zu zeigen, welche Konsequenzen sie erwarteten. Ich wollte ins Bett. Sie sollte das gefälligst auch wollen.

»Es soll hierbei nicht um meine Psyche gehen«, erklärte sie mir tonlos.

»Es geht immer um die Psyche desjenigen, der den anderen gerade misshandelt«, konterte ich genervt.

»Ich will einfach nur Antworten!«

»Selbst wenn ich dir welche gebe, wirst du nicht wissen, ob das Ganze der Wahrheit entspricht! Bist du wirklich so dumm?«

»Du würdest mich anlügen?«

»Wenn es nötig ist?«

»Hast du es gerade getan?«

Ich zögerte. Ja. Ja, ja, ja, ja, verdammt. Ich war kein kleiner Lügner, der in die Manipulationstrickkiste griff, aber hier schien es anders nicht zu funktionieren. »Nein.«

»Du hast den Mann also einfach nur gehalten, um dich ... an ihm abzureagieren?«

»Ja.« Es war eh gut, wenn sie so von mir dachte. Schließlich hatte ich schon den einen oder anderen Kerl totgeprügelt. Sie glaubte offenbar nur Dinge, die sie mit eigenen Augen sah.

»Okay, dann verrotte hier«, murmelte sie, warf die Packung Kekse auf den Boden und wollte gehen.

»Was willst du an dieser Stelle nicht wahrhaben? Wie grausam ich sein kann oder wie sehr dir das gefällt?«

»Mir gefällt gar nichts daran!«, keifte sie.

Ich hob eine Braue, senkte sie aber sofort wieder, weil ich wusste, dass ich sie so nicht erreichte. Aber sie hatte meinen verächtlichen Gesichtsausdruck bemerkt, spiegelte ihn und verschwand wieder.

Okay, jetzt verlor ich *wirklich* die Lust. Ich steckte alle Kraft in meine Beine und zerrte brüllend an meinen Fesseln. Wenigstens schaffte ich es, mich auf die Seite zu rollen. Ich zog mich an meinen Fesseln zum Kamin heran und ...

Klatsch.

Ein riesiger Schwall kaltes Wasser platschte mir ins Gesicht und der leere Eimer fiel mir daraufhin auch noch in die Fresse. Mein inneres Tier tobte vor Wut.

Cinder kam angerannt, vermutlich, um sich zu vergewissern, dass auch ihre x-te Falle funktioniert hatte.

»Ich möchte wirklich nicht in deiner Haut stecken«, knurrte ich. Wenigstens war das verdammte Mehl aus meinem Gesicht gespült worden.

»Wieso?«, fragte sie unschuldig.

»Damit du das hier überlebst, müsstest du abhauen, aber damit würdest du mich verlassen, was du nicht willst. Du hast dich in die größte Scheiße geritten, Cinder.«

»Wer sagt, dass ich nicht den Pick-up nehme und bis morgen früh verschwunden bin und bis dahin einfach nur ein bisschen dabei zusehen will, wie du leidest?«

»Mein Gefühl«, knurrte ich.

»Du glaubst, man könnte einen Typen wie dich mögen? Wenn er einem sein wahres Gesicht zeigt? Möglich, dass in der Stadt alle nur das Waisenkind mit der Singstimme in dir sehen, aber ich kenne *mehr*.«

»Nerv mich nicht länger.«

»Hatte ich eine Wahl? Als du mich in den Stall gesperrt hast? Oder ans Bett gefesselt?«

»Ja, du hättest dich besser benehmen können. Was ist meine? Was muss *ich* tun, damit du *Gnade* zeigst?«, säuselte ich.

»Zum Beispiel mir die Frage beantworten, warum du mich hier festhältst?«, schlug sie prompt vor.

»Außer dir Geschichten zu erzählen, deren Wahr-heitsgehalt du sowieso nie überprüfen können wirst?«

»Was ist der *wahre* Grund?« Sie glaubte echt, sie würde etwas Wahres von mir zu hören bekommen.

»Weil ich mich verliebt habe«, erfand ich. »Du bist ein kleines, fickbares Großstadtmädchen, und ich steh auf dich seit der ersten Sekunde, als ich dich an der Bar sitzen sah.«

Ihre Gesichtszüge entglitten ihr. Das war doch nicht wirklich das, was sie hatte hören wollen, oder?

»Und das ist deine Idee von einer Beziehung?«, fragte sie. »Jemanden ›festzuhalten‹? Demjenigen ›deinen Willen‹ aufzuzwingen?«

»Ja. Ich kann halt nicht aus meiner Haut als armes, kleines Waisenkind.«

»Du machst dich über mich lustig.«

»Und du lässt mich *wahnsinnig* werden.«

Cinder hockte sich wieder neben mich, musterte mich scharf. Ihr musste der Arsch auf Grundeis laufen. Sie wusste, dass sie mich niemals befreien konnte, wenn sie nicht all den Scheiß zehnfach zurückbekommen wollte. Aber fliehen war offenbar auch keine Option für sie. Dabei standen ihre Chancen gar nicht schlecht. Wenn sie zurück nach Philadelphia ging – und ich sie nicht verfolgte –, würde es eine Weile dauern, bis Hench und seine Gang ihre Spur fanden. Genügend Zeit, für immer unterzutauchen. Vielleicht spendierte ihr der amerikanische Staat ja sogar eine Namensänderung. Ich kannte mich nicht aus. Hauptsache war sowieso nur, dass sie *niemals wieder* zurückkam. Normalerweise hätte ich das sichergestellt, indem ich ihre Leiche den Kojoten zum Fraß vorgeworfen hätte, aber dazu hatte ich mein

Ehrgefühl und meinen Schwanz nun mal nicht bewegen können.

Vielleicht war das der Moment, in dem ich anfing, ihr zu vertrauen. Sie hatte so große Angst vor mir, dass sie wirklich nie wieder zurückkommen würde. Da war ich mir jetzt sicher.

»Neben der Bibliothek, das verschlossene Zimmer.« Sie horchte auf.

»Das ist ... so 'ne Art Büro. In einem der Schubfächer des Schreibtisches findest du ein altes Navi von mir. Es funktioniert noch. Hier im County haben sich die Straßen die letzten zehn Jahre nicht geändert. Gib Philadelphia ein und fahr durch. Nimm dir Proviant mit, sodass du nicht anhalten musst, außer zum Tanken. Bargeld liegt im Handschuhfach. Lass die Waffe, die da drin liegt, hier, falls du keine unangenehmen Fragen gestellt bekommen willst, solltest du angehalten werden. Du fährst nach Philadelphia, packst in Ruhe deine Sachen und ziehst irgendwohin, wo dich keiner findet. Dann ist die Wahrscheinlichkeit ziemlich gering, dass jemand dich mit einem Schalldämpfer in deiner Mundhöhle weckt.«

Sie hatte unbewegt zugehört und blieb sitzen, als wäre ich lange noch nicht fertig.

»Was?«, fragte ich gereizt.

»Du ... willst mich wegschicken?«

»Wegschicken? Ich habe dir gerade erklärt, wie du überleben kannst, ohne hierbleiben zu müssen.«

»Du würdest mich nicht wieder einfangen?«, fragte sie vorsichtig.

»Wie soll ich das tun, so gefesselt, wie ich bin? Und ohne Auto?«

»Ist das eine Falle?«

»Ich wünschte, es wäre eine. Der Schlüssel steckt in meiner rechten Hosentasche.«

Sie griff zögernd an meine Gesäßtasche, als ich meinen Hintern anhob. Kaum hatte sie den Schlüssel in der Hand, huschte sie davon und öffnete die von mir beschriebene Tür. Ich seufzte, weil sie nicht einmal den Anstand besaß, meinen Schwanz wieder in die Hose zu stecken. Zum Glück machte ich mir nichts aus peinlichen Situationen wie diesen.

Cinder war eben nicht völlig dumm. Das machte sie attraktiv und war einer der Gründe gewesen, warum ich sie überhaupt angefasst hatte.

Ich überlegte, was ich davon halten würde, wenn Cinder im nächsten Moment in voller Montur vor mir stehen würde, ein Lunchpaket in der Hand, den Schlüssel zum Pick-up in der anderen, und als sie tatsächlich genau so vor mich trat, hatte ich noch immer keine Antwort.

Es wäre wohl zu erbärmlich rübergekommen, hätte ich sie einfach zum Bleiben aufgefordert. Wenn sie gehen wollte, sollte sie das tun. Nichts sprach dagegen, ihr doch noch zu folgen ...

Okay, es sprach alles dagegen. Mein ganzes Leben fand hier statt. Meine Ranch, mein Land. Aber ich machte mir nichts vor; ich vertraute ihr. Und das hieß, dass ich sie gehen lassen konnte.

»Ich kann jetzt fahren«, stellte sie fest, ohne sich zur Tür zu bewegen.

Ich schwieg. Vielleicht wäre es ja ganz freundlich von ihr, wenn sie mir endlich die verfickte Hose zumachte.

»Warum genau lässt du mich gerade jetzt gehen?«

»Weil ich nicht dafür garantieren kann, dir nicht den Hals umzudrehen, sobald ich freikomme. Und dann kann ich dich auch gehen lassen – die Wahrscheinlichkeit ist gerade gestiegen, dass du außerhalb meiner Ranch länger lebst.«

Cinder setzte ein zynisches Lächeln auf. »Witzig.«

»Ist mein Ernst«, brummte ich.

Sie runzelte die Stirn, als würde sie darüber nachdenken, wie ernst ich das wirklich meinen konnte. »Du weißt, dass ich nicht wirklich gehen will, oder?«, fragte sie.

Wissen war ein mächtiges Wort. Ich ahnte es nur. »Du tust nie das, was klug wäre, wenn es für dich brenzlig wird.«

»Kannst du dich denn nicht einfach ... entschuldigen?« Die kleine Puppe klang so hoffnungsvoll, dass es wehtat. »Du sagst mir endlich die ganze Wahrheit, wir begegnen uns auf Augenhöhe und ...«

»Und?« Was wollte sie? Mir vorschlagen, hier einzuziehen? Ich ließ den Gedanken für einen Moment zu, kehrte dabei aber immer wieder zu meiner Gewaltfantasie zurück. Ich wollte sie nicht unterdrücken, wie ein Mann eine Frau unterdrückte, ich wollte sie beherrschen, wie ich Tiere beherrschte. Das, was ihr vorschwebte, war nicht möglich. Nicht auf Dauer. Mir fehlte die Fähigkeit, Menschen einen Wert zuzusprechen. Ich besaß diese Funktion in meinem Kopf einfach nicht. Es reichte aus, mir vorzustellen, was jeder Einzelne von ihnen schwächeren Geschöpfen antat. Auch Cinder. Weil der perverse Egoismus ihres Selbstverständnisses über alles ging.

Ich würde Cinder immer zerstören.

Früher oder später.

Und nachdem sie mich gerade ausgetrickst, gefesselt und blamiert hatte, erst recht. Wenn ich sie hierbehielt und zähmte, dann wäre am Ende nicht mehr viel von ihr übrig. Ich würde sie zwar nicht brechen, aber ich würde sie in Angst halten. Eine Angst, die sie dazu bringen würde, mir blind zu gehorchen ...

Mein ganzes Leben änderte sich gerade. Durch ihr verdammtes Auftauchen in diesem verdammten Saloon. Wollte ich das überhaupt?

Nein!

Das war die Gelegenheit. Wenn sie jetzt abhaute, konnte das Monster in mir sie nicht schnell genug einfangen. Dann wäre sie frei – und ich auch.

»Und ...«, setzte Cinder zögernd an, »vielleicht könnte man einfach ...«

Ich erfuhr nie, was ihr vorschwebte, denn ein aus dem Wald näher kommendes Geräusch ließ mich aufhorchen und sie verstummen.

Motorräder.

»Cinder«, stieß ich aus.

Sie hörte es auch und blickte mich verstört an.

»Scheiße, bind mich los.« Ich riss an den Fesseln, aber es half noch immer nichts. »Cinder, verdammt! Sie wissen, dass du bei mir bist! Für sie bist du tot mehr wert als lebend!«

»Die Biker?«

»Cinder, bitte.« Es würde das erste und letzte Mal sein, dass ich flehte. Aber die Vorstellung, ausgerechnet Henchs Grinsen anglotzen zu müssen, wenn er mich auf diese Weise vorfand und Cinder kurzerhand erschoss, um jedes aufkommende Problem aus dem Weg zu schaffen, zwang mich zu harten Maßnahmen.

Sie zögerte noch zwei Sekunden, bis die Motoren der Räder unverkennbar laut wurden, dann bückte sie sich an meine Hände und schnitt die Kabelbinder durch. Genauso schnell verfuhr sie bei meinen Füßen. Der Eimer Wasser hatte die Seife auf dem Boden zu großen Teilen weggespült, weshalb ich gefahrlos aufstehen konnte.

Als ich mich zur vollen Größe aufgerichtet hatte, wirkte Cinder neben mir besonders klein.

»Darüber reden wir noch«, knurrte ich, zog mir mein T-Shirt aus und ließ meine Hose offen, da ich mich eh komplett umziehen musste. »Räum auf, was du wegräumen kannst, sodass es nicht aussieht wie eine Falle, die mir gestellt wurde.«

Ich ging nach oben, wechselte meine Kleidung, wusch mir das Gesicht und hörte schon die fetten Maschinen in meinem Hof meine Tiere aufschrecken.

Elendige Hurensöhne.

Wie klein musste ihr Schwanz sein, wenn die Dezibel ihrer Bikes so knatterten wie ein Bombenhagel?

Ich lief wieder nach unten und packte Cinder von hinten, die gerade ein paar Handtücher auf den Boden legte.

Sie schrie erstickt, weil ich ihr eine Hand auf den Mund drückte. Dann zog ich sie mit mir und sperrte sie in mein Arbeitszimmer. »Du bleibst hier drin«, raunte ich und wollte die Tür schließen. Dann öffnete ich sie noch einmal. »Egal, was passiert.«

»Egal, was passiert?«, wiederholte sie.

»Wenn du Schüsse hörst oder Schreie oder sollte irgendetwas mit mir sein ... *Du. Bleibst. Hier.*« Mit diesen

Worten versperrte ich die Tür von außen, zog den Schlüssel ab, warf ihn in einen unscheinbaren Tonkrug und ging nach draußen auf den Hof.

Egal, was passiert, Cinder. Selbst wenn ich deinetwegen verdammt noch mal sterbe.

POKER

LASS DICH NICHT ÜBER DEN TISCH ZIEHEN. IM WILDEN WESTEN GEWINNT DERJENIGE MIT DER WAFFE.

.

Mir ging sein Gesichtsausdruck nicht aus dem Kopf, als er mich ins Arbeitszimmer gesperrt hatte. Und auch schon davor, als aus seiner Stimme fast so etwas wie Angst zu hören gewesen war, weshalb ich seine Fesseln gelöst hatte.

Angst – um mich.

Dass er mich nicht austrickste, um die Kabelbinder loszuwerden, war mir sofort klar gewesen. Oder aber ich wollte einfach glauben, dass ich gar keine andere Wahl gehabt hatte, als ihn zu befreien.

Egal, so oder so war die Situation bedrohlich und der Nervenkitzel erzeugte Gänsehaut auf meinen Armen. Ich bewegte mich zum Fenster und öffnete es so leise wie möglich, um nicht bemerkt zu werden.

Der Raum war ähnlich groß wie die Bibliothek und bot mit seinem bodentiefen Fenster einen fantastischen Blick über das Tal, von dem gerade nicht viel mehr zu sehen war als die schattenhaften Umrisse der Baumkronen, die sich im Wind bewegten. Auf dem Schreibtisch stand ein alter Computer und vor der Couch ein Fernseher, der nicht verkabelt war.

Ich schaffte es, das Fenster eine Handbreit nach oben zu schieben, ohne einen Mucks zu machen, und hörte die Stimmen in meine Richtung wehen.

»Ich weiß, dass Pincher ein Spinner ist«, sagte eine ölige Stimme. »Und Peak ist auch nicht der Hellste. Aber was meinst du, was bei mir los ist, wenn du ihm das einfach zeigst? Das ganze Clubhaus wird aufmerksam, wenn ich zulasse, dass unser guter alter Smoke seine Fäuste spielen lässt.«

»Für diese Rede seid ihr den ganzen Weg hochgefahren?«, fragte Smoke.

»Nein, Schwachsinn«, sagte die Stimme. »Wir haben dir wen mitgebracht.« Ein paar knirschende Schritte über den Kies folgten. »Sie ist 'ne kleine Nutte, die bei den Bulls Informationen verkauft hat. Ich will, dass du rausfindest, warum sie das getan hat und welche Infos das genau waren. Ich gebe dir bis morgen früh Zeit. Länger kann ich nicht warten, weil ich das Gefühl hab, dass uns schon jetzt ein paar tausend Dollar fehlen wegen der kleinen Schlampe. Also nutz deine Energie lieber für solche Dinge und lass den armen Peak in Ruhe, ja?«

Smoke antwortete nicht. Wieder waren Schritte im Kies zu hören, dann das erstickte Schreien einer Frau. Ein schwerer Gegenstand, der zu Boden fiel, Gemurmel. Im nächsten Moment knatterten die Motoren der Bikes wieder los. Eines von ihnen hatte einen Beiwagen, in dem vermutlich die Frau transportiert worden war.

Laut und nervtötend hallten die Motoren durchs

gesamte Tal, bis sie endlich über die erste Hügelkuppe verschwunden waren.

Ich beobachtete Smoke dabei, wie er die Gestalt, die am Boden kauerte, Richtung Stall bugsierte. Auf der Hälfte des Weges hielt er inne und starrte mir entgegen. Da ich mich im Schatten des Schreibtischs verbarg, war es unwahrscheinlich, dass er mich bemerkte.

Vermutlich tat er es auch nicht, denn er schleppte die gefesselte Frau weiter, die einen Sack über dem Körper trug, ohne mir etwas zu signalisieren. Ich sah zu, wie er den Stall in gleißendes Licht tauchte und die Frau wie einen Gegenstand gegen die nächste Holzwand warf. Sie blieb zusammengekauert liegen und bewegte sich nicht mehr.

Mit rasendem Herzen beobachtete ich, wie er ihr den Stoff vom Körper schnitt, ihre Hände nach oben riss und an einem Sattelhalter festband. Ihr Haar fiel ihr zerzaust ins Gesicht und sie trug nicht mehr als ein dünnes Sommerkleid. Erst als er nach einer Peitsche griff und sie in der Hand wog, war mir klar, was er dort wirklich tat.

Er führte ein Schauspiel auf.

Für mich.

Er wusste, dass ich ihn vom Fenster aus sehen konnte.

Smoke blieb vor ihr stehen, es schien, als würde er mit ihr reden. Obwohl er sich etliche Schritte entfernt von mir befand, glaubte ich seine gelösten Muskeln erkennen zu können. Als würde er einen netten Plausch halten. Umso geschockter war ich, als er die Peitsche hob. Der Schrei hallte bis ins Haus hinein, als das Leder die Frau traf. Wohin, wusste ich nicht, da Smoke davor stand.

Ein zweiter Peitschenhieb folgte und ich wich vom Fenster zurück. Fuck. Das hatte ich nicht erwartet, und ich wusste nicht mehr, was ich fühlen sollte. Hass oder Wut?

Beim dritten Hieb blieb die Frau völlig ruhig und ich vergaß alle Vorsicht. Ich schob das Fenster ganz auf und schlüpfte hindurch. Smoke hatte die Peitsche mittlerweile auf den Boden fallen lassen und sich der Frau genähert.

Etwas an seinem Anblick irritierte mich, bis mir auf verquere Weise klar wurde, was er tat. Es war wie bei einem Unfall, ich konnte einfach nicht wegsehen. Die Frau starrte von unten zu ihm hoch, als er ihr seinen offenen Gürtel präsentierte, dann warf sie einen kurzen Blick zu mir. Sie sah mich kommen, und ich hielt inne, fragte mich, ob sie mich verraten würde.

Aber ganz im Gegenteil, ich wusste nicht einmal, ob sie mich wirklich bemerkt hatte, als sie sich schon an der Holzwand umdrehte, die gefesselten Hände in dem Sattelhalter drehte und Smoke ihren Hintern entgegenstreckte.

Ich hatte ihr Gesicht nur kurz gesehen und es nicht im Kopf behalten. Es war durchschnittlich, fast leer, ohne Regung und Gefühl. Smoke trat hinter sie, schob ihr Kleid hoch und entblößte ihren nackten Hintern. *Hatten die Rocker sie ohne Höschen hierhergebracht?*

Ich wollte so etwas wie ›Nein!‹ rufen, als Smoke sich schon in sie schob. Etwas brach in mir, wenn auch leise, und ich wusste nicht, ob diese Art der Bestrafung vielleicht sogar die harmloseste von allen war. Ja, ich war nicht davon ausgegangen, dass meine Fallen funktionierten, schon gar nicht *alle* meine Fallen, und dass sie doch funktioniert hatten, hatte mich in eine prekäre Lage gebracht. Es wäre klug gewesen, zu fliehen. Selbst *jetzt* wäre es äußerst klug.

Aber ich konnte nichts anderes tun, als dazustehen und Smoke dabei zuzusehen, wie er diese Nutte vögelte – zumindest war sie eine laut Aussage der Rocker.

Sie stöhnte und der Sex war über den ganzen Platz zu hören. Smoke tat mir mit jedem einzelnen Stoß zwischen ihre Beine weh. Nicht nur, weil ich irgendwo in meinem Kopf so etwas wie einen Besitzanspruch verspürte, sondern auch, weil er sie benutzte. Für seinen Plan, mich zu verletzen.

Auch wenn ich ihn gerne ausgelacht hätte, weil er zu solch kindischen Maßnahmen griff, hätte er kaum etwas Schlimmeres tun können. Als er von hinten in ihr Haar griff, ihren Kopf zurückzerrte und mit zwei tiefen Schüben in ihr kam, presste ich die Augen zu.

Ich wollte es nicht mit ansehen, auch wenn ich alles davon hörte.

Und dann wurde es mir klar; so etwas würde niemals wieder passieren. Entweder er bekam mich und dann bekam ich auch ihn, oder er vögelte, wen auch immer er wollte, aber dann bekäme er nichts mehr von mir. Wenn es hierbei darum ging, dass ich ihm gewissermaßen gehörte, dann würde das auf Gegenseitigkeit beruhen.

Das war der fucking Grund, weshalb es mir so schwerfiel, zu gehen. Mir war egal, ob ich außerhalb dieser Ranch starb oder was noch hier vor Ort passieren würde, mir war sogar egal, wem er irgendetwas antat und was für ein Monster wirklich in ihm schlief. Für mich zählte nur, dass ich mehr für ihn war als eine Gelegenheit.

Erst als ich diesen ganzen Gedankengang zu Ende gebracht hatte, verstand ich, worum es mir plötzlich ging. Nähe. Zu einem Frauenschläger, der von sich behauptete, ein Schwerverbrecher zu sein!

Nein, das war nicht ich. *Das durfte ich nicht sein.*

Warum lief ich dann nicht? Warum rannte ich nicht? Wieso blieb ich hier, bückte mich nach der Peitsche und wartete, bis Smoke das Kondom fortwarf, seine Hose schloss und sich zu mir umdrehte?

»Willst du uns Gesellschaft leisten, Cinder?«, fragte Smoke. Als er sein Gesicht zu mir wendete, konnte ich sehen, dass etwas in seinen Augen glänzte. Ob es der Orgasmus war, der noch durch seinen Körper rauschte, oder etwas anderes?

Ich spürte die Peitsche in der Hand und überlegte, was wohl passieren würde, wenn ich sie ihm einfach über den Rücken zog. Wie bei einem ungehorsamen Tier – so wie er die Nutte gedemütigt und es bestimmt auch mit mir vorhatte. Aber mir war klar, dass er mir diesen ›Ausrutscher‹ doppelt und dreifach zurückzahlen würde, also ging ich einfach auf ihn zu und reichte ihm die Peitsche.

Mit leichter Verwunderung im Blick nahm er sie entgegen.

»Auf dass du noch viele arme Frauen auspeitschen kannst, weil es dein erbärmliches Gehirn so will.« Ich wollte den Griff loslassen, doch er hielt meine Hand mit seiner anderen fest.

»Wie bitte?«, fragte er.

»Du hast mich schon verstanden. Es wird dich sowieso niemand davon abhalten können, besonders abartig zu sein. Frauen schlagen ist einfach dein Ding, oder?«

Smoke blickte wortlos auf mich herunter. Das Mehl hatte er aus seinem Bart gespült und er trug frische Kleidung. Sein Hut musste noch immer in der Diele liegen. »Bist du sicher, dass es nicht auch *dein Ding* wäre?«, fragte er mich ruhig, als würden wir über unsere Lieblingseissorte sprechen.

»Genau. Ausgepeitscht zu werden«, entgegnete ich zynisch. »Der Traum aller kleinen Mädchen.«

»Ich dachte, du bist nicht klein?«, fragte er nonchalant, dann umfasste er mein Handgelenk, als ich mich ihm entziehen wollte. »Du bleibst hier.« Er zerrte mich zu der Hure, die uns anstarrte, als wären wir Aliens.

»Ist das deine ... Freundin, Smoke?«, fragte sie.

»Das geht dich einen feuchten Scheißdreck an«, brummte er und öffnete die Fessel um ihr Handgelenk. »Los, verschwinde.«

Sie starrte ihn perplex an.

»Lauf!«, brüllte er in ihr Gesicht, woraufhin sie erschrocken zu Boden stolperte, sich aufrichtete und lief.

Gerade als ich überlegte, ob ich mich ihr nicht lieber anschließen sollte, spürte ich Smokes Griff erneut um mein Handgelenk. Er drückte mich gegen die Stallwand und fixierte meine Hände mit dem Seil, das er gerade erst benutzt hatte.

Ich war so dumm.

So dumm, dass ich blieb.

So dumm, dass ich mich nicht wehrte.

So dumm, weil er genau wusste, wie er mich verletzte. Und nach dem, was er getan hatte, konnte mir eine Peitsche nichts mehr anhaben.

»Weißt du, was besonders ›abartig‹ ist?«, fragte er, umfasste mein Kinn und riss meinen Kopf nach oben. »Dass ich eine verdammte Clubhure ficke und dabei nur an dich denken muss. Dass ich es nur tue, weil ich die Reaktion in deinem Puppengesicht sehen will. Ich will den *Schmerz* sehen und die *Lust*, ich will deinen *Hass* und deine *Hingabe*. Du hast überhaupt keine Ahnung, was für ein verdammtes Glück du hast, all diese Dinge tun zu können – mich am Boden festhalten und mir einen dummen Spruch nach dem anderen um die Ohren hauen zu können, ohne meine Hände um den Hals zu spüren, die dir langsam die Luft abpressen.« Er beugte sich zu mir herunter und berührte mit den Lippen mein Ohr. »Niemand auf dieser verschissenen Welt war mir jemals so *nahe* wie du.«

Gänsehaut breitete sich in meinem Nacken aus.

»Also, wie viele Schläge hältst du nach dem ganzen Theater für angebracht?«

»Für dich oder mich?«, fragte ich ironisch.

Er lächelte schief, als er die Peitsche durch seine Hände gleiten ließ. »Du hast noch nie einen Blick auf meinen Rücken geworfen, oder?«

Ich runzelte die Stirn. Das hatte ich tatsächlich noch nicht. Seine Brust war fast makellos gewesen. Wollte er andeuten, dass er selbst ausgepeitscht wurde?

»Dreh dich um.«

»Wieso?«, fragte ich herausfordernd. »Damit du mir nicht ins Gesicht sehen musst, wenn du mir wehtust?«

Sein Lächeln weitete sich. »Damit es ein kleines bisschen weniger wehtut. Oder soll das Leder dein Gesicht treffen?«

Ich verengte die Augen. »Mach doch, was du willst.«

Diese Worte schienen etwas in ihm zum Explodieren zu bringen. Er trat vor, wirbelte mich herum und drückte mich in die richtige Position. Für ein paar Sekunden geschah nichts, dann hörte ich das laute Zischen der Peitsche in der Luft und schrie auf – doch ich spürte nichts.

Verwirrt sah ich nach hinten.

Smoke blickte starr zurück.

»Traust du dich doch nicht?«, fragte ich ihn neckend.

Seine Miene verhärtete sich. »Du bettelst geradezu danach, ist dir das klar?«

»Betteln?«, wiederholte ich verächtlich. »Lass uns den Sprachgebrauch dieser Vokabel noch mal genauer festleg-«

Er hob die Hand und im nächsten Moment traf mich das Leder der Peitsche so hart am Rücken, dass ich das Gleichgewicht verlor, nach vorne fiel, mir das Kinn an der Holzwand aufschrammte und meine Knie sich aufschürften. Bevor ich Luft holen konnte, ging der zweite Schlag auf mich nieder. Tränen explodierten in meinen Augen, der Schmerz war unbegreiflich, als hätte mich jemand der Länge nach am Rücken aufgeschnitten. Wieder ging die Peitsche auf mich nieder und ich schrie verbittert auf. Sämtliche meiner Muskeln hatten sich verspannt, mein Herz flatterte wie wild. Ich befand mich irgendwo zwischen endlosem Schmerz und grenzenloser Angst, dieser würde noch schlimmer werden.

Ich presste die Augen zusammen, die Zähne aufeinander und hielt die Luft an, als ich das Leder erneut hörte. Doch die Peitsche landete im nächsten Moment neben meinen Knien auf dem Boden. Dafür spürte ich seinen Griff in meinem Haar, der ähnlich fest war wie ein Peitschenhieb. Er zog meinen Kopf zurück.

»Zufrieden?«

»Du bist abartig«, presste ich hervor.

»Findest du?«, fragte er. »Ich habe noch nie eine Peitsche benutzt. Aber was soll ich tun, wenn du mich geradezu *anflehst*, so weit zu gehen?«

Ich lachte kalt, weil er komplett verrückt geworden war.

»Du glaubst, ich habe Anastasia geschlagen?«

»Wenn ›Anastasia‹ die Frau eben war, dann weiß ich es!«

Smoke lachte trocken. »Es war nicht nötig, sie zu schlagen. Selbst wenn ich es getan hätte, hätte es dich keine Furcht gelehrt – wie man sieht. Also habe ich sie in weiser Voraussicht verschont. Wir kennen uns, und ich musste sie nicht mal dazu zwingen, sich ficken zu lassen. Ich weiß, ich sagte dir, dass ich ein Monster bin. Aber ich hatte keine Vorstellung, dass erst du eines aus mir machen wirst.«

»Weil ich dir ein bisschen Seifenlauge auf den Wohnzimmerboden kippe, kommt dein Monster hervor? Das ist wirklich niedlich.«

Er riss an meinem Haar, sodass ich erneut schrie. Ich wusste, dass ich mit dem Feuer spielte, aber ich konnte nicht damit aufhören. Es war zu verlockend. In mir war eine Dunkelheit aufgebrochen, von der ich nicht gewusst hatte, dass sie in mir schlief, und nun verschlang sie alles. Ich wollte noch eine Grenze austesten, und noch eine, wollte bis in den tiefsten Abgrund meiner Psyche dringen, weil ich nur noch dort Erlösung fand.

Smoke mochte ein Mörder sein und er spielte mit mir wie auf einem Instrument. Aber er hatte recht. Das wahre Monster lebte in mir.

Und es suchte einen Tanzpartner.

»Von uns beiden ist wirklich nur einer niedlich«, raunte er und drückte seinen Mund auf meinen Hals.

Ich stöhnte unmittelbar, als seine Zunge über meine schweißnasse Haut fuhr. All meine Sinne konzentrierten sich auf seine Lippen und der Schmerz an meinem Rücken verkam zu einem Schatten. Seine Zunge leckte über meine Haut, begleitet von seinen sanften Lippen, er küsste meinen gesamten rechten Hals, fand schließlich zu meinem Kinn und hielt vor meinem Mund inne. »Das war erst der Anfang.«

Er ließ mein Haar los, band meine Fesseln auseinander und zog mich zurück in den Stand.

Ich zitterte. Am ganzen Körper.

»Sattle Velvet. Diese Nacht ist noch nicht vorbei.«

Mein Mund blieb geschlossen, weil ich nicht erwartete, er würde mir Fragen beantworten, dann ging er zum Stall gegenüber, in dem auch Velvet ihre Box hatte, und erwartete wohl, dass ich ihm folgte.

Ich brauchte einen Moment, um mich zu sammeln, um mich daran zu erinnern, wie man einen Schritt vor den anderen setzte. Ein Teil von mir wollte ihm hinterherlaufen und so lange mit ihm streiten, bis wir versöhnt und vögelnd am Boden lagen, aber ich wusste, dass das utopisch war. Erstens würden wir uns nie versöhnen und zweitens wollte mein Kopf ihn auch nicht mehr vögeln.

Also alles wie gehabt.

Bei jedem Schritt stach der Schmerz in meinen Rücken, und erst als ich den Stall erreichte, wurde es etwas

besser. Ich wusste nicht, ob Smoke besonders hart zuge-
schlagen hatte oder ob das noch die sanfte Tour gewesen
war.

In einer Art frustrierter Resignation sattelte ich Velvet, während er dasselbe mit Storm tat. Ich glaubte nicht,
dass er nun mit mir den lange ersehnten Ausritt plante,
und er führte die beiden Pferde auch aus dem Stall, ohne
mir die Möglichkeit zu lassen, mich umzuziehen. Er
schlang die Zügel der beiden Trensen locker über einen
der Pfosten des Verandageländers und nickte Richtung
Haus.

Ich hielt es für klüger, für einen Moment folgsam zu
sein, und ging in die Küche. Smoke hatte das Decken-
licht angeschaltet und wartete, bis ich eingetreten war.
Mein Rücken hatte sich wieder entspannt, also ging ich
davon aus, dass nicht mehr von seinen Hieben bleiben
würde als ein paar Striemen.

Hass durchzuckte mich wie ein besonders heftiger
Stromschlag. Eigentlich hatte ich das Arbeitszimmer nur
verlassen, um die Fremde vor dem Auspeitschen zu beschützen, aber natürlich hatte ich keinerlei Macht,
Smoke davon abzuhalten – nein, er nahm einfach mich
als Opfer. Wo auch immer die Frau hingelaufen war; ich
zweifelte nicht, dass Smoke sie wieder einfangen würde.

»Iss.« Er stellte mir zwei Scheiben Toast mit Marga-
rine bestrichen vor die Nase, dazu ein Glas Wasser.

»Keinen Appetit, danke.«

»Das war keine Frage, ob Madame Hunger hat. Es
war ein Befehl.«

»Ich habe keinen Appetit, danke!«

Er ließ eine Faust auf den Tisch donnern, was den
Teller in die Luft hüpfen und mich zusammenzucken

ließ. Die Pferde wieherten draußen. Auch Smoke wirkte wie ein Tier, als er versuchte, seine Atmung zu kontrollieren. »Möchtest du mitkommen, Cinder?«, fragte er betont ruhig. So ruhig, dass es besonders gefährlich klang. »Oder soll ich dich hierlassen, wo jederzeit die Biker zurückkommen können, um dich zu holen?«

»Mitkommen?«

»Na, wozu hast du gerade Velvet gesattelt?!«

Ich öffnete den Mund. Keine Ahnung. Vielleicht für Boone, vielleicht für die Hure oder einfach nur, damit er mich ärgern konnte.

Er schob mir den Teller bis vor die Tischkante. »Iss. Du wirst eine Weile nichts bekommen.«

Zögernd klappte ich das Toast zusammen und nahm einen Bissen. Unter seinem strengen Blick kaute ich schneller und verschlang das Toast schließlich mit vier Bissen. Dann leerte ich das Glas.

Smoke wandte sich sofort zur Tür. »Du bleibst immer bei mir. Du wirst nicht abhauen, du wirst nicht diskutieren. Der Grad deiner Folgsamkeit entscheidet darüber, ob du die nächsten Tage reiten können wirst. Oder die nächsten Wochen.«

Ah ja. Wir waren also wieder bei kindischen Drohungen angelangt. »Okay.« Ich stand auf, folgte ihm nach draußen und bestieg die Stute. Noch immer beherrschte ich es mehr schlecht als recht, aber schließlich fand ich mich im Sattel wieder. Smoke reichte mir eine Lampe und zeigte mir, wo ich sie befestigen musste. Dann schloss er lange Zügel an das Zaumzeug der Stute und führte sie so hinter sich her. Er trieb die Pferde an, sodass sie in einen gemächlichen Trab verfielen, und ich hatte alle Hände voll damit zu tun, auf dem Pferd zu bleiben und die aufkommenden Schmerzen in meinem Rücken auszublenden. Wir ritten eine ganze Weile die Straße entlang, die zur Ranch führte, und bogen nach einer halben Stunde auf einen Feldweg ab. Der Mond schien hell über uns, was die Sicht erleichterte.

Als Smoke die Pferde mit einem *Brrr* zum Schritt verlangsamen ließ, dankte ich es ihm in Gedanken. Mein Rücken fühlte sich wieder an, als würde er auseinandergerissen werden, und der langsame Gang der Stute schmälerte die Schmerzen um einiges.

Nach weiteren drei Meilen zeichnete sich eine Hütte am Waldrand ab. Ihr gegenüber befand sich ein großer Stall, und der eingezäunte Platz sah aus, als würden tagsüber Schweine in dem Dreck wühlen.

Smoke hielt die Pferde vor der Haustür an und ließ sich vom Sattel gleiten. Er klopfte an die Tür.

Die Szenerie erinnerte mich an einen Horrorfilm, als das Türblatt langsam zurückglitt. Ein schwarzes Loch tat sich auf und im Schatten konnte ich ein Augenpaar ausmachen.

»Sie bleibt bei dir, bis ich zurückkomme.« Smoke nickte mir zu, was wohl bedeutete, dass ich absteigen sollte.

Ich kam unglücklich hart am Boden auf und näherte mich unwillig der Tür. Erst als die Gestalt dahinter zurücktrat und sich die Tür weiter öffnete, fiel Mondschein auf das zerfurchte Gesicht.

Boone.

Das war also sein Zuhause? Diese ... ›Hütte‹ am Waldrand?

»Ich brauche Rascal.«

Boone verschwand auf Smokes Worte hin ganz nach

drinnen. Kurz darauf war Fußtrappeln zu hören und ein großer Schäferhund sprang Smoke entgegen.

»Brav, mein Guter«, sagte Smoke sanft und streichelte ihn. Er hielt ihm ein Stück Stoff unter die Schnauze, woraufhin der Hund konzentriert zu schnüffeln begann und die Ohren aufstellte. Wenn mich nicht alles täuschte, war es ein Damenslip. Der Slip der Nutte? Echt jetzt?

Smoke ging wieder zurück zu Storm und saß auf.

»Du willst mich jetzt nicht wirklich hier lassen, oder?«, rief ich zu ihm hoch.

Er blickte auf mich herab und schwieg. Dann trieb er Storm mit einem Schnalzen an, woraufhin der Rappe herumtänzelte und den Weg zurück nahm, den wir gekommen waren. Die Stute und der Schäferhund folgten ihm.

»Okay, toll.« Ich drehte mich zu Boone um, der wenigstens in der Zwischenzeit so freundlich gewesen war, eine Öllampe anzuzünden.

Er öffnete die Tür, und ich nahm wohl oder übel die Einladung an, zu ihm einzutreten. Das Häuschen bestand aus einem Raum. Es gab kein Bad, nur eine Art Küchenzeile ohne Wasserhahn und ein unbequem aussehendes Pritschenbett, davor standen ein Sofa, ein Tisch, zwei zerbrechlich aussehende Stühle, in der Ecke lagerten auf Regalbrettern ein paar Kleidungsstücke, und ich wunderte mich, dass es nicht stank. Eigentlich roch es sogar ziemlich gut nach frischem Holz und Waldluft.

Ich setzte mich auf den Stuhl. »Schön hast du es hier.«

Boone verzog die Lippen, was bei jedem anderen Menschen eine bösartige Grimasse dargestellt hätte, bei ihm aber eine Art Lächeln sein musste. Er öffnete ein Schubfach der Küchenzeile, kramte darin herum und warf mir schließlich ein Kartendeck auf den Tisch.

»Du willst ... dass wir zocken?«

Er zuckte mit den Achseln.

»Okay, dann erklär mir erst mal, warum du nicht sprichst. Bist du wirklich stumm?«

Er zögerte, dann nickte er.

»Schon von Geburt an?«

Wieder zögerte er, dann schüttelte er den Kopf.

»Und warum arbeitest du für Smoke?«

Boone blickte zurück, und mir war klar, dass ich ihm eine Ja-nein-Frage stellen musste. Er griff nach einer alten Zeitung und einem Stift, der auf einem vollgekritzelten Kreuzworträtsel gelegen hatte. Mit ein paar schnellen Bewegungen schrieb er etwas darauf.

Der Text, den er mir zeigte, war voller Fehler.

Velches Spil kenst du?

»Poker.« Ich konnte es nicht wirklich gut, aber zumindest die Regeln waren mir ein Begriff.

Er nickte, dann holte er wieder etwas aus seinem Schubfach. Zehn Kronkorken verteilte er auf dem Tisch. Jeder erhielt fünf.

»Wow, was für ein Einsatz.« Ich kam mir so blöd vor. Alles, was ich in den letzten Wochen getan hatte, war einfach nur blöd gewesen und gipfelte in dem Pokerspiel mit einem Stummen, der allen Ernstes um Flaschendeckel spielen wollte.

Er kritzelte wieder etwas auf die Zeitung.

1 Dekel = 1 Frage

»Du willst mir auch Fragen stellen?«, mutmaßte ich.

Er nickte.

Hm. Was konnten das schon für Fragen sein?
»Okay.« Ich nahm die Karten, mischte und teilte aus.
Mein erstes Blatt war sehr gut und ich gewann direkt
zwei Fragen von ihm.

Da wir die ganze Nacht Zeit hatten, fragte ich das
Erste, das mir einfiel. »Arbeitest du für Smoke oder bist
du ... quasi sein Gefangener?«

Boone lachte und etwas an seinem offenen Mund
irritierte mich. Als würde irgendetwas fehlen ... Er nahm
die Zeitung und kritzelte eine Antwort darauf.

›Ich lebe, veil er lebt.‹

»Okay, das ist keine Antwort.«

Boone hob fast schon genervt eine Braue, dann kritzelte er noch etwas. ›Ich arbaite MIT ihm.‹

»Ah ja. Bist du auch manchmal dabei, wenn er
Frauen auspeitscht oder sie misshandelt?«

Boone wirkte für einen Moment verwirrt, dann
schüttelte er den Kopf.

»Das war dann wohl eine verschwendete Frage.«
Ich schob die Karten zusammen und reichte sie ihm.
Bei der nächsten Runde war mein Blatt zwar noch
besser, aber Boone gewann dennoch. Gleich vier
Fragen landeten auf seiner Seite. »Okay, dann schieß
mal los.« Ich lehnte mich mit verschränkten Armen

auf dem Stuhl zurück und las über Kopf sein Ge-
kritzel.

›Ist dain Name virklisch Cinder?‹

Ich nickte. »Jap.«

›Hat er dich ausgepaitscht?‹

Ich starrte auf seine Buchstaben, in der Hoffnung, er
hätte sich verschrieben. »Wieso zur Hölle interessiert
dich das?«

Er tippte auf die Frage.

»Ja«, presste ich zwischen den Zähnen hervor. »Befriedigt das den gestörten Teil in deinem Kopf?«

Er ließ sich zu keiner Entgegnung herab und stellte
seine dritte Frage. ›Warum bleibst du bei ihm?‹

»Ich habe keine Wahl«, zischte ich.

Er wirkte ungläubig.

»Als ich dein Auto klauen wollte, hatte der Wagen
nicht mehr genug Sprit, wurde mir gesagt. Außerdem
betont Smoke immer wieder, dass er mich sowieso einfangen wird.«

Boone schien einen Moment nachzudenken. ›Sol ich
dir helfen?‹

Ungläubig las ich seine Worte. »Du willst mir helfen? Seit wann?«

Er stand auf, ging zur Haustür und griff nach einem
Schlüssel, der an einem einzelnen Haken hing. Es war
der Schlüssel zu seinem Chevrolet. Er hielt ihn mir mit
ausgestreckter Hand hin, und ich öffnete perplex die Finger, als er ihn auf den Tisch fallen ließ.

Als Einsatz.

»Penner«, murmelte ich, rechnete mir aber hohe
Chancen aus, dass ich gewann. Bei der nächsten Runde
konzentrierte ich mich, aber da ich nur noch einen Fla-

schendeckel übrig hatte, verlor ich. Der Schlüssel wanderte in Boones Pott und zudem verlor ich eine weitere Frage an ihn.

›*Magst du den Sex?*‹, fragte er, als wäre er ein Dr. Love aus einer Teeniezeitschrift.

»Ja, Boone«, säuselte ich und beugte mich vor. »Vielleicht hast du ja Lust, das nächste Mal mitzumachen.«

Boone lachte wieder, und ich erkannte, was in seinem Mund fehlte. Er hatte noch fast alle seine Zähne, aber keine Zunge.

Ich schluckte schwer. Wer hatte ihm das angetan? Ein Grund mehr, ein paar Fragen zu gewinnen.

Er spendierte mir zwei Flaschendeckel, damit ich weiterspielen konnte, und schuldete mir prompt eine nächste Antwort, weil ich gewann. Doch mir fiel es schwer, mich für eine Frage zu entscheiden. Es gab so viel, das ich wissen wollte, und so viel mehr, das mich brennend interessierte. Letztendlich entschied ich mich für eine, die hoffentlich ein paar andere mit einschloss. »Warum vertraust du ihm?«

Boone schien sich unwohl bei dieser Frage zu fühlen und griff nur zögernd nach der Zeitung. Schließlich suchte er sich eine freie Stelle und begann zu kritzeln. ›*Er behandlt alle Tire gut.*‹

»Das ist deine Antwort? Er behandelt alle Tiere gut? Deswegen vertraut man jemandem und arbeitet für ihn, ›lebt‹ für ihn?«

Boone zuckte mit den Achseln.

»Dieses Spiel macht keinen Spaß. Gibt es hier irgendwo so etwas wie eine Toilette?«

Boone seufzte, erhob sich und drückte mir die Gaslaterne in die Hand. Dann begleitete er mich nach draußen und zeigte auf einen Bretterverschlag.

Ein Plumpsklo.

»Alles klar, ich geh in den Busch.«

Boone blieb bei der Tür stehen.

»Ich haue schon nicht ab, okay?«

Er sah nicht gewillt aus, mich hier draußen alleine zu lassen. Also suchte ich mir einen Busch, der mich möglichst gut abschirmte, und öffnete meine Hose. Dabei fiel mein Blick auf eine Art Hühnerstall. Dahinter konnte ich mich noch besser verstecken.

Ich machte meine Hose wieder zu und ging auf den Stall zu, wodurch ich aus Boones Blickfeld verschwand. Je weiter ich mich näherte, desto lauter wurde ein ganz bestimmtes Geräusch. Ein ... Schnarchen? Ich hielt die Laterne höher, leuchtete zwischen die Gitterstäbe und wurde jäh zurückgerissen.

Boone fasste mich von hinten und rang mich zu Boden.

»Was soll das!«, rief ich wütend, griff nach der Lampe und schlug sie ihm gegen den Kopf. Das ließ ihn von mir heruntersacken, ich rappelte mich hervor und schlug erneut auf ihn ein, bis er liegen blieb.

Dann nahm ich die Lampe, die aus irgendeinem glücklichen Grund noch brannte, und hielt sie erneut vor den kleinen Stall.

Zwei Augen blickten mir entgegen.

Menschliche Augen.

»Fuck«, fluchte ich und wich zurück.

»Wer bist du?«, fragte der Mann mit einem Husten. Er lag quer auf ausgestreutem Stroh, seine langen Beine passten gerade so in den Holzverschlag. »Was machst du hier?«

Boone regte sich wieder am Boden. Kurzerhand griff ich nach einem losen Brett, das an das Stallgitter gelehnt war, und schlug es ihm auf den Kopf.

Der Mann im Stall starrte mich mit weit aufgerissenen Augen an. Ich führte das Licht an seinem Körper entlang. Es war der Mann, der von Smokes Ranch geflohen war. Ein Blackwolf. Seine Wunden waren noch immer deutlich zu sehen. Er war entweder von einem Truck überrollt oder zusammengeschlagen worden.

»Wer hat dir das angetan?«

Der Mann hustete als Antwort. »Bitte, lass mich frei.«

»Hilfst du mir dann zu entkommen?«

»Entkommen?«, fragte er. Panik durchleuchtete seinen Blick.

»Fliehen! Lass uns gemeinsam fliehen!«

Er nickte, stemmte sich im Stroh hoch und ich betrachtete den Bretterverschlag genauer. Vor den Gittertüren hing ein großes Vorhängeschloss. Ich musste den Verschlag selbst zerstören. Es reichte, einmal ums Haus zu gehen, bis ich eine Axt bei einem Stapel Holz fand.

»Zieh deine Beine an«, wies ich den Fremden an und schlug seitlich gegen das Holz. Es brauchte ein paar Schläge, bis die Bretter nachgaben. Ich machte so lange weiter, bis das Loch groß genug war und der Blackwolf sich herauswinden konnte. Kaum hatte er sich hervorgeschält und aufgerichtet, fiel mir auf, wie malträtiert seine Haut wirklich war und wie dünn er wirkte. Er hatte langes Haar, das ihm schmierig auf die Schultern fiel, und eine markant große Nase. Sein Gesicht war lang geformt und sein Kinn stand leicht hervor.

»Okay, im Haus liegt ein Schlüssel«, begann ich hastig, »Boone hat ein Auto und wir müssen nur ...«

Der Typ riss plötzlich am Stiel der Axt und wand sie aus meinen Händen.

Ich wich zurück, doch er schlug sie nicht nach mir, sondern warf sie nur weit weg ins Gras, dann rannte er.

Er rannte in den Wald, so schnell, dass ich kaum gucken konnte, hinter welchem Busch er verschwand. Nur wenige Sekunden später herrschte Stille.

Ich starrte ihm hinterher und wollte es nicht glauben. Würde mich denn jeder in diesem gottverlassenen Bundesstaat im Stich lassen?

Erst Ivy? Dann jemand wie Boone? Jetzt so ein schräger Vogel?

Was war bloß los in Montana?

Als Boone sich wieder regte, wusste ich nicht weiter. Es war besser, schon über alle Berge zu sein, wenn er mich an Smoke verpetzte. Ich lief ins Haus, fischte den Schlüssel vom Tisch und rannte in Richtung des einzigen Holzschuppens, in dem ich ein Auto vermutete. Ich hechtete hinters Steuer, rammte den Schlüssel ins Schloss, legte den Rückwärtsgang ein und schoss nach hinten aus der Garage. Boone tauchte hinter mir im Rückspiegel auf und hob ein Gewehr, als ich in den Vorwärtsgang schaltete.

Ich gab Gas, während Schüsse hinter mir in der Nacht hallten, duckte mich nach vorn, damit mich keiner davon traf, doch schon im nächsten Moment ruckelte das Auto. Ein Reifen war geplatzt.

Nichtsdestotrotz drückte ich das Gaspedal durch,

der Motor heulte auf, der zweite Reifen platzte, das Auto verkeilte und ich blieb stehen.

Verdammt.

Verdammt, verdammt, verdammt.

Im Rückspiegel beobachtete ich, wie Boone auf mich zukam, das Gewehr erhoben. Ich blieb sitzen und fühlte mich wie bei einer Polizeikontrolle.

Er richtete das Gewehr auf mich und ich ließ das Fenster herunter. Obwohl ich echte Panik hatte, er käme doch noch auf die Idee, mich zu erschießen, lächelte ich. »Nächstes Mal nehme ich das Plumpsklo, okay?«

DIE NATUR

SIE RAUBT EINEM ALLES UND GIBT GLEICHERMASSEN. WAS KÖNNTE GERECHTER SEIN ALS DAS SPIEL VON LEBEN UND TOD?

Die Berührung einer warmen Hand weckte mich. Ich schmiegte mich für einen Moment in das Gefühl, es wäre alles gut. Für einen Moment fühlte ich mich geborgen, angekommen, verstanden. Für einen Moment war alles schön.

Dann schlug ich die Augen auf und meine schmerzenden Knochen wachten mit mir auf.

Smoke hockte vor mir und feixte. »Ich hätte wetten können, Boone überlässt dir sein Bett. Aber wie ich sehe, hast du beim Pokern wohl verloren.«

Mein Körper ächzte, als ich mich versuchte zu bewegen. Ich hatte die Nacht mit den Händen am Küchenschrank gefesselt verbracht. Boone besaß keinen elektrischen Strom und daher auch keinen Herd oder sonst was. Er war so freundlich gewesen, mir ein Kissen zu spendieren, mit dem ich mich in die Ecke zwischen Schrank und Wand hatte lehnen können. Ich merkte den kurzen Schlaf und die furchtbare Nacht überall in meinen Knochen. Jedes noch so kleine Glied fühlte sich steif an. Selbst meine Zehen.

Ich ließ mich nicht zu einer Antwort herab.

Boone schlief noch in seinem Bett und wurde auch nicht wach, als Smoke meine Hände befreite.

»Lass uns nach Hause gehen, Cinder.«

»Das wird niemals mein Zuhause sein.«

»Da hat wohl jemand nicht gut geschlafen«, sagte er gut gelaunt und richtete sich auf.

In Boones Bett bewegte sich etwas, dann war er plötzlich hellwach und stand mitten im Raum. Er machte mit einem Fußtritt auf den Boden auf sich aufmerksam, was Smoke sich zu ihm herumdrehen ließ.

Mit Zeichensprache zeigte er ihm irgendetwas.

Smokes Miene wurde steinern. »Was?«

Boone zeigte nach draußen und Smoke stürmte sofort los.

Ich rieb mir meine Hände. »Danke, dass du mich sofort verpetzt hast«, murmelte ich.

Boone hatte nicht mehr für mich übrig als einen desinteressierten Blick.

Ich folgte den beiden Männern nach draußen. Smoke hob gerade die Axt auf, mit der ich den Fremden aus dem Hühnerstall befreit hatte.

»Was hast du gedacht, was ich tue?!«, rief ich ihm wütend zu. »Zusehen, wie du ihn totprügelst?«

Smoke antwortete nicht, sondern ging an mir vorbei, die Axt drohend in der Hand, und hob Rascals Leine auf, der im Schatten schlief. Er gab diese an Boone weiter, der den Schäferhund an den Stall heranführte, während Smoke sich auf sein Pferd schwang.

Dann verschwand er mit dem Hund Richtung Wald und ich blieb mit Boone zurück.

»Warum sollte ich ihn nicht freilassen, hm?«

Boone wirkte genervt, als er mit dem Finger in der Luft herumfuchtelte und Richtung Haus zeigte.

»Was?«

Er zeigte die Geste deutlicher, als würde er etwas in die Luft schreiben. Ich ging ihm hinterher ins Haus und er schrieb etwas nieder.

›Er wolte hälfen.‹

»Der Blackwolf?«, rätselte ich. »Ihr verprügelt jeden und sperrt ihn in Hühnerställe, der helfen will?«

Boone verdrehte die Augen und schüttelte den Kopf.

»Smoke? Smoke wollte ihm helfen?«

Er nickte.

»Indem er ihn in einen Hühnerstall sperrt? Wow, diese aufopfernde Fürsorge. Fast so gut wie Waffen nach Afrika zu transportieren und es humanitäre Hilfslieferung zu nennen.«

Boone ballte die Hände zu Fäusten. Ich schien ihn wirklich wütend zu machen. Er nahm den Stift in die Hand und zitterte, als er seine nächsten Worte in fetten, großen Buchstaben schrieb.

›NOMALERWEISE HÄTE ER DICH LÄNGS GETÖTET.‹

Ein Schauer lief über meinen Rücken. »Ja, das sagt er mir auch ständig.«

Boone donnerte die Spitze des Bleistifts aufs Papier, sodass sie brach, dann umfasste er plötzlich mein Handgelenk. Schraubstockartig packte er zu und zerrte mich aus dem Haus.

Ich ließ mich von ihm mitschleifen, weil ich mich ans Mitschleifen schon so nett gewöhnt hatte, als er mich direkt zum Schweinestall brachte. Ein paar der großen, schweren Tiere wühlten auf dem schlammigen Platz herum und Boone zog mich unbeirrt mitten durch den Dreck. Vor der Haupttränke beim Stall hielt er inne und bückte sich. Er matschte im Schlamm herum und zog einen Stofffetzen hervor. Diesen warf er mir vor die Füße. Dann wühlte er weiter und hielt einen Knochen in der Hand. Er landete ebenfalls vor meinen Füßen. Und schließlich die Schnalle eines Gürtels.

Dann einen ganzen Kiefer.

Den eines Menschen.

Ich trat einen großen Schritt zurück und überlegte fieberhaft, ob ich mich nicht täuschte. Aber die Art und Weise, wie Boone sich mit der sauberen Hand gegen den Kopf schlug, auf die Überbleibsel einer möglicherweise menschlichen Leiche zeigte und dann auf mich, ließ meinen Mund trocken werden.

Wie zur Bestätigung meiner Gedanken, Boone würde Leichen an seine Schweine verfüttern, kam Smoke zurück aus dem Wald. Er trug etwas Großes, Schweres quer über den Sattel. Es musste der fremde Mann sein, den ich aus seinem Käfig befreit hatte. Als er vor dem Zaun zum Schweinestall mit Storm stehen blieb, ließ er den Körper zu Boden rutschen. Er fiel in den Matsch und verspritzte dreckiges Wasser zu allen Seiten.

Der Blackwolf war tot.

Kein gewöhnlicher Körper sah so aus. An seiner linken Lende trug er eine gewaltige Fleischwunde, die gestern Nacht definitiv noch nicht da gewesen war. Ich bezweifelte, dass Smoke ihm das angetan hatte.

»Cinder«, rief Smoke mir zu. Es war ein Befehl. Wie

man ein Tier rief, und ich folgte. Wie ein Tier folgen würde.

Selbst wenn es auf die Schlachtbank zuging.

In der Hoffnung, dass es doch nicht das Ende war.

Smoke brachte mich dazu, auf Velvet aufzusitzen, und führte uns wie gestern Nacht an. Der Ritt schien endlos zu sein und ich konnte keinerlei Freude daran empfinden. Vor allem, da mir alles wehtat. Einfach alles.

Bei der Ranch angekommen, verlangte er von mir mit knappen Worten, dass ich mich um die Stute kümmern sollte. Wie nach all den Reitstunden, die er mir schon gegeben hatte, befolgte ich seine Anweisungen, doch mit jedem einzelnen Handgriff zitterte ich mehr. Als wir fertig waren und die Tiere auf die Weide entließen, glaubte ich, ein einzelner Windhauch würde genügen, um mich umzustoßen.

Smoke wollte sich schon zum Haus wenden, als er meinen Zustand bemerkte und stehen blieb.

»Habe ich ... habe ich ihn ... umgebracht?«

Schatten bevölkerten seine Miene. Sein Hut saß tief. Vermutlich verbarg er dadurch die Müdigkeit, die ihn wie mich nach letzter Nacht befallen haben musste. »Er ist selbst in den Wald gelaufen, oder? Obwohl er die Gefahren kennt.«

»Aber ich ... Wieso war er da gefangen?«

»Weil ich zum ersten Mal Mitleid bekam.«

»Mitleid?«, fragte ich verstört. »So sehen Menschen aus, wenn du *Mitleid* mit ihnen bekommst?«

»So sehen Menschen aus, wenn sie in Montana den falschen Leuten begegnen. Er hat sich nur schwer erholt.«

»Erholt? Nachdem du ihn geprügelt hast, weil du es brauchtest?«

Smoke zog seinen Hut noch tiefer in die Stirn. »Ich habe dich gestern Nacht angelogen, Cinder. Ich habe den Blackwolf nicht gefangen gehalten – und schon gar nicht, um ihn zu prügeln. Kein Mensch der Welt bekommt die Wahrheit aus mir heraus, wenn er mich foltert. Auch nicht du.«

Dann war also alles umsonst gewesen? Einfach alles?

»Folg mir.«

Ich trottete ihm geschlagen hinterher ins Haus. Keine Ahnung, was jetzt passierte. Langsam schien so gar nichts mehr Sinn zu ergeben. Warum noch mal hielt er mich fest? Um mich vor den Rockern zu beschützen? Oder war das auch ein Trick gewesen, um mich dazu zu bringen, ihn zu befreien?

Log er einfach die ganze Zeit?

Gerade dann, wenn er behauptete, es nicht zu tun?

Er führte mich bis in mein Schlafzimmer und dann ins Bad. »Zieh dich aus und dusch dich.«

Resigniert gehorchte ich und trat unter den Wasserstrahl. Smokes Blicke bewusst wahrnehmend, hätte ich mich am liebsten vor ihm verborgen. Ich fühlte mich so schlecht. So dumm, naiv und schlecht. Vor allem aber hatte ich einen Menschen befreit, in der Hoffnung, ihm zu helfen, war von ebendiesem Menschen im Stich gelassen worden und hatte seine Leiche sehen müssen.

Seine Leiche.

Ich konnte kaum noch gerade stehen, als ich nach einem Handtuch griff und mein Haar trocknete, schließlich meinen Körper. Smoke schickte mich zum Bett, holte wieder die Fesseln hervor und fixierte mich am Gestell. Ich sah ihn müde an und wunderte mich nicht mehr, mit welcher Wut und welchem Zorn er mich betrachtete. Vielleicht glaubte er, ich würde es nicht mitbekommen, aber ich kannte den Ausdruck in seinem Gesicht mittlerweile gut genug.

Er ließ mich zurück und ging ebenfalls duschen. Sehr viel länger und ausgiebiger als ich, sodass ich schon in einen Dämmerschlaf hinübergesunken war, als er wieder ins Zimmer trat.

Er war nackt.

Meine Sinne schlugen Alarm, irgendwo in mir regte sich ein Funken Sehnsucht. Als er auf mich zukam, aufs Bett stieg und meine Beine spreizte, wusste ich noch nicht, ob ich es wollte, aber ich wusste, dass es ihn nicht interessierte.

Im nächsten Moment war er in mir, vergrub sich stöhnend bis zum Anschlag, griff fest in meinen Arsch und drückte mich gegen die Bettkante. Die Augen geschlossen, einen seligen Ausdruck auf dem Gesicht, fickte er mich, bis er kam. Dann spritzte er auf meinem Bauch ab und wischte seine Spuren mit dem Handtuch ab, das ich aus dem Bad mitgenommen hatte.

Er küsste mich zwischen meine Brüste, während ich mich auf doppelte Weise leer fühlte. Leer, weil er mich einfach nehmen konnte und ich ihm unterlag, und leer, weil es Momente zwischen uns gegeben hatte, als ich mich nach seinem Schwanz in mir gesehnt hatte, und mir das auf abstruse Weise fehlte.

»Wir sollten uns beide ausschlafen.« Mit diesen Worten ging er, aber es dauerte noch eine Ewigkeit, bis ich wirklich schlief.

DAS TIER

REITEN WAR SCHON IMMER MEIN LIEBSTES HOBBY.

Ich hatte erwartet, dass er mit mir sprechen würde, mir meine Fragen beantworten würde, ohne erst darauf zu warten, dass ich sie stellte, überhaupt irgendetwas tun würde, das die Sache zwischen uns klärte, aber ich erwartete zu viel.

Smoke ließ mich die nächsten Tage einfach am Bett gefesselt. Er wusste wohl, dass das die schlimmste Folter für mich war. Ich lag da, starrte an die Decke und musste darauf warten, dass er sich bequemte, zu mir zu kommen. Mich zur Toilette gehen ließ, mir Essen brachte. Immer, wenn er kam, nahm er mich, wie es ihm passte.

Mein Körper reagierte darauf wie ein Ungeheuer, das nach dem nächsten Stück Fleisch lechzte und damit ruhiggestellt wurde. Ich machte mir nicht einmal die Mühe, zu sagen, dass ich es eigentlich nicht wollte. Im Kopf hatte ich ihm nie wieder eine Zustimmung gegeben, meine Schenkel waren es, die sich unbewusst öffneten, sobald er den Raum betrat.

Ich wurde schon feucht, wenn ich seine Schritte auf der Treppe hörte. Meine Nippel waren hart, bevor er den Türknauf drehte, meine Atmung beschleunigte sich, sobald die Tür aufglitt. Und wenn er eintrat, noch nach Stall roch oder Feld oder einfach nur nach dem männlichen Ihm, wurde ich weich und willig wie eine Puppe.

Er fickte mich oft ohne weitere Worte, benutzte mich auf schäbigste Art. Kam in meinem Mund, auf meinen Brüsten, belagerte mich in der Dusche. Wenn er meinen Hals umfasste und leicht zudrückte, gefiel es mir besonders, und die wenigen Male, als er einfach so meinen Hintern hochzog und ihn spankte, blieben tief als Sextraum in meinem Gehirn verankert.

Da er sich nicht darum bemühte, dass ich auch kam, war ich irgendwann so angeheizt, dass eine winzige Berührung genügte und ich zersprang. Ich zersprang einfach. In wie viele Teile, wusste ich nicht und zusammensetzen ließ ich mich auch nur schwer.

Jedes Mal, wenn er wieder ging, fühlte ich mich noch ein bisschen schlechter.

Schlechter, weil ich es zuließ. Weil mein Körper es genoss. Weil ich Smoke so egal war.

Und jedes Mal, wenn er mich versauern ließ, ich nicht schlafen konnte und nur gegen die Decke starren musste, verteufelte ich ihn aufs Äußerste. Aber dann kam er wieder. Er kam immer wieder. Und er nahm mich so lange, bis ich für all die Wut und all die Warterei entschädigt war.

Am vierten Abend öffnete er seinen Gürtel und hielt seinen Schwanz direkt vor meine Lippen. Ich wünschte, ich hätte herausgefunden, was passieren würde, wenn ich meinen Mund nicht sofort für ihn öffnete, doch ich hatte es bisher jedes Mal einfach getan.

Ich wollte es so sehr, dass es mich innerlich verrückt

machte. Allein seinen Schwanz in meinem Mund zu fühlen, machte mich so endlos geil, dass ich einem Orgasmus entgegenschwebte.

Smoke griff fest in mein Haar, während er sich in mir bewegte. Er ließ sich immer viel Zeit. Vermutlich, weil er körperlich gar nicht anders konnte. An einem der Tage kam er fünfmal zu mir und fast jedes Mal kam er auch zum Orgasmus.

Manchmal schaute er auf mich herab, wenn er meinen Mund fickte, und manchmal hielt er die Augen geschlossen wie jetzt. Eine halbe Ewigkeit vögelte er meinen Mund, bis er sich langsam zurückzog und mit dem Daumen über meine Unterlippe strich. »Du Luder«, sagte er und lächelte schief.

So nannte er mich oft, und mir war klar, dass ich das war. Keine andere Wahl zu haben, war das eine. Sich daran wie ein sexuell verdorbenes Miststück aufzugeilen, das andere.

Er zog sich vollständig aus, hockte sich aufs Bett und spreizte meine Beine fast zum Spagat. Auch das hatte er oft getan. Dann blickte er auf seinen riesigen Schwanz hinunter und schob ihn langsam in mich. Obwohl ich heute Mittag nicht einmal mehr richtig zur Toilette hatte gehen können, weil ich wund und ausgenudelt war, war ich feucht wie eine Regendusche. Smoke schob sich Zentimeter für Zentimeter in mich vor und ich genoss jede einzelne Sekunde davon. Er dehnte mich gemächlich, auch wenn ich mich längst an seine Größe gewöhnt hatte und dieses vorsichtige Vorgehen nicht brauchte. Doch er genoss es ebenso. Schließlich packte er meine Oberschenkel, zog mich vor seinen Schwanz, sodass ich breitbeinig vor ihm lag, und rammte sich in mich.

Oft konnte ich das Stöhnen einfach nicht zurückhalten, so wie jetzt. Jeder einzelne Stoß seiner Lust fühlte sich so gut an, dass ich schreien wollte. Aber ich hatte gelernt, meinen Orgasmus zurückzuhalten, und ließ immer erst los, wenn er auch so weit war. In der Hoffnung, er würde es dann nicht so sehr bemerken – oder so. Oft kam ich auch mehrmals. Er kommentierte es nie, machte einfach weiter. Wenn ich dabei besonders leise war, bildete ich mir ein, er würde es gar nicht mitbekommen.

Aber das war ein Trugschluss. Er wusste ganz genau, wie geil mich das alles machte.

Statt sich in mir zum Höhepunkt zu ficken, zog er sich zurück und drehte mich herum. Meine Hände in den Fesseln verschränkten sich übereinander, aber ich hatte mich an diese Position gewöhnt. Oft war er nur gekommen, hatte mich wie ein Tier von hinten gevögelt, bis mir wirklich alles wehtat und ich mich bei jedem brutalen Stoß zusammenzog, und war wieder gegangen.

Als er meinen Hintern anhob und darüber streichelte, wollte ich fast winseln. Ich liebte es, wenn er mich schlug. Vor allem, wenn er mich danach von hinten fickte. Auch jetzt brachte mich der erste Schlag dazu, noch tiefer zu stöhnen. Der zweite ließ die Feuchtigkeit aus mir heraussickern. Der dritte war schon schmerzhaft und der vierte ließ meine Beine kurz wegknicken. Der fünfte machte mich wahnsinnig, der sechste war sanft, der siebte war als einzelner Schlag gar nicht mehr differenzierbar und nach dem achten brannte mein Hintern lichterloh.

Smoke wusste, wie er mich erlöste, und tat es auch sofort. Als sein Schwanz von hinten in mich hineindonnerte, kam ich fast allein durch diesen einen Stoß. Es dauerte nicht lang und der Orgasmus brandete über mich hinweg und versetzte mich für einen Moment an einen fernen Ort. Als würde ich schweben und fallen zugleich.

Er fickte mich weiter und weiter, bis mir von seinen tiefen Stößen schwindelig wurde. Alles an ihm war prall, und ich erwartete, dass er mir seinen Schwanz noch einmal in den Mund schieben würde, damit ich alles schluckte, was er hineinspritzte, als er sich zurückzog und seine Lippen plötzlich zwischen meine Arschbacken sinken ließ. Er hatte mich noch nicht mit der Zunge am Steißbein berührt und ich erstarrte innerlich. Angst machte sich in mir breit, Angst vor dieser neuen Situation. Er führte seine Zunge tiefer und drückte mit ihr gegen mein Röschen. Ich war so angeturnt, dass ich keinen Ekel empfand, als er meinen Arsch leckte. Da mein Hintern noch glühte, war es eine Wohltat, so von ihm liebkost zu werden. Er nahm zwei Finger hinzu und dehnte meinen Ausgang. Ich war nicht sicher, was ich davon halten sollte, und als ich verspannte, zog er sich zurück.

»Hast du schlechte Erfahrungen gemacht?«, fragte er.

»Nein.«

»Bist du noch jungfräulich?«

»Ja.«

»Dann heben wir uns das auf.« Er drehte mich wieder herum, hockte sich mit seinem erigierten Schwanz über mein Gesicht und schob ihn zwischen meine Lippen. »Schluck, Kleines, so gierig, wie du immer bist.«

Auch wenn mich seine Herabwürdigung nervte,

konnte ich nun mal nichts dagegen tun, dass mein Schritt noch immer brannte – vor unerfülltem Verlangen. Wie eigentlich immer. Keine Ahnung, wie oft ich kommen musste, damit es irgendwann einmal gestillt war. Und besonders ein Blowjob feuerte dieses Verlangen weiter an.

Ich lutschte seinen Schwanz so, wie ich wusste, dass es ihm gefiel, dann kam er auf meiner Zunge und schoss seine Ladung bis in meinen Rachen hinein.

Als er sich zurückzog, fühlte ich mich genauso befriedigt wie er. Die Logik dieser Gefühle hinterfragte ich überhaupt nicht mehr.

Es passierte zum ersten Mal, seitdem er mich ans Bett gefesselt und nicht mehr aus meinem Zimmer gelassen hatte, dass er sich zu mir legte.

Die Hände hinter dem Kopf verschränkt, ließ er sich auf der rechten Seite des Bettes nieder, ohne mich zu berühren.

Neidisch betrachtete ich seinen Körper. Seit so vielen Stunden und Tagen war es dieser Körper, der das Göttlichste in mir hervorrief, aber ich hatte nie die Chance gehabt, ihn zu berühren. Meine Augen wanderten über seine Muskeln, über die gespannte Haut seines Bizeps. Smokes Sixpack zeichnete sich unter der leicht behaarten Brust ab, auch sein Intimbereich war zwar gestutzt, aber nicht rasiert. Seine Beine wirkten mächtig und selbst seine Füße wollte ich am liebsten mit den Händen erkunden. Spüren, wie er sich anfühlte.

Überall.

Als ich zurück in sein Gesicht blickte, wurde mir klar, dass er mich beobachtete.

Da ich sowieso nicht bekommen würde, wonach ich mich am meisten sehnte, sank ich zurück in mein Kissen und starrte wieder gegen die Decke.

»Was?«, fragte er belustigt.

»Ich hasse dich«, murmelte ich.

Er lachte rau, was wieder Stromstöße zwischen meine Lenden schickte. »Ich mag deine Form von Hass.«

»Ich weiß. Warum fragst du dann?«

Er beugte sich über mich, sodass ich ihn ansehen musste. »Wenn ich dich losbinde, was wirst du dann tun?«

»Pinkeln gehen.«

»Und dann?«

»Dir das Gesicht zerkratzen.«

Ein wunderschönes Feixen entstand auf seinen Lippen. »Cinder«, tadelte er mich.

»Ich würde deinen ganzen Körper überall berühren, mich auf deinen Schwanz setzen und endlich so oft kommen, wie ich es brauche!«

Er hob verwundert eine Braue. »Du kommst fast jedes Mal.«

»Ja, einmal! Höchstens!«

Smoke runzelte die Stirn. Doch dann beugte er sich vor zu meinen Fesseln und löste sie.

Sofort sprang ich auf und ging zur Toilette. Ich musste eigentlich gar nicht, aber jede Minute, die er mich alleine und frei verbringen ließ, nutzte ich aus. Ich spülte, stellte mich vor das Waschbecken, wusch mein Gesicht und betrachtete mich anschließend im Spiegel. Niemand, der es nicht selbst erlebt hatte, würde mir glauben, wenn ich behauptete, nicht mehr mich selbst darin zu sehen. Sondern das, was mein Über-Ich sein musste. Meine Augen glänzten, als hätte sie jemand mit Photoshop nachbearbeitet, und mein Gesicht war so entspannt, wie ich es noch nie gesehen hatte. In all den Zeiten, in denen ich ans Bett gefesselt und meinen trägen Gedanken überlassen war, verabscheute ich mich. Dennoch befiel mich nach dem Sex eine erstaunliche Ruhe. Als würde sein Schwanz alleine reichen, damit aus dem Mensch in mir ein übernatürliches Wesen wurde.

Oder so ähnlich.

Auch nachdem ich mir zwei weitere Handvoll Wasser ins Gesicht gespritzt hatte, verschwand das Glänzen aus meinen Augen nicht. Es löste sich nicht einfach auf, nur weil ich es wollte. Smoke hatte sich viel tiefer, viel nachhaltiger in meine Gedanken gefickt. Und da würde er noch eine ganze Weile bleiben. Selbst wenn ich morgen – wider Erwarten – nach Philadelphia zurückkehren würde.

Ich verließ das Bad und sah Smoke noch immer entspannt auf dem Bett liegen. Es wäre leicht gewesen, zur Tür zu hechten, aber aussichtslos, weiter zu kommen als bis zur Haustür. Trotzdem liebäugelte ich mit dem Gedanken, weil er mich dann bestimmt zurück ins Bett schleifen und noch wunder ficken würde.

Aber dann würde ich ihn nicht überall berühren können. Also ging ich aufs Bett zu und kroch über ihn.

Er ließ es geschehen, als ich mich auf seine Brust setzte. Mit dem Finger zeichnete ich die Wirbel seiner Behaarung nach und streichelte seine Brustwarzen. Noch immer hielt er die Hände am Hinterkopf verschränkt, weshalb ich keine Scheu empfand, jeden Zentimeter Haut mit den Fingern zu erkunden. Ich streichelte seinen Bart, seine Augenbrauen, seine Ohren. Erkundete ihn wie ein Kind ein neues Spielzeug, auch wenn er nicht wirklich *mein* Spielzeug war, sondern ich seines – zumindest behandelte er mich so. Seine Haut war seidenglatt; an den Stellen seines Oberkörpers, die nicht bewachsen waren, fühlte sie sich weich und geschmeidig an, während sie an seinen strammen Armmuskeln spannte.

Ich rutschte etwas tiefer, auf seine Schenkel, und widmete mich seinem Schwanz. Eine unendliche Ruhe ging von ihm aus, als ich über seine Eichel strich, seine Vorhaut zurückzog, seinen Schaft in allen Details mit den Fingern und Augen erkundete.

Eine tiefe Wärme breitete sich aus, weil ich begann, mich wohlzufühlen. Sicher zu fühlen. Das alles, was ich sah, sollte mir gehören. Mir.

Mir allein.

Als ich hoch in seine Augen blickte, spiegelte sich mein Gesichtsausdruck darin. Aber was er wirklich dachte, was er wirklich *empfand*, woher sollte ich das wissen? Er hatte mich bisher nicht gut behandelt. Überhaupt nicht gut. Es war falsch, mehr zu wollen als diesen einen verwerflichen Moment, eine Bindung einzugehen, freiwillig zu bleiben ...

Mein Herz verkrampfte sich, meine Finger begannen zu zittern, das Atmen fiel mir schwer. Allein die Vorstellung, ich würde mich für einen Moment sicher fühlen und dann erneut fallen, erzeugte Schwindel hinter meiner Stirn. Ich brauchte Abstand. Brauchte so viele Meilen zwischen Smoke und mir wie nur möglich, damit mich das Gefühl, etwas verloren zu haben, niemals wieder heimsuchte – und niemals wieder mit all seiner Schwärze verschlang.

»Cinder«, begann Smoke warnend, als ich blitzschnell aufgestanden und zur Tür gewichen war. »Wo zur Hölle willst du hin?«

Weg, schrie mein Herz. *Lauf schneller*, heulte mein Atem.

Ich rannte nach unten, ins Wohnzimmer, nackt, wie ich war, und schnappte mir eine von Smokes Jacken. Seine schweren Schritte waren auf der Treppe zu hören, als ich durch die Haustür schlüpfte. Mein Puls hämmerte in meinen Ohren, und ich wusste, dass kein ›weg‹ weit weg genug sein würde. Also musste ich wenigstens eine Oase der Sicherheit finden. Einen Ort, an dem er mich vielleicht in Ruhe lassen würde.

Mit nackten Füßen lief ich über den erdigen Platz und erreichte Velvets Box. Ich riss die Tür auf, schloss sie hinter mir und versteckte mich auf einem der hintersten Strohballen. Meine Fingerknöchel traten weiß hervor, als ich meine Hände zu Fäusten ballte und den Schmerz darüber abzugeben versuchte. Aber er war nicht gnädig. Dieser Schmerz verging nie. Er würde mich immer finden, packen und mich daran erinnern, dass Liebe vor allem bedeutete, verlassen zu werden. Früher oder später.

Ich biss mir in die Wangen und verfluchte meine Mutter, weil immer sie es war, an die ich denken musste. Sie wusste nicht einmal etwas davon, dass Dad tot war, und sie würde es auch nie erfahren, weil es ihr egal war. Ihr war es verdammt noch mal egal, so wie ich ihr egal war.

Ihre eigene verschissene Tochter. So egal wie ein Reiskorn, das vom Regen durch den Abfluss in die nächste Kanalisation gespült wurde.

Es musste eine Stunde vergangen sein, als sich die Stalltür öffnete. Der Gedankenstrom in meinem Kopf, der ›Abstand‹ schrie und ›Nähe‹ wollte, war noch nicht versiegt.

Smoke trat ein, streichelte Velvets weiße Mähne, sprach ihr gut zu und näherte sich mir.

Ich drängte mich weiter an die Wand hinter dem Ballen, spürte die Halme des Strohs in meine nackte Haut stechen, die von der Jacke nicht bedeckt wurde.

Smoke steckte die Hände in die Taschen seiner Jeans und lehnte sich gegen die Stallwand. Sein Oberkörper war noch nackt, aber er zog mich nicht mehr wie magisch an, er stieß mich ab.

Ich wollte nur noch weg.

Weg, weg, weg, weg.

»Bitte, lass mich gehen«, flüsterte ich. Tränen schwammen auf meinen Wangen, meine Stimme klang erstickt. »Lass mich wirklich gehen. Ich werde zurück nach Philadelphia gehen, ich werde nicht zurückkommen, meine Mutter und was auch immer du mit ihr zu tun hattest, ist mir egal. Mir ist alles egal. Ich will einfach nur gehen.«

Er regte sich etwas an der Wand, blieb aber wie zuvor stehen.

»Bitte, Smoke.« Ich holte tief Luft, damit ich nicht so gebrochen klang. »Du hast gesagt, du würdest mich gehen lassen, wenn du mir vertraust. Das tust du doch, oder? Du vertraust mir. Sonst hättest du mir vor ein paar Tagen, bevor die Rocker kamen, nicht die Gelegenheit dazu gelassen, zu gehen. Das war keine Falle. Du hast mir den Schlüssel gegeben, du hast mir das Navi gegeben ...«

»Ich *weiß*, was ich getan habe«, knurrte er.

»Aber?«

Wieder herrschte Stille.

Was wollte er hier? Mich mit seiner reinen Präsenz quälen?

Ich zog den Anorak enger um mich und richtete mich auf. Wenn er hier herumstehen wollte, dann sollte er es tun. »Vielleicht ja morgen«, sagte ich tonlos und ging an ihm vorbei aus dem Stall. Er hinderte mich nicht daran, was mich auch gewundert hätte. Bisher hatte er sich eher ratlos gegeben, wenn es um die merkwürdige Frage ging, ob ich denn bitte einfach meine Freiheit zurückerhalten könnte.

Mit jedem Schritt aufs Haus zu spürte ich die Ohnmacht in mir aufkommen. Ich war gefangen. Gefangen zwischen Glück, Befriedigung und Wahnsinn. Jede Sekunde musste ich mich fragen, ob ich vielleicht verrückt geworden war, dass ich es genoss, von meinem Entführer gevögelt zu werden. Oder ob es nur ein Mechanismus meines Kopfes war, das sich abspielte, um mich vor der brutalen Realität zu schützen.

Ich schien Smokes Nähe genießen zu können, solange ich in ihm den Entführer sah, der mich in seiner Gewalt hatte, aber wehe, er wurde mehr als das ... Mehr als mein Entführer, mehr als das Monster, das mich gefangen hielt ...

Ich wollte nicht, dass er mich freiließ.

Und ich wollte unbedingt, dass er es tat, bevor meine

Gefühle für ihn noch stärker und die Schmerzen unerträglich wurden, sollte ich ihn verlieren.

Dieser Widerspruch, der meinen Kopf seit Wochen zu irrem Handeln zwang, war nicht mehr auszuhalten!

Im Haus angekommen bemerkte ich, dass Smoke mir nicht gefolgt war. Ich wusste nicht, was ich tun sollte. Zum ersten Mal seit Tagen durfte ich mich frei bewegen.

Vielleicht sollte ich einfach wieder ins Bett gehen. Hoffen, dass die Angst morgen weniger tief ging, weniger nah kam. Die Angst vor was eigentlich?

Ihn zu verlieren?

Verlassen zu werden?

Die Angst vor der Erkenntnis, dass ich ihm nicht mehr bedeutete als Sex?

Was für eine verschissene Angst war das eigentlich?

Auf dem Weg nach oben fiel mir der Spalt in der Tür zu Smokes Arbeitszimmer auf. Diese Tür stand sonst niemals offen. Ein Prickeln in meinem Nacken, zwei Schritte in die falsche Richtung und ich fand mich im Raum wieder.

Der Computer war an. Es lief der Bildschirmschoner, ein bunter Apfel, der herumrollte.

Für ein paar quälende Sekunden starrte ich darauf.

Fuck.

Ich setzte mich davor, horchte ins Haus, ob Smoke es betrat, und bewegte die Maus. Der Desktop erschien ohne Passwortabfrage.

Das war meine Chance.

Die Chance. Wenn die Polizei mich hier bei Smoke fand, würde er sich nicht herausreden können. Sie würden ihn festnehmen, er würde mich nicht verfolgen können, nicht töten können und die Rocker ... schienen sich sowieso nicht für mich zu interessieren. Sie glaubten, derjenige, der behauptet hatte, ich würde jemandem aus der Gegend ähneln, sei ganz einfach ein Spinner und das war's.

Vielleicht hatte Smoke mich in ein Wabennest aus Lügen gewoben, mich bis ins letzte Detail meines Gehirns hinein manipuliert.

Ich öffnete den Browser und wollte mich in mein Mailpostfach einwählen. Es ging nicht. Auch Google meldete einen Fehler. Der Verlauf war leer. Die einzige Seite, die als Startseite abgespeichert war, war die einer Tierärztin. Es lag also nicht am Netz, dass sich die anderen Seiten nicht öffneten. Kurz überlegte ich, ob ich einfach der Ärztin schreiben sollte, aber wenn Smoke sie so gut kannte, dass er sie als Startseite abspeicherte, sollte ich nicht darauf setzen, dass sie mir half.

Ich gab ein paar Adressen ein. Die meisten waren gesperrt. Erst als der Browser selbst einen Vorschlag zur Autovervollständigung machte, funktionierte das Laden der Seite.

Ein Forum für Heilkunde. Grün blinkten die Lettern ›Heilung geht über die Seele‹ auf der Startseite. Ich fand Reiter wie Homöopathie, Geistheilung, Energiebehandlung und anderes, worunter ich mir nichts vorstellen konnte. Man konnte einen Beitrag als Gastautor verfassen, wenn man seine E-Mail-Adresse angab.

In Ermangelung besserer Alternativen gab ich mir einen noch freien Nicknamen und begann zu tippen.

· · ·

Cinderminder, neues Forummitglied, 09:30 pm in ›Vorstellungsrunde‹:

~~Hi, mein Name ist Cinder.~~

Nein, das war Bullshit, wer fängt denn so einen Hilferuf an? Ich löschte die Worte wieder.

Ich schreibe diese Worte, weil ich keinen Ausweg weiß. Mir fällt keine andere Möglichkeit ein, um Hilfe zu rufen. Vielleicht werden es meine letzten Worte sein, denn wenn ich hierbei erwischt werde, bin ich tot. ~~*Vielleicht beobachtet er mich bereits vom Stall aus, schmunzelt über mein Vergehen und überlegt sich eine angemessene Strafe ...*~~

Blödsinn! Niemand muss deine Sexfantasien erfahren, Cinder!

Ich weiß nicht, wie viel Zeit mir bleibt. Bitte kontaktiert meinen Onkel, sein Name ist Brad Atkinson, ~~*er könnte allerdings auch längst tot sein vor Sorge,*~~ *unter folgender Nummer: 917-359-8463.*
~~*Meine Freundin Ivy könnt ihr ... Ach, vergesst Ivy. Ivy ist vermutlich auch tot. Warum sucht denn sonst niemand nach mir?*~~

. . .

Auch diese Worte löschte ich. Schließlich hatte Ivy bewiesen, wie egal ich ihr war.

Ich werde gefangen gehalten. Auf einer abgelegenen Ranch in Montana, nahe dem Blackwolf-Reservat, von einem ~~Cowboy~~ Mann, der in der Stadt als ›Smoke‹ bekannt ist. Die örtliche Polizei scheint sein bester Freund zu sein und der einzige Angestellte auf seiner Ranch will mir nicht helfen. ~~Niemand will das.~~

Es ist wie verhext, als gälten hier noch die Regeln des Wilden Westens. Das Einzige, was mich daran erinnert, in der Neuzeit zu sein, ist der Computer, an dem ich gerade schreibe.

Ihr könntet euch fragen, warum ich nicht einfach fliehe. Jetzt, da er offenbar nicht da ist. Die Türen stehen offen, der Computer ist an, ich kann mich frei bewegen. Da wären nicht nur die wilden Tiere draußen – ihr wisst nicht, wie gefährlich es sein kann, diese Ranch zu verlassen …

Ich schluckte bei dem Gedanken an den toten Blackwolf.

… sondern auch die Angst davor, was er mit mir tun wird, wenn er mich wieder einfängt.

Er tut grausame Dinge mit mir.

Er benutzt mich.

Er schlägt mich.

Er behandelt mich wie Vieh.

~~Und er fickt mich so gut, dass ich im Anschluss nicht~~

~~mehr laufen kann. Möglicherweise bettle ich darum. Leise~~
~~und manchmal lauter. Deswegen wird mir keiner helfen.~~
~~Weil mir nicht mehr zu helfen ist.~~

Auch diese Sätze löschte ich wieder, obwohl sie der
Wahrheit näher kamen als alles andere.

Bitte gebt diese Nachricht weiter.
Auch wenn es meine letzte sein wird.

DER SHERIFF

HILFERUFE SIND EINE GEFÄHRLICHE SACHE. DU WILLST NICHT, DASS JEMAND FALSCHES SIE HÖRT UND DEINE SCHWÄCHE AUSNUTZT.

Das Motorengeräusch eines Autos weckte mich. Die Fesseln lagen nur locker um meine Hände, aber ich wusste, dass ich nicht wie am ersten Morgen die Chance hatte, mich zu befreien. Dafür hatte Smoke gestern Abend gesorgt.

Im nächsten Moment öffnete sich meine Tür, Smoke trat ein, ging zum Fenster und blickte hinaus.

»Bleib einfach ruhig und warte hier.«

Ich zählte eins und eins zusammen. Die Polizei! Sie war gekommen! »HILF-!«

Smoke war sofort über mir, presste mir seine Handfläche auf die Lippen und starrte mich wütend an. »Was an ›Bleib ruhig‹ versteht Cinderella heute nicht?« Er ließ mir keine Gelegenheit, zu antworten, sondern stopfte mir ein Teil des Bettlakens in den Mund.

Ich stöhnte hinein und wand mich mit Leibeskräften. Smoke schien aus meiner Reaktion irgendetwas abzulesen, denn in seiner Miene entstand der Ausdruck von Erkenntnis.

»Steh auf.« Smoke löste meine Fesseln, verband meine Hände hinter dem Rücken und stopfte mir statt des Bettlakens eines meiner Kleidungsstücke in den Mund. Er trug mich aus dem Zimmer, während ich gegen ihn ankämpfte, verfrachtete mich in der Diele unter die Garderobe und griff auf die Hutablage. Erst als er die Mündung eines kleinen Revolvers auf mich richtete, hielt ich inne.

»Still«, warnte er mich tonlos, dann öffnete er die Haustür. Er trug nur eine lockere Pyjamahose und war ansonsten nackt. Während er mit der einen Hand die Waffe auf mich gerichtet hielt, lehnte er sich mit der anderen in den Spalt der Tür. Das Türblatt verbarg die Hälfte seines Körpers.

»Toby«, begrüßte er den Ankömmling.

Toby Stevens. Das war der Sheriff! Er war wirklich hier!

»Guten Morgen, Smoke.« Toby musste direkt vor der Haustür stehen. »Ich weiß, du wunderst dich bestimmt, warum ich so früh hier auftauche.«

»Was gibt's?«, fragte Smoke entspannt.

»Du erinnerst dich doch an diese zwei Mädchen, oder? Die auf meiner Party im Saloon aufgekreuzt sind ...«

»Ja.«

»Nun, beide sind wohl verschwunden.«

Beide?

»Was heißt ›verschwunden‹?«, fragte Smoke.

»Die eine von ihnen hätte gestern wieder zu Hause sein müssen, weil ihr Urlaub ausgelaufen ist. Die andere studiert und hat wohl einen Freund, der auch schon eine Weile nichts von ihr gehört hat. Nun, vielleicht klärt sich alles auf und die beiden verspäten sich nur. Hatten vielleicht 'ne Panne und, na ja, da kann alles Mögliche dahinterstecken.«

»Aber?«, fragte Smoke.

»Wir haben heute Morgen einen Anruf erhalten. Von einem gewissen Brad Atkinson, dem Onkel von einem der jungen Frauen. Er hätte eine mysteriöse Nachricht bekommen und er sei sich jetzt nicht sicher, wie er darauf reagieren soll.«

Mein Herz machte einen Satz. Jemand hatte den Forumseintrag gesehen und weitergeleitet!

»Was für eine Nachricht?«, fragte Smoke.

»Tja ja, das ist schon etwas lächerlich, heutzutage kann ja jeder alles ins Internet stellen ...«

»Eine Nachricht übers Internet?«

»Ja. Hör zu, ich muss dem Ganzen halt nachgehen. Zumindest will ich mich vergewissern, dass die zwei das County wieder verlassen haben. Du hast doch die eine von ihnen nach Calderwood Hills gebracht, oder?«

»Ja.«

»Und auch nichts weiter von ihr gehört?«

»Nein.«

»Gut, manchmal bin ich mir nämlich nicht sicher, ob Luciana noch alle ... na ja, du weißt schon ... Tassen im Schrank hat.«

»Wie kann ich dir helfen, Toby?«

Der Sheriff machte einen Schritt und schien dabei näher zu treten. »Ganz inoffiziell will ich einfach nur ausschließen, dass sich diese Sache mit ... du weißt schon ... wiederholt.« Er hatte die Stimme gesenkt. »Ich weiß, du hast da Kontakte. Sie respektieren dich. Bist du dir sicher, dass die beiden Frauen nicht vielleicht ...?«

»Ich kann Augen und Ohren offen halten.«

»Das wäre gut, ja.« Der Sheriff räusperte sich. »Deswegen musste ich mal persönlich vorbeikommen.«

»Ich verstehe.«

»Wir sehen uns, Smoke. Komm doch mal wieder runter. Am Samstag ist Pokerabend im Wild Horse Saloon.«

»Ich werde es einrichten.«

»Also dann.«

Ein paar Schritte über die Holzdielen der Veranda, ein lockerer Gruß, dann schloss Smoke langsam die Tür. Er ließ die Waffe sinken, als das Auto davonfuhr.

»Was zur Hölle hast du getan?«, fragte er gefährlich ruhig, trat über mich, riss an meinem Arm, zerrte mich in den Stand und zog den Knebel aus meinem Mund.

»Ich habe um Hilfe gerufen! Was dachtest du denn?!«

»Um Hilfe?«, fragte er, fast verständnislos, als könne er es sich partout nicht vorstellen, warum ich das tun sollte.

»Was dachtest du, was ich tun würde, wenn du mir den Computer zugänglich machst?«

Seine Augen verengten sich und er ließ sich nicht zu einer Antwort herab. Er drängte mich ins Arbeitszimmer und drückte mich auf den Schreibtischstuhl, dann schaltete er den alten Computer an. »Zeig mir, was du getan hast.«

Ich war so voller Angst und Wut, dass mir die Zeit, bis der Computer sich hochgefahren hatte, wie wenige Sekunden vorkam.

»Los!« Smoke drückte meine Hand gewaltsam auf die Maus und ich öffnete gezwungenermaßen den Browser. Unwillig gab ich die Adresse des Forums ein und öffnete den Beitrag, den ich geschrieben hatte. Zwanzig Aufrufe, vier Antworten. Während Smoke meinen Beitrag las, las ich die Kommentare.

Ääh, ja klar. Das ist mal eine kreative Krankheit, Mensch. Kann mal jemand diesem Brad schreiben? Hier postet irgendjemand Verrücktes seine Telefonnummer. Armer Kerl.

Das ist ein Hilferuf, du Honk. Sieht man doch. Ich schicke meine Hilferufe übrigens auch immer über dieses Forum ab, statt einfach die Polizei anzurufen, ist doch logisch. Siehste mal, wie nett wir rüberkommen, dass man uns mehr vertraut als den Cops. Ich sehe es mal als Kompliment an.

Don't feed the troll!

Wenn ich WIRKLICH auf einer Ranch gefangen wäre und panische Angst hätte, dann hätte ich keinen halben Roman geschrieben, sondern einfach nur die Fakten genannt. Außerdem: Was für ein Entführer soll das sein, der in diesem Forum hier aktiv ist? Lächerlich!

Smokes Kinnlade war genauso wie meine nach unten gesackt. Wobei er vermutlich nicht fassen konnte, was *ich* geschrieben hatte, während ich nicht fassen konnte, was mir geantwortet wurde.

»Lösch das«, befahl er mir.

»Wie denn? Das ist ein Gastbeitrag. Um Zugang zu erhalten, muss ich in mein Mailpostfach und die Registrierung abschließen.«

»Dann geh in dein verdammtes Mailpostfach.«

»Aber die Seite ist gesperrt! Wieso sind alle Seiten gesperrt, hm? Für wen sperrst du die? Für all deine entführten Frauen?«

»Du arbeitest in einem Softwareunternehmen, oder?«, fragte er tonlos. »Dann kennst du dich aus. Geh in deine verfickten Mails und lösch den Eintrag.«

Ich schaute ihn fragend an, weil es so klang, als würde er selbst nicht wissen, wie er die Sperre für die verschiedenen Seiten aufheben könnte. »Wer hat sich diesen Mist denn ausgedacht? Wenn nicht du es warst? Und woher weißt du, wo ich arbeite? Wenn du nicht mal so was Tolles wie Google besitzt?«

Er griff in mein Haar und stieß meinen Kopf nach vorn, sodass ich fast gegen den alten Bildschirm prallte. »Zu viele Fragen, Cinder. Lösch die Scheiße sofort!«

»Okay, okay«, murmelte ich, rief die Konsole auf und gab die Befehle ein, die ich meinte zu kennen, um das Problem zu lösen. Ein paar Minuten später hatte ich Google freigeschaltet und loggte mich in mein E-Mail-Konto ein. Wie zu erwarten, war mein Postfach in den letzten Wochen mit allem möglichen Zeug zugemüllt worden. Auch von Kollegen, die sich zu Recht fragten, warum ich nicht reagierte und inzwischen nicht an meinem Platz saß. Ich hatte drei Wochen Urlaub genommen, die nun zu Ende waren – eigentlich. Zügig schloss ich die Registrierung im Forum ab, loggte mich ein und löschte meinen Post. Jetzt lag es am Betreiber der Homepage, ob der Text noch irgendwo gespeichert war. »Soll ich dir auch erklären, wie man Facebook bedient? Vielleicht gibt es dort tolle geheime Gruppen für knorrige Cowboys wie dich.«

»Du findest das auch noch witzig, oder?«

»Nein! Siehst du mich lachen?«

Er riss den Stuhl herum und beugte sich über mich, die Hände auf die Lehnen gestützt. »Warum. Zur Hölle. Hast du das getan.«

Ich blickte stur zurück. »Kommst du wirklich nicht von selbst drauf?«

Ein Knurren ging durch seine Kehle, dann fasste er an meine, drückte zu und ich würgte. »Du kleines, nerviges Stück Dreck. Weißt du, wie viele verdammte Leben an meinem hängen? Wenn sie mich wegen so einer Scheiße finden und mich zwingen, mein Land zu verlassen, wer kümmert sich dann um die Tiere? Wer kauft das verdammte Futter? Wer nimmt kranke Pferde auf? Oder schwer verletzte Rinder? Glaubst du wirklich, du könntest *deinen Arsch* retten, indem du meinen in Gefahr bringst?«

Diese Frage konnte nur rhetorisch gemeint sein. Ein gewaltiges Beben ging durch seinen Körper, dann stieß er mich so hart zu Boden, dass ich glaubte, mir etwas gebrochen zu haben.

»Los! Steh auf!«, rief er und stieß mich mit dem Fuß an.

»Du Penner!«, schrie ich zu ihm hoch und rappelte mich auf.

»Du hast keine Ahnung, wie wenig diese Bezeichnung auf mich zutrifft. Geh ins Wohnzimmer.«

»Schleif mich doch dahin! Das ist es doch, was dich am meisten befriedigt!«

Ein grollender Laut drang aus seiner Brust, und er nahm keine Rücksicht, während er mich über den Boden mit sich schleppte. Er ging jedoch nicht ins Wohnzimmer, sondern in die Küche, trat dann auf die Veranda und stieß mich auf dem Platz zwischen dem Haus und den Ställen in den Dreck.

»BOONE!«, rief er ohrenbetäubend laut, was den Stallburschen dazu brachte, aus einer der Pferdeboxen hervorzutreten. Smoke gestikulierte ihm etwas in der Luft, woraufhin Boone kurz verschwand und dann zu uns kam. In der Hand trug er die Peitsche.

Smoke nahm sie ihm aus der Hand und ließ sie auf mich niederschnellen.

Ich konnte nicht schnell genug ausweichen und spürte das harte Leder auf meinem Oberarm und meinen Fingern glühen.

»Nichts, was ich dir sagen oder zeigen konnte, hat genügt!« Seine Stimme klang nach einem Vulkan, der kurz davor war, auszubrechen.

»Doch!«, rief ich zu ihm hoch. »Aber vielleicht wollte ich einfach nicht wahrhaben, dass du ein psychopathisches Monster bist!«

Erneut schlug er nach mir, doch dieses Mal wich ich rechtzeitig zur Seite. Das brachte nichts, denn er folgte mir und schlug gleich noch einmal zu. Das zischende Leder traf mich schmerzhaft an der Schulter und am Knie.

»Wichser!«, schrie ich zu ihm hoch.

»Du hast Angst vor Nähe, aber nicht vor mir!«, rief er

wütend und peitschte mich gleich noch einmal. »Und deswegen bringst du alles in Gefahr! Alles!«

Boone stand neben ihm und starrte auf mich herunter. Ich konnte in seinem entstellten Gesicht nicht erkennen, was er über Smokes Ausbruch dachte. Und es war mir auch egal. Ich war so wütend, dass mir alles egal war.

»Ich habe dir gesagt, dass ich dir dein Leben zur Hölle machen werde!«, rief ich Smoke zu. »Es war nur eine Frage der Zeit!«

»Du machst mir mein Leben nicht zur Hölle!« Die Peitsche ging an genau der Stelle nieder, an die ich zurückwich, als hätte er meine Bewegung erahnt. Es tat weh, doch ich war so in Rage, dass der Schmerz ebenso schnell verschwand, wie er kam. »Du zwingst mich dazu, deines zu einer zu machen!«

»Ach ja? Ist dir noch nicht aufgefallen, dass mein Leben eine Hölle *ist*, seitdem du mich hier festhältst? Vielleicht gibt es irgendwo in meinem Kopf einen psychisch kranken Teil, der am Stockholm-Syndrom leidet, aber es ist *nicht okay*, mich an ein Bett zu fesseln und immer dann zu ficken, wenn dein Schwanz Bock dazu hat ...«

Er lachte diabolisch und seine Augen entflammten in Zorn. »Deine kleine Fotze ist der einzige Grund, weshalb du noch *lebst*. Aber natürlich, zeig weiter, wie wenig Angst du vor mir hast. Vielleicht erreichst du irgendwann den Punkt, dass mir selbst deine willige Pussy egal wird.«

Ich lachte kalt. »Ja, möglicherweise habe ich keine Angst vor dir«, entgegnete ich wie von Sinnen. »Weil jeder, der dich ein *kleines bisschen besser* kennenlernt, merkt, dass du durch deine harte Schale nur den butter-weichen Kern in dir zu verstecken versuchst!«

»Dieser Kern ist nicht für Menschen gedacht«, raunte er.

»Ja, dann ist das irgendwie blöd gelaufen!«

»Hör auf!«, brüllte er und schlug mich noch einmal. Und noch einmal, so fest, dass mich das Leder auf den Boden niederdrückte. »Hör auf, mich verdammt noch mal zu reizen!«

Ich rollte mich herum, richtete mich auf und wurde noch einmal getroffen. Lief ein paar Schritte, doch er kam mir hinterher und zwang mich wieder zu Boden, weil der Schlag so hart kam. Er hetzte mich über den Platz, bis ich nicht mehr konnte und einfach liegen blieb. Ich verkrampfte mich auf dem Boden, zog die Knie an, presste die Augen zusammen und ließ den Schmerz über mich ergehen. Gestern Abend hatte ich mich angezogen, bevor ich ins Bett gegangen und Smoke gekommen war, um mich wortlos daran zu fesseln. Aber mein Shirt war dünn, und ich glaubte, es war an einigen Stellen längst aufgerissen.

Als für ein paar Minuten nichts passierte und nichts zu hören war, hob ich den Kopf. Dass ich meinen Hals überhaupt noch bewegen konnte, obwohl mich die Peit-sche mehrmals dort getroffen hatte, wunderte mich.

Smoke und Boone standen einfach da, regungslos, und blickten auf mich hinunter.

»Wann hattest du zuletzt die Gelegenheit, eine Frau zu bumsen, Boone?«, fragte Smoke mit einem zynischen Lächeln.

Boone weitete die Augen und schüttelte den Kopf.

»Du willst sie nicht? Dabei liebt sie es.« Smoke kam

auf mich zu, und ich war zu schwach, um vor ihm zu fliehen. »Sie *liebt* es, gegen ihren kleinen Willen gefickt zu werden. Das wäre doch die Gelegenheit für dich.«

Boone blieb, wo er war, als Smoke mich herumriss und meine Beine, die weich wie Pudding waren und überall schmerzten, in die Hocke drückte. Mein Oberkörper fiel nach vorn, als er meine Hüfte nach hinten zog und meine Hose zerriss. Tränen der Wut brannten in meinen Augen, als er Boone meinen nackten Hintern präsentierte.

»Trau dich, alter Freund. Das wird nicht ihre letzte Vergewaltigung sein.« Boone blieb, wo er war, dafür öffnete Smoke seinen Gürtel. »Wie du meinst. Ich hätte wirklich mit dir geteilt.«

Sein Schwanz berührte meinen Hintern und dann drang er schon tief in mich ein. Es war wie auch sonst: Obwohl die äußeren Umstände es wirklich abartig werden ließen, reagierte mein Körper wie ein Instrument, auf dem Smoke nur die richtigen Knöpfe drücken musste. Meine Knie, meine Arme scheuerten über den erdigen Boden, aber dass er mich von hinten fickte, entschädigte mich für den Schmerz. Als die Tränen kamen, weinte ich nicht mehr, weil es grausam war. Ich weinte, weil ich es nicht so schlimm fand, wie ich eigentlich sollte. Weil es auch jetzt den Teil meiner dunkelsten Fantasie ansprach, über den ich mir nie bewusst gewesen war. Am liebsten würde ich stöhnen, schreien – dieses Gefühl, wie er sich in mir bewegte, mich benutzte, mich verdarb, es sollte niemals enden.

Zu dieser kranken Sehnsucht paarte sich Hoffnung. Hoffnung, dass ich recht hatte. Dass ich ihm nicht grundlos immer wieder vertraute, statt Angst vor ihm zu zeigen. Statt folgsam zu sein, forderte ich ihn heraus. Immer wieder.

Weil ich es liebte.

Konnte etwas, das er mir antat, so schlimm sein, dass ich aufhörte, mich ihm zu widersetzen?

Smokes Stöße wurden drängender, und er machte sich nicht die Mühe, meinen Körper zu schonen. Als er schließlich kam und auf meinen Rücken abspritzte, ließ er mich einfach liegen. Wie ein benutztes Tuch, mit dem er sich einen runtergeholt hatte.

Tränen der Schmach glitten ungehindert an meinen Wangen entlang, weil Boone bei allem zugesehen hatte. Ich schämte mich zutiefst. Für alles.

Vor allem für meine Lust, die unbefriedigt in mir pulsierte.

Eine ganze Stunde später lag ich noch immer einfach da, und auch, als es Mittag wurde. Und heißer. Ich lag da und verdurstete langsam vor mich hin.

Irgendwann, nachdem die Sonne ihren Zenit längst verlassen hatte, spürte ich Arme um meinen Körper. Ein schreckliches Gefühl breitete sich in mir aus, weil Smoke es wagte, mich zu berühren. Doch ich war zu schwach, um mich zu wehren. Ich musste es geschehen lassen.

Er trug mich ins Haus in ein Badezimmer im unteren Stockwerk, das bisher verschlossen gewesen war. Dort gab es eine Wanne, in die er bereits warmes Wasser gefüllt hatte. Er legte mich hinein und rieb über die Stellen an meinem Körper, an denen sich das Blut mit dem Dreck verkrustet hatte, während ich einfach zur Decke starrte.

»Du hast mich verraten«, erzählte er dem Wasser,

und tiefe Enttäuschung war aus seiner Stimme zu hören, während er mich weiter säuberte.

»Ich habe das einzig Richtige getan.«

»Deine Vorstellung von ›richtig‹ wird vermutlich wie bei allen anderen Menschen auch die falsche sein.«

»Ach, und was ist für dich ›richtig‹? Menschen zu töten, zu quälen, zu schänden, aber Tiere nicht anzurühren?«

»Nein. Ich habe nie gesagt, dass ich das Richtige tue. Ich kann nur kein Mitleid empfinden mit solchen, die Schwächere misshandeln. Das heißt nicht, dass ich erwarte, irgendjemand empfände Mitleid mit mir. Ich bin genauso schlecht. Aber für meine eigene Moral reicht es.«

»Du bastelst dir den Bullshit einfach für dein Ego zurecht.«

»Nein.«

»Doch.«

Er lächelte schief, wusch mich aber weiter. »Nein«, sagte er gedehnt.

»Doch!«

»Nein!«, donnerte er, und ich sagte nichts mehr, weil er so aussah, als würde er mir gleich sowieso wieder den Mund zuhalten. »Verdammt, wir streiten wie Kinder.«

»Ja, nur dass du noch nicht verstanden hast, dass eine Peitsche kein Spielzeug ist, sondern echt wehtut. Aber es kann ja nicht jeder erwachsen werden. Manche bleiben einfach immer –«

»Sag es nicht«, warnte er.

»Dumm.« Ich presste die Lippen zusammen und erwartete den nächsten Schmerz, doch er lehnte sich nur zurück, stützte die Unterarme auf den Wannenrand auf und betrachtete mich durchdringend.

»Ich weiß, was du eigentlich möchtest«, überlegte er laut. »Du findest den Zustand, wenn ich dich an eines meiner Betten fessle und mehrmals am Tag ficke, angenehm. Dann musst du dich nicht mit der Frage beschäftigen, wie wir zueinander stehen, du kannst mich hassen und mir gleichzeitig den Schwanz lutschen, ohne darüber nachdenken zu müssen, ob du es auch tun würdest, ließe ich dir eine Wahl. Und solange ich dich fessle, *festbinde*, glaubst du, sicher zu sein. Du hast nämlich am meisten Angst davor, ich könnte dich gehen lassen.«

Ich hob abfällig eine Braue, als er breit lächelte.

»Du hast dich in mich verliebt, Cinder.«

»In deinem Universum ist das vielleicht so. Aber in deinem Universum sind Menschen auch weniger wert als Tiere.«

»Keine Seele hat weniger Wert als eine andere.« Sein Lächeln ging mir ziemlich auf den Zeiger, und als er die Brause in die Hand nahm und plötzlich vollkommen gelöst wirkte, wollte ich ihn am liebsten schlagen. »Die kleine Großstädterin hat sich in mich verliebt.« Er begann meine Haare zu überspülen, und ich prustete, weil mir Wasser in den Mund lief. »Nur leider hat sie die schlimmste Bindungsphobie, die ein Mensch wohl haben kann.«

»Du spinnst doch!«, schrie ich und schlug den Duschkopf beiseite, sodass ich beinahe Smoke nass gespritzt hätte.

Er verengte die Augen, griff zum Hahn und stellte das Wasser eiskalt.

Ich schrie auf, wand mich im Strahl und hörte erst auf, als es endete. »Du liebst es, mich zu quälen! Warum sollte ich mich in dich verlieben?!«

»Ich liebe es, dich zu *ärgern*, so wie du es liebst, wenn ich dich *bestrafe*, weil du mich geärgert hast.«

»Schön«, presste ich hervor. »Nur weil ich auf diese Art von Sex stehe, heißt das gar nichts.«

»Das ist mir auch klar. Also, Miss Atkinson, was soll ich jetzt mit dir machen?« Smoke lehnte sich mit einem Arm auf den Wannenrand und legte seinen Kopf darauf, sodass er mich schief ansah. »Leider kenne ich mich mit diesem Internetschwachsinn nicht aus. Vermutlich kann man schon morgen nachverfolgen, dass dein dämlicher Hilferuf von meinem PC ausging. Dann haben wir ein Problem. Ein *echtes* Problem. Wenn ich dich beiseiteschaffe, habe ich eines, und da deine nervtötende Freundin mit dem Camper durchgebrannt zu sein scheint, habe ich noch ein Problem mehr. Nachher hängt man mir gleich zwei Morde an.«

Gut, dass mir das egal war. »Nicht zu vergessen den Tod des Blackwolfs. Und wo ist diese Frau eigentlich abgeblieben? Hast du sie auch von Tieren anfallen lassen? Oder einfach direkt getötet?«

»Ich habe sie getötet. Dazu haben sie sie ja zu mir gebracht. Ich sagte dir doch, dass solche Leute wie ich in Montana die Todesstrafe ausüben.«

Mir wurde eiskalt und dieses Mal lag es nicht am Wasser. »Du bist so ekelhaft!«, brachte ich hervor, griff nach dem Brausekopf und versuchte ihn damit zu treffen. Es gelang mir auch, ich traf seine Stirn, bevor er ihn mir entreißen und auf die andere Seite der Wanne werfen konnte.

»Ich bin nicht ekelhaft. Das tun zu müssen ist der Fluch meiner Vergangenheit. Es macht mir keinen Spaß, zu morden, falls du das denkst.«

Ich antwortete nicht, weil ich sowieso nur wieder Fragen gestellt hätte. Seine Vergangenheit? Welche? Wurde er dazu gezwungen, Menschen umzubringen? Das konnte er mir nicht erzählen. Warum tat er es dann? Für *wen* tat er es?

Smoke ließ das Wasser ab und schlang ein Handtuch um meine Schultern. Er hielt meine Hände mit einem Griff zusammen, während er mich aus der Wanne herausholte. Dann schob er mich vor sich her und brachte mich ins Wohnzimmer. Hier waren noch immer die Spuren meiner Falle zu sehen. Er hatte es nie vollständig aufgeräumt.

Er ließ mich auf dem Teppich vor dem Kamin nieder und pinnte meine Hände auf den Boden.

»Einen letzten Wunsch gewähre ich dir«, sagte er warm, während er über mir hockte und mich unter sich gefangen hielt.

»Einen letzten Wunsch, bevor was?«, fragte ich beklommen.

»Bevor du keine mehr äußern kannst.«

Ich lachte kalt auf, weil ich keine Ahnung hatte, wie er das meinte. Wollte er mich töten? Warum tat er es dann nicht einfach? Mir fiel kein Wunsch ein, der nicht sowieso sinnlos war. Sollte ich darum bitten, meinen Onkel anrufen zu dürfen? Oder Ivy? Oder ... ja, wen hatte ich sonst noch in meinem Leben? »Spiel mir etwas vor«, flüsterte ich.

»Hm?«, machte er verständnislos.

»Mit deiner Gitarre.«

Wenn er jemals verwundert ausgesehen hatte, dann war es kein Vergleich zu seinem jetzigen Gesichtsausdruck. »Du überraschst mich immer wieder.« Er stand auf, griff nach der Gitarre, die in der Ecke neben einer nahezu leeren Vitrine stand, und öffnete die Schutzhülle. »Irgendwelche Wünsche?«

Ich schüttelte den Kopf, während ich ihn nackt am Boden liegend beobachtete.

Er legte das Instrument über seinen Oberschenkel und stimmte die Saiten. »Lass mich überlegen, welcher Song passt zu dir ...«

»Was wird danach passieren? Wenn das mein letzter Wunsch war ... was passiert danach?«

Er legte die Hand an die Saiten und ließ mit der anderen den ersten Akkord erklingen. »Keine Ahnung, Cinder. Ich denke, es wird nicht gut enden.« Smoke konzentrierte sich auf seine Finger und zupfte die einzelnen Saiten an.

Ein Schauer rauschte über meinen Rücken, als ich die Melodie von ›Nothing else matters‹ erkannte. Sie war so traurig und schön und tiefsinnig zugleich und fing perfekt ein, was bereits alles in diesem Haus und auf dieser Ranch geschehen war, dass mein Herz doppelt schmerzte. Weil Smoke ein riesiges Arschloch war und mich verletzt hatte und weil das auch bedeutete, dass nicht einfach alles gut sein konnte.

Ich stand auf, nahm mir eine Decke vom Sofa, ignorierte meine schmerzenden Glieder, hüllte mich darin ein und setzte mich auf den Sessel, während die schwere Melodie das Haus füllte.

»Soll ich auch singen?«, fragte er, plötzlich zuvorkommend und nett wie der Mann, der von allen im Saloon jubelnd auf der Bühne empfangen wurde.

Ich nickte und er schüttelte lächelnd den Kopf.

»Und da will sich jemand nicht in mich verliebt haben.«

»Ich habe mich, wenn überhaupt, in eine Idee von dir verliebt.«

»Ich auch«, summte er. »In eine Idee von uns.« Er beendete das Intro und stimmte einen neuen Takt an, dann sang er mit seiner tiefen, rauen und überaus melodischen Stimme die ersten Zeilen des Textes.

Ich hörte ihm fasziniert zu, schob alle sonstigen Gedanken beiseite. An die Schmerzen an meinem Körper hatte ich mich sowieso schon gewöhnt. Ich hatte mich noch nie mit dem tieferen Sinn hinter dem Text von Metallica auseinandergesetzt, und auch jetzt verstand ich nicht, was er mir sagen sollte.

Nichts anderes zählte.

Aber was zählte?

Das Wir?

Was war dieses Wir?

Und wer konnte sicher sein, dass es nicht zerbrach?

Als der letzte Ton des Songs verstummte, hallte der Moment wie bei einem Echo nach und Smoke und ich saßen eine ganze Weile schweigend voreinander.

»Wir gehen nach oben«, ordnete er an.

Kurz darauf stand er vor meinem dürftig gefüllten Kleiderschrank und warf ein paar Klamotten aufs Bett. »Lass dich ansehen«, sagte er und drehte mich, nackt wie ich war, vor sich hin und her. »Warte kurz.« Er verließ das Zimmer und kam mit einer Salbe in der Hand zurück. Er verteilte sie großzügig auf allen Striemen und roten Stellen, die die Peitsche hinterlassen hatte. »Erinnerst du dich noch, wie ich am Anfang meinte, dass ich nicht weiß, ob es besser für dich ist, in meiner Gewalt zu leben oder ... gar nicht mehr zu leben?«

Ich sah ihn einfach nur an.

»Ich weiß es immer noch nicht. Zieh das an.« Smoke zeigte aufs Bett und beobachtete prüfend, wie ich mich ankleidete. Was würde jetzt geschehen? Wenn er mich nicht töten wollte ... was dann?

»Geh vor.« Er trat zur Seite und ich verließ mein Zimmer. Fast fühlte es sich wie ein Abschied an, aber ich wusste noch nicht, warum genau. Unten in der Diele reichte er mir die Stiefel, die Boone mir gekauft hatte, und eine Jacke.

»Was werden wir tun?«

»Ich bringe dich weg.«

»Weg, wohin?«

Smoke fuhr sich mit der Hand durchs Haar, bevor er seinen Cowboyhut aufsetzte, und antwortete nicht. Beim Auto öffnete er mir die Beifahrertür. »Heute kann ich auf deine Angst keine Rücksicht nehmen.«

Nun, die Panik, die entstand, wenn ich nicht selbst der Fahrer war, würde sich nicht mehr wie eine solche anfühlen, nach allem, was ich bisher durchgestanden hatte.

»Bist du froh, für eine Weile wegzukommen?«, fragte er mich, als wir die Ausläufer des zweiten Tals, in dem die Kühe friedlich vor sich hin grasten, verließen und durch ein Waldstück fuhren.

»Froh, weshalb?«

»Das willst du doch: ›weg‹kommen. Weg von mir.«

»Mag sein.«

»Weil du Angst davor hast, es könnte noch schmerzhafter werden, je länger du bleibst?«

»Wie war das mit Smalltalk? Das magst du nicht besonders, oder?«

323

Sein Mundwinkel zuckte, als er den Blick wieder nach vorn richtete. »Das ist kein Smalltalk.«

»Was genau *magst* du eigentlich an mir, hm?«, fragte ich, die Arme vor der Brust verschränkt. »Ist es nur, weil ich so blöd war, mit dir zu kommen? Was Praktisches?«

»Du meinst für den Sex? All der Aufwand?« Er lachte. »Nein.«

»Wecke ich in dir auch Erinnerungen? Ist es das? Erinnere ich dich an meine Mutter? Hattest du was mit ihr?«

Seine Miene wurde ernst. »Wie kommst du darauf?«

»Keine Ahnung. Irgendeinen Grund wird es ja haben, dass du mich gefangen gehalten hast. Irgendeinen bescheuerten Grund, dass du mich nicht getötet hast, obwohl das ›so viel einfacher gewesen wäre‹.«

»Du ähnelst deiner Mutter. Aber ich bin kein Psychopath und ficke dich nur deswegen.«

»Also hattest du was mit ihr?«, hakte ich nach.

Er knurrte. »Nein.«

»Mhm. Wieso sagst du nicht einfach: Hey, Cinder, ich mag dich. Deswegen möchte ich, dass du bei mir bleibst. Ich werde dich auch nicht mehr ins Gesicht schlagen, dann können wir für immer glücklich sein.«

Smoke war für einen Moment ruhig. »Du wirst immer glauben, ich hätte dir nur ein Märchen erzählt. Leere Drohungen ausgesprochen. Ich will, dass du *verstehst*, warum ich deinen unerschütterlichen Gehorsam brauchte. Deswegen habe ich dich geschlagen. Mir liegt es verdammt noch mal fern, einfach so meine Wut an dir auszulassen.« Die letzten Worte kamen schnell und hart über seine Lippen. »Zumindest war es das, bis du mich wie einen Vollidioten auf dem Boden festgehalten hast.

Um dich zu rächen. Wofür eigentlich? Du hast keine Ahnung, worum es hierbei geht, und deswegen werde ich es dir jetzt zeigen.«

»Aha?«, machte ich nur, in der Hoffnung, er würde mir mehr erzählen, doch er schaltete die Musik lauter und fuhr uns schweigend zu unserem Ziel, das nur er kannte. Nicht ein Mal hatte ich daran denken müssen, der Wagen könnte die Kontrolle verlieren. Vielleicht, weil ich nichts dagegen hätte, wenn Smoke starb. Oder vielleicht, weil ich mich sicher fühlte.

Egal.

Er kaufte uns etwas zu essen bei einem 7-*Eleven* und für jeden einen Kaffee. Eine ganze Weile standen wir auf dem Parkplatz hinter dem Imbiss, während er Zeitung las und mir den Teil anbot, den er durchgeblättert hatte. Mich langweilten die Texte, aber da mich alles andere noch mehr langweilte und er nicht interessiert daran schien, zu reden, las ich mir jede einzelne Meldung durch. Danach wusste ich, dass das Leben außerhalb von Montana noch ein Stück grausamer war und mein Schicksal eines der weniger schlimmen.

Als es dämmerte, fuhr Smoke wieder los und hielt eine Stunde später im Dunkeln am Straßenrand in der Nähe eines Ortschildes. Ein einzelnes Haus stand am Ende eines Wegs. Es war so groß wie eine Villa, wirkte aber schmucklos wie ein Sozialbau und war schlecht beleuchtet. Auf dem Platz vor der Garage standen einige Motorräder.

»Die Wahrscheinlichkeit«, begann Smoke und leerte den Rest seines längst kalten Kaffees, »dass sie dich einfach abknallen, ist noch immer verdammt hoch, also halt dich einfach an folgende Geschichte: Geh an die Haustür, klingle und sag, dass du nach deiner Mutter suchst. Sie werden fragen, wie du hierhergekommen bist, und du wirst lügen, dass du per Anhalter kamst, nachdem du von meinem Grundstück geflohen bist. Das ist alles. Sie werden dich nicht sofort töten, sondern mich anrufen. Falls sie dich doch sofort töten; ich habe dich ja gewarnt.«

»Und warum sollte ich das tun?«, fragte ich Smoke gelangweilt. »Das ist, wie wenn ich in mein eigenes Grab renne.«

»Ja, das habe ich dir schon gesagt, als du in den Saloon spaziert kamst. In Montana erwartet dich Gewalt. Du hättest abhauen sollen, als es noch nicht zu spät war.« Er griff nach rechts ins Ablagefach seiner Tür und holte erneut den Revolver hervor. »Mein Leben bedeutet mir mehr als deines. Du wolltest, dass ich im Gefängnis verrotte, sonst hättest du diese Nachricht nicht ins Netz gestellt, und jetzt will ich, dass du meinen Arsch da raus rettest. Und das funktioniert nun mal besonders gut dann, wenn du selbst oder deine Leiche hier gefunden wird.«

»Und du glaubst, das wird alles richten. Die Polizei wird niemals erfahren, dass du mich drei Wochen gefangen gehalten, misshandelt und psychisch erpresst hast.«

Er nickte. »Genau.«

»Träum weiter.«

»Ich warte hier, bis du die Haustür erreichst.«

»Das ist nicht dein Ernst!«

Smoke sah absolut danach aus, als wäre er nie überzeugter gewesen. Zur Unterstreichung seines Willens hielt er die Waffe auf mich gerichtet.

»Okay. Klar.« Ich stieß die Tür des Pick-ups auf und knallte sie kurz darauf hinter mir zu. Es war unendlich dumm, was er von mir verlangte, und vielleicht doppelt so gefährlich. Aber er ließ mir keine Wahl, und außerdem war ich gebeutelt genug, dass ich fast schon Hoffnung hatte, diese bescheuerten Rocker – oder wer auch immer hier wohnte – würden mir helfen. Vielleicht war der einzige Spinner, Mörder und Verbrecher in Montana ja Smoke. Und er tarnte sich als allseits beliebter tierlieber Countrysänger. Als ich das Grundstück erreichte, bemerkten mich die ersten Kuttenträger, die rund um ein Lagerfeuer saßen und sich mit leicht bekleideten Frauen vergnügten. Ich stapfte weiter, niemand hielt mich auf, auch wenn mich nach und nach die gesamte Runde anstarrte, und erreichte schließlich die Tür.

Ich drückte auf die Klingel und für eine ganze Weile passierte nichts.

Erst als einer vom Feuer aus »Wo willst du eigentlich hin, Mädchen?« rief, tat sich auch etwas am Hauseingang.

Eine Frau öffnete, die nach dem aussah, was ich die letzten Wochen durchgemacht hatte. Ihr Haar war dünn, die Wangen eingefallen, der Blick stumpf. Ihre Augenränder schwarz, die rechte Wange blutunterlaufen, sie trug offene Wunden, Schrammen und Kratzer am Kinn, am Hals und an der Stirn.

Erst nachdem ich blinzelte, konnte ich glauben, wen ich vor mir hatte. »Ivy«, rief ich.

»Cinder!«, flüsterte sie. In ihren Augen stand eine Panik, die ich noch nie an ihr gesehen hatte. Sie trat hervor, lehnte die Tür in ihrem Rücken an und blickte sich verstohlen um. »Du musst verschwinden, Cinder. Los!

Verschwinde sofort! Zurück nach Philadelphia! Geh nicht zur Polizei! Hörst du? Verschwinde einfach!«

Etwas an ihren Gesten machte mich stutzig. »Ivy, bist du high?«

»Lauf!«, rief sie, doch es war zu spät. Im nächsten Moment wurde die Tür in ihrem Rücken ganz aufgezogen und ein breitschultriger Mann mit Smokes Statur erschien hinter Ivy. Er fasste ihr grob in den Nacken, zog sie daran zurück und schubste sie hinter sich.

»Dollys Tochter. Wer hätte gedacht, dass es dich wirklich gibt.« Ein schmieriges Lächeln entstand auf den Lippen des Mannes, den ich noch nie gesehen hatte. Aber ich kannte seine Stimme. Er war es gewesen, der die Hure zu Smokes Ranch gebracht hatte. Er hatte sie zu Smoke gebracht, damit er sie tötete. Wie konnte ich nur eine Sekunde geglaubt haben, hier würde mir jemand helfen? »Komm doch herein«, sagte er mit trügerischer Freundlichkeit und trat zur Seite. »Wir haben uns eine Menge zu erzählen.«

Ende Band 1

Smoke: Du drückst mir also einfach so eine Fragerunde auf.

Jane: Ja! :D Hab gehört, du antwortest supergerne auf Fragen.

Smoke: ...

Jane: Nicht? Na, dann üb doch mal. Wäre auch für Cinder echt toll.

Smoke (*tief durchatmend*): Gerade habe ich angefangen, dich zu mögen.

Jane: Ach, du wirst mich noch hassen. SO SEHR hassen. Ich brauche deine Sympathie nicht.

Smoke: Bist du dir da sicher? GANZ sicher?

Jane (*sieht ihn an und ist es plötzlich nicht mehr so ganz*): Wie wäre es, wenn ich „Bitte, bitte, lieber Smoke" sage?

Smoke: Du glaubst, mit Betteln erreichst du alles, oder?

Jane: Ist es so?

Smoke (*grollend*): Also gib mir diese verdammten Fragen. Aber erwarte nichts.

Jane: <3 <3 <3

Wenn dich drei Wörter beschreiben sollen, welche wären es?

Smoke: Fick. Dich. Hart.

Jane: Smoke!

Smoke (*unschuldig*): Was denn?

Jane: So kannst du nicht antworten!

Smoke: Wieso? Diese drei Worte beschreiben perfekt, wie ich die meiste Zeit über dumme Fragesteller denke.

Jane: ABER DIE LEUTE SOLLEN DICH MÖGEN!

Smoke: Ich dachte, das hier wird *Dark Romance*?

Jane: Ja, und?

Smoke (*feixend*): Dann müssen sie mich nicht mögen.

Wieso bist du so schweigsam?

Smoke: Die meisten Menschen machen den Mund nur auf, um bestätigt zu werden oder sich selbst zuzuhören. Ich bin nicht schweigsam. Die anderen reden zu viel.

Was gefällt dir so an Cinder? Warum sie?

Smoke: Sie gefällt mir nicht. Sie nervt mich ZU TODE.

Jane: SMOKE!

Smoke: Was ist nun schon wieder?

Jane: Das ist nicht wahr. Die Antwort auf die Frage führt in die Irre. Und passt auch überhaupt nicht. Das ist nicht der Grund, weshalb du sie nicht mehr gehen lässt.

Smoke: Okay. Scheint so, als würdest du die Fragen lieber beantworten wollen. Tu dir keinen Zwang an.

Jane: Stell dich doch nicht so quer!

Smoke: DANN LASS MICH VERDAMMT NOCH MAL SO ANTWORTEN, wie ICH antworten würde. Und reg dich nicht künstlich auf.

Jane: Ich rege mich nicht ...!!! Ach, egal.

Smoke: Geht doch.

Wieso bist du so heiß?

Smoke: Weil ich für das Richtige brenne.

Wie dunkel ist deine Vergangenheit wirklich?

Smoke: Ich kann die Knochen derjenigen nicht mehr zuordnen, die durch meine Hand gestorben und im Wald verrottet sind. Aber das ist meine Gegenwart. Die Vergangenheit? So etwas wie meine „Kindheit"? Ich erinnere mich nicht.

Jane (*aus dem Off*): Vermutlich ist das das Problem!

Wieso heißt du Smoke?

Smoke: Ich wurde aus einem Feuer gerettet. Niemand kannte meinen Namen, also bekam ich einfach einen sehr naheliegenden.

Jane: Uuuh, das wusste ich ja noch gar nicht. Erzähl mir mehr.

Smoke: Was willst du wissen?

Jane: Wer war da mit dir im Feuer? Wo war das Feuer? Warum warst du nicht registriert? Hast du keine Geburtsurkunde? Wo bist du aufgewachsen? Gott, so spannend!

Smoke: Willst du den Roman schreiben oder ich?

Jane: *-* Ich. Das ist megaguter Stoff. Du bist genial!

Smoke: Hin und hergerissen zwischen Hass und Liebe, hm?

Wie hast du Cinder kennengelernt und was war dein erster Gedanke, als du sie gesehen hast?

Smoke: Das wäre ein Spoiler.

Warst du schon immer ein Mensch, der andere besitzen wollte?

Smoke: Nope. Ich war immer weit davon entfernt, etwas wie einen Menschen an mich zu binden. Das Gefühl ist neu. Ein bisschen vergleichbar mit dem Besitzanspruch auf mein Land. Fraglich, ob das eine gute Entwicklung ist. Ich schätze ... nicht.

Was würdest du essen, wenn du jeden Tag das Gleiche essen müsstest?

Smoke: Brot.

Gibt es denn Menschen, die du magst bzw. denen du vertraust?

Smoke: Nein.

Jane: Was ist mit Boone, der für dich arbeitet?

Smoke: Boone ist kein Mensch.

Jane: Ach so. (*Macht sich Notizen.*)

Wie ist es so mit Jane? :D

Smoke: Unterhaltsam. Im weitesten Sinne.

Du bist ein ganz schönes Arschloch, ich mag das. ;-) Hast du Tattoos?

Smoke: Ich bin weniger Arschloch als die meisten anderen. Wenn man Arschlochsein daran misst, Schwächere zu misshandeln, nur weil man es kann.

Habe ich Tattoos, Jane?

Jane: Wir waren uns noch nicht sicher.

Smoke: Ich denke schon. In irgendeiner Phase meines Lebens fand ich es bestimmt erstrebenswert, meine Haut zu stempeln.

Meinst du nicht, dass du dich zu viel in Janes Gedanken einmischst und sie beeinflusst?
Smoke: Sie beeinflusst MEINE Gedanken. Ich bin hier das Opfer.

Hast du deine Finger z.B. im Drogengeschäft oder brennst du heimlich Whisky?
Smoke: Nope.

Hast du einen Playroom?
Smoke: Was zur Hölle hast du für Leser, Jane.
Jane: Sei lieb.
Smoke: Komme ich wie ein Grey-Würstchen rüber, ja?
Jane: Auch schlimmere Typen als Grey haben einen Playroom.
Smoke: Weil sie zum „Spielen" in eine Kammer gehen? Wie zum Lachen in den Keller?
Jane: Nein, weil da halt die ganzen Sachen rumstehen, die man so braucht ...
Smoke: Brauchen.
Jane: Manche schon!
Smoke: Verdammt. An mir sind viele kranke Dinge des letzten Jahrzehnts vorbeigegangen.

Welche Musik findest du gut? Spielst du ein Instrument?
Smoke: Ja. Rauchige Stimme, von den Blackwolfs großgezogen und den Blues der Einöde im Blut. An mir ist ein Countrysänger verloren gegangen.

Wie wäre es mit Flammen auf dem Rücken als Tattoo?
Smoke: Come on ... Und dann noch ein Einhorn aufs Knie?

Was hasst du am meisten?
Smoke: DICH. xD
Ok, ich habe einen scheiß Humor.

Könntest du bitte lieb zu Jane sein, damit wir ganz schnell von dir lesen können?
Smoke: Immer.

Wie alt bist du eigentlich und wie alt ist Cinder?
Smoke: Sie ist zu jung. Bei mir habe ich aufgehört zu zählen.

Was genau macht deinen Charakter aus? Wie würdest du dich selbst beschreiben?
Smoke: Ich bin ein bisschen wie ein Sturm. Durchschlagend und jeder fürchtet sich vor mir, weil nach mir nichts mehr ist wie vorher. Veränderung ist meine Waffe. Scheiße, das ist philosophisch.

Was hältst du von Cinder?
Smoke: Sie NERVT. Was sie mit mir tut, nervt mich. Und was sie nicht tut, nervt mich auch. Dass ich sie nicht einfach tot in einem Graben zurückgelassen habe, nervt mich, und dass ich sie immer noch nicht in einem Graben zurücklasse, nervt mich noch mehr. Fragen?

Pizza oder Pasta?
Smoke: Brot.

Bist du ein „richtiger" Cowboy mit Pferd und allem?
Smoke: Yes. Mit Pferd und allem.

Mal was Intimes. Was ist deine Lieblingsstellung?
Smoke: Die, die deine liebste ist, Baby.

Würdest du sagen, dass Cinder lieb und unschuldig ist?
Smoke: War sie. Bevor sie mich traf.

Könntest du dir vorstellen, eines Tages mal Kinder zu haben?
Smoke: Nein. Kann ich mir nicht vorstellen.

Woran denkst du als Erstes, wenn du morgens aufwachst?
Smoke: Morgens denke ich nicht viel.

Ist dir jemals jemand nahegekommen? Und das nicht körperlich, sondern seelisch?
Smoke: Meinst du mit „jemand" einen Menschen? Dann nein.

Hast du eine Schwachstelle?
Smoke: Ja. Und die wollte ich schon immer mal für alle einsehbar auf Instagram teilen.

Machst du Sport (außer Reiten und Sex) oder bist du einfach nur so HOT?
Smoke: Ich stemme jeden Morgen kleine Fohlen. Eins auf jedem Arm.

Bist du ein eifersüchtiger Mensch?
Smoke: Dafür müsste ich erst mal ein Mensch sein. Ahahaha.
Jane: Das macht dir langsam Spaß, hm?
Smoke: Ein bisschen.
Jane: Hast du auch noch vor, Fragen ernst zu beantworten?
Smoke: Nein.
Jane: War das der Deal?
Smoke: So lernen sie wenigstens meinen Humor kennen. Ist das nichts?

Hast du einen kriminellen Hintergrund?
Smoke: Jeder von uns ist kriminell. Es gibt nur Leute, die über Gesetze definieren, dass es einige nicht sind.

Der perfekte gemütliche (oder auch eher blutige?) Abend für dich ist?
Smoke: Ein blutiger Abend ist nie perfekt. Ich mag es, wenn es RUHIG ist. Einfach ruhig.

Hast du irgendeinen Traum, Wunsch oder ein Ziel?
Smoke: Dass dieser Fragezirkus endlich endet.

haben mir die beiden ordentlich auf der Nase herumgetanzt. Die Schnipsel waren so beliebt, dass ich sie euch nicht vorenthalten möchte. Vielleicht bringen sie den ein oder anderen zum Schmunzeln!

Die Szenen sind chronologisch beim Schreibprozess entstanden.

CINDER, DIE DAS GENRE NICHT BEGREIFT

Cinder: Spinnst du? Er hat mir sonst was angedroht und ich soll mich ihm widersetzen? Warum? Damit er auch ja wahr macht, worauf er vermutlich eh hofft, dass er es wahr machen kann?

Jane: Aber so war es nun mal geplant!

Cinder: Dann plan nicht mit mir. Ich bin doch kein dummes Gör, das einfach tut, was sie nicht tun soll, und dann darunter leidet. Stell du dich doch Smoke in den Weg!

Jane: Ok. Du hast es vielleicht noch nicht mitbekommen, aber das hier IST *Dark Romance*, das heißt, du MUSST leiden. Dazu bist du sozusagen da.

Cinder: Aber ich leide doch nicht freiwillig, wenn ich es vermeiden kann, nur damit du deine olle schwarze Szene bekommst.

Jane: ... Hast du einen Vorschlag?

Cinder: Lass ihn lieb sein. Das mag ich.

Jane: ES IST *DARK ROMANCE*.

Cinder: Vielleicht lerne ich ja seine dunkle Seite lieben, wenn er erstmal lieb ist, dann mach ich auch Sachen, wegen denen er böse werden kann.

Jane: ...

Cinder: Biiiiiittte, Jane ... Lass ihn Sex haben mit mir. Biiiittttte.

Jane: Du meinst einvernehmlichen? Romantischen? Kitschigen?

Cinder: Ja, ja, ja, ja 😌😌😌

Jane: Ok, ich such mir eine neue Prota.

Cinder: 🥺🥺🥺

SMOKE, DER NICHTS VON VORSCHLÄGEN HÄLT

Jane: Hi, Smoke.

Smoke: Mhmm.

Jane: Du, ich hatte das letztens ja schon mit deinem Mädchen. Das mit *Dark Romance* und so...

Smoke: Sex.

Jane: Na ja ... ja. Könntest du das endlich mal einrichten?

Smoke: Ich habe dir erklärt, warum ich sie nicht anrühre.

Jane: Das ist ja auch wirklich klug von dir. Aber leider wird es jetzt einfach Zeit.

Smoke: Also soll ich meine eigenen Prinzipien über Bord werfen?

Jane: Na ja ... wir sind hier nicht auf einem Schiff, aber ja.

Smoke: Das kann aber gefährlich für sie werden.

Jane: Das weiß sie.

Smoke (*lacht*): Das bezweifle ich.

Jane: Ach, komm schon, Smoke (*stößt ihm freundschaftlich gegen die Schulter*), ich weiß, dass du sie maaahagst.

Smoke (*schaut auf seine Schulter und antwortet nicht*).

Jane: Doch nicht?

Smoke: Ich ficke sie, wenn die Zeit dafür gekommen ist. Bis dahin schreib was anderes.

Jane: 😤😤😤 ABER ES IST *DARK ROMANCE*!

Smoke: Ist das mein Problem?

Jane: Ja! Sonst mögen dich die Leser nicht!

Smoke (*betrachtet sie ausdruckslos*): Sehe ich aus wie jemand, der gemocht werden will?

Jane: NEIN! Du siehst aus wie jemand, dem sie nasse Höschen schicken! Und jetzt geh und mach deine Schreibmami stolz!

Smoke (*lacht augenverdrehend*): Nein.

Jane: 🙄🙄🙄

Smoke (*und ist weg*).

Jane: TOLL!

IMMER NOCH KEIN DARK ROMANCE (1. SEXSZENE)

Smoke: Na, was sagst du jetzt?

Jane: 😔😔😔😔😔😔😔

Smoke: Genug *Dark Romance*?

Jane: Nö. Das ist so weit weg von *Dark Romance* wie dein Herz nah an Tieren ist. Aber es ist 😍😍😍🖤

Smoke (*verdreht die Augen*): Will ich die Typen kennenlernen, über die du sonst so schreibst?

Jane (*kichert*): Du würdest sie alle auf einen Schlag umbringen, da bin ich sicher.

Smoke: Auch diesen Nolan?

Jane: Nein! Nolan natürlich nicht. Ein bisschen ähnelst du ihm.

Smoke: Ist das gut oder schlecht?

Jane: Sagen wir (...) ihr seid auf einer Wellenlänge, aber habt ganz unterschiedliche Auffassungen davon, was ein gutes Leben ausmacht.

Smoke: Ah ja.

Jane: Ja, das ist schwierig zu erklären.

Smoke: Natürlich. Mit Worten hast du es ja nicht so.

Jane: Werd nicht frech.

Smoke (*grinst*): Können wir dann weitermachen?

Jane: Nein, ich brauche eine Abkühlpause. Eine sehr lange. Sonst halte ich die Szene nicht durch.

Smoke (*verdreht wieder die Augen*): Da wird noch einiges auf dich zukommen und du machst jetzt schon schlapp?

Jane: Ich mache nicht schlapp! Ich genieße! Lass mich genießen!

Smoke: Okay. (*Er nimmt sich einen Apfel und dreht*

ihn interessiert in der Luft, bevor er hineinbeißt.) Genieße
es – solange du noch kannst.

DIE UNTERBRECHUNG DER NEBENSACHE

Smoke: Na, was habe ich dir gesagt?

Jane: Ich weiß ...

Smoke: Wer wollte eine Sexszene unterbrechen?

Jane: Ich weiß ...

Smoke: Und sich „abkühlen"?

Jane: Ich weiß ...!

Smoke: Tja, schade, wenn man sich zu sehr abge-
kühlt hat, hm?

Jane: Ja, ich weiß! Ich weiß, ich weiß! Jetzt finde ich
den Anfang nicht mehr. Ich weiß!

Smoke: Was lernen wir daraus?

Jane: Ich höre auf dich.

Smoke: Und?

Jane: Vertraue dir.

Smoke: Und?

Jane: Ja, was noch?

Smoke *(feixt)*: Wir wissen, dass wir sonst bestraft
werden.

Jane: Haha. Noch immer bin ich es, die hier bestimmt, wer wen wann bestraft.

Smoke: Das glaube ich kaum. Schließlich bestraft
dich das Schicksal ganz ohne mein Zutun.

Jane: Ja! Und hilfst du mir jetzt oder was?

Smoke: Hmm.

Jane: Du willst, dass ich bettle.

Smoke (*wird verwegen*): Möglich.

Jane: Dich anflehe.

Smoke: Könnte mir gefallen.

Jane: Dir sage, dass du jetzt sofort auf der Stelle zurück in dein Buch verschwindest und weitermachst! Sonst mache ich deinen Schwanz 10 Zentimeter kürzer!

Smoke (*unbeeindruckt*): Als ob du das jemals durchziehen könntest. Zum Glück für dich warte ich eh schon darauf, dass es endlich weitergeht

(*verschwindet ins Buch, nicht ohne überheblich zu grinsen*).

Jane: Arschloch.

JANE VERTEILT KÜSSCHEN

Jane: Guten Morgen.

(*Cinder und Smoke sitzen am Küchentisch. Jeder hat eine große Tasse Kaffee vor sich.*)

Jane: Na, habt ihr einen Kater?

(*Cinder sieht Jane an, als würde sie gleich selbst zum Kater werden.*)

(*Jane setzt sich schwungvoll ans Kopfende des Tisches und somit zwischen sie. Und grinst.*)

Smoke (*verzieht eine Braue*): Zu lange durchs Schlüsselloch gelinst?

Jane: Mhm, und was ich gesehen habe, hat mir sehr gefallen. Wer von euch beiden hat jetzt das Genre gerettet? Wen muss ich knutschen?

Cinder (*vergräbt ihr Gesicht in den Händen und lässt*

ihr langes Haar davor fallen): Wenn du jetzt noch anfängst, den Psycho rauszukehren, von wegen, wir wären echte Personen mit eigenem Willen, werde ich mich wirklich auf der nächsten Seite erhängen.

Jane (*öffnet empört den Mund*): Von wegen keine echte Person. Du hast so viel von meinem Charakter wie ein Esel. Also wer soll sonst für deine Handlungen verantwortlich sein?

(*Smoke trinkt schlürfend aus seiner Tasse.*)

Jane: Ach, ich bin einfach stolz auf euch beide. (*Fröhlich steht sie auf und drückt beiden einen Kuss auf die Wange. Daraufhin starren sie Jane an.*)

Jane: Was denn? Wir sind gestern nach eurem jämmerlichen Ausrutscher im Bett, wieder direkt in der *Dark Romance* gelandet. Ein bisschen cozy, aber *Dark Romance*. Ihr werdet noch viel mehr Küsschen bekommen, wenn euch die Leser erst mal richtig kennenlernen.

DIE TÖDLICHE IDEE, PASSEND ZU EINEM COWBOY

Jane: Peitschen

Smoke: Mhm.

Jane: Daher kommen die Dinger ja eigentlich. Vom Reiten und so.

Smoke: ...

Jane: Auch beim Westernreiten?

Smoke: Du wirst sie sowieso irgendwie reinschreiben, wenn du sie brauchst.

Jane: Ja. Stimmt. Ich meine, das ist schon arg nahe-liegend ...

Smoke: Bin ich der Typ, der andere auspeitscht?

Jane: Bist du?

Smoke (*gedehnt*): Nein.

Jane: Aber wenn Cinder böse wäre ...

Smoke: ... Du willst eine Peitschszene.

Jane: Eine HEIßE Peitschszene.

Smoke (*verzieht die Brauen*): Dann muss sie wirklich jede Grenze übertreten. Das willst du ihr antun? Und fucking MIR antun?

Jane (*strahlt*): Du hältst das schon aus, mein Großer. Und sie? Wusste ja, worauf sie sich bei uns einlässt, hihi.

ALS SMOKE VORSCHLÄGT, CINDER BÜCHER ZU KAUFEN

Jane: Einkaufen? Echt jetzt? EINKAUFEN? Sind wir hier bei 365 DNI, oder was? Gehen wir also erst mal mit unserem Entführungsopfer „einkaufen" und sagen dann, dass wir sie nicht „anrühren", wenn sie es nicht will, hm? Also so richtig langweilige Klischeekiste?

Smoke: Was ist 365 DNI?

Cinder: Ich versteh's auch nicht.

Smoke: Es war Janes Idee.

Jane: NIEMALS.

Smoke: Du willst unbedingt, dass ich diese Bücher für sie kaufe. Weil du aus Cinder eine Belle machen musstest und in mir das Biest siehst.

Jane: Ja, aber (...)! Da hättest du ja nicht mitmachen müssen!

Smoke: Ich bin nicht das Biest!

Cinder: Stimmt, das Biest war umgänglicher.

(*Smoke knurrt*)

Jane: Leute, echt jetzt. Wenn ihr schon so was total Lahmes einbaut, dann muss wenigstens was passieren. Wir brauchen Spannung. Und Action! Und Drama!

Cinder: Wie wärs mit Sex?

Smoke: Habe ich mich gerade verhört?

Jane: Sex? Das ist DEIN Vorschlag?

Cinder: Naja, ich hatte schon irgendwie gedacht, dass das hier ein erotischer Roman wird, stattdessen lasst ihr mich vollkommen in Ruhe. DAS ist langweilig, nicht das Einkaufen.

(*Smoke starrt sie fassungslos an und zeigt Jane dann hinter ihrem Rücken einen Vogel.*)

Jane (*bleibt ruhig*): Cinder, Liebste. Hätte ich an dieser Stelle Sex reingeschrieben, hättest du dich so sehr dagegen gewehrt, dass es eine Vergewaltigung geworden wäre.

Cinder (*überlegt laut*): Na, manchmal muss man zu seinem Glück gezwungen werden.

(*Smoke und Jane verdrehen die Augen.*)

Cinder: Was denn?! Wir sind hier ja nicht bei 365 DNI, MIR wird nicht versprochen, geliebt zu werden usw. Also kann ich das Ganze ja wohl auch auf Abstand halten.

Smoke: Was zur Hölle ist 365 DNI?

Cinder (*träumerisch*): Keine Ahnung, habe nur den Trailer gesehen.

WENN ES AUF DIE 75% EINES BUCHS ZUGEHT ...

Cinder: Du, Smoke.

Smoke: Mh?

Cinder: Ich glaube, Jane hat wieder eine ihrer ... Krisen.

Smoke: Und?

Cinder: Das ist schlecht! Für uns alle!

Smoke: Das bringt dich aus der Ruhe? Alles andere nicht, aber DAS?

Cinder (*verengt die Augen*): Entschuldige mal, wenn sie nicht schreibt, dann hänge ich für immer bei dir fest! Das wäre grausam, deswegen müssen wir unbedingt etwas dagegen tun.

Smoke: Ich könnte dich freilassen.

Jane: SPINNST DU? Das bringt alles durcheinander!

Cinder: ...

Smoke: Einen besseren Vorschlag habe ich nicht.

Jane (*sitzt fingerkauend vor dem Manuskript und ist dem verzweifelten Autorentod nah*): Es funktioniert nicht. Nichts funktioniert. Die Spannung ist flöten, Cinder ist 'ne Nuss, Smoke gibt zu wenig preis, wir haben keine Lösung, keine Lösung, einfach gar nichts, nichts, nichts, nichts ...

Smoke: Dann sage ich ihr, wen ich getötet habe.

Jane: ABER das käme viel zu früh! Und völlig deplatziert! Außerdem brauchen wir das für später! Es ist einfach schlecht! ALLES IST RICHTIG SCHLECHT

Smoke ...

Jane: 75% eines Buchs. Ich und meine Protas. Immer.

WENN ES AUF DIE 90% EINES BUCHS ZUGEHT ...

Smoke: Sei leise.

Cinder: Wieso? Sie sitzt doch da ganz entspannt rum?

Smoke: Das täuscht. Wenn du einfach mal auf mich hören würdest, würdest du auch hören, wie sie leise vor sich hin murmelt.

Cinder (*horcht*): Oh, stimmt ... Was tut sie?

Smoke: Zweifeln.

Cinder: Sie murmelt irgendetwas von Seitenzahlen und Buchlänge und Cliffhanger und Storyplot ...

Smoke: Sie dreht durch.

Cinder: Ich glaube, sie versucht nur, eine Lösung zu finden, wie sie unseren ersten Band beenden kann.

Smoke: Indem sie wie wahnsinnig vor sich hinstarrt und mit sich selbst redet?

Cinder: Sie ist eine Autorin. Da ist das so.

Cinder (*lauter*): Können wir dir helfen, Jane?

Jane: Mir kann niemand helfen!

Cinder: Woran haperts denn?

Jane: An euch! Ihr habt alles kaputt gemacht mit euren bescheuerten Einfällen!

Cinder: Hilft es dir, wenn du einen Schuldigen hast? Dann nimm Smoke. Er kann das ab.

Smoke: Ich bin an gar nichts schuld.

Jane: Wenn ich das Buch früher enden lasse als geplant, ist das besser, damit alle Bände gleich lang sind und ich auch bald an Band 2 schreiben kann, aber wird er länger, ist es vermutlich noch besser für die Geschichte an sich! Und das ist die Frage! WERK vs. ALLES ANDERE!

(*Smoke und Cinder sehen sich länger an.*)

Cinder: Ich glaube, wir ziehen uns ganz unauffällig zurück ...

Smoke: Sehr unauffällig ...

(*Jane murmelt weiter und weiter und weiter.*)

WENN DIE AUTORIN ALLES SCHLECHT FINDET ...

Smoke: Du wolltest offline bleiben.

Jane: Ja, aber dieses epische Gespräch muss ich einfach festhalten.

Smoke: Na, da bin ich ja mal gespannt.

Jane: Es ist alles schlecht.

Smoke (*wartet*): Kommt da noch was?

Jane: Nö. Das war's Es ist alles schlecht. Du bist eine langweilige Megakatastrophe und dein Buch erst recht.

(*Smokes Hände zucken gefährlich.*)

Jane: Die ganze Zeit redest du nur, aber du tust gar nichts. Dieser erste Band ist maximal ein kleiner Ausblick auf das, was noch folgen KÖNNTE, wenn du und ich und Cinder nicht so unfähig wären.

Smoke (*mit unterdrückter Wut*): Unfähig?

Jane: Jup.

Cinder: Unfassbar. Jane darf dich beleidigen, aber ich darf dich nicht mal schief ansehen, ohne mir eine einzufangen.

Smoke (*gefährlich ruhig*): Du darfst mich schief ansehen, du musst dabei nur gehorchen.

Cinder: Jaja, du weißt, wie ich das meine.

Jane (*blickt die beiden apathisch an*): Was von meinen Worten habt ihr nicht verstanden? ES IST ALLES SCHLECHT!

Cinder: Jaja.

Smoke: Jaja heißt Leck mich.

Cinder: So was würde ich Jane nie sagen.

Smoke: Hast du gerade. Zu ihr und zu mir.

Cinder (*neugierig*): Und? Was tust du jetzt mit mir?

(*Smoke steht bereits auf.*)

Jane: Damit könnt ihr es auch nicht mehr retten! Es ist verloren! Für immer!

Cinder (*genervt*): Darf ich kurz einwenden, dass das bisher bei jedem deiner Bücher so war.

Jane: Ja! Genau!

Cinder: ...

Jane: Und dieses wird genauso schlecht! Wie alle anderen zuvor auch!

WENN DER CLIFFHANGER EINFACH LAHM IST ...

Jane: Hm, was noch viel Langweiligeres fiel euch auch nicht ein, oder?

Cinder: Deine Ideen waren alle doof, weil ... ja, weil ich dafür wieder hätte weglaufen müssen. Und darauf hatte ich eben keinen Bock mehr.

Jane: Ah ja. Darum kommen wir einfach darauf, den

vermutlich langweiligsten und harmlosesten Cliffhanger der Welt zu schreiben, oder?

Cinder: DU schreibst ihn doch.

Jane: Aber DU lässt mir keine andere Wahl!

Cinder: Dann hättest du wohl ein anderes Mal dafür sorgen müssen, dass ich nicht immer versuche wegzurennen! Ist nämlich albern! Es immer wieder zu versuchen! Als wäre ich ein Brot! Ein dummes Brot!

(Anmerkung: Ja, der Cliffhanger hat sich seitdem nicht verändert.)

TESTLESER

Jane: Schon die zweite Leserin, die sagt, du hättest eine multiple Persönlichkeitsdingsstörung.

Cinder: Oh, klar, das kann sein. Hab mich immer schon gefragt, warum ich die meisten Menschen langweilig finde. Muss daher kommen, dass ich selbst so spannend bin.

Jane: Ich sehe die schlechten Rezensionen vor mir ...

Cinder: Quatsch! Kranke Persönlichkeiten darf man nicht angreifen? Schon vergessen? 😇

Jane: Müssen wir uns keine Gedanken machen?

Cinder: Du meinst, weil es dann heißt: „Die kann ja nicht geheilt werden, weil bla bla, unrealistisch, Ärzte, dies, das? Ich-habe-Psychologie-studiert-mäßig?

Jane: 🤢 🤢 😕 Joa?

Cinder: Es ist ein BUCH, Jane. Und es ist MEINE verdammte Geschichte. Außerdem kriegst du mich eh nicht geändert. 😇 😖

Jane: Das heißt, wir machen dich nicht „normal"?

Cinder: NEIN! Das wäre total öde.

Jane: Wenigstens ... ein bisschen logischer?

Cinder: Frauen sind nicht logisch!

Jane: Aber du könntest doch wenigstens so sein wie deine Leser ... ein bisschen ...

Cinder: Will ich aber nicht! Die können ja auch einfach ein bisschen mehr wie ich sein!

Jane: Ob man das will ...

Cinder: Wenn man dafür Smoke bekommt, bestimmt schon ... 😋😇😆

DARK PRINCE

London. Heute. Abseits des Piccadilly Circus.
Florence hat immer für eine bessere Zukunft gekämpft und nichts
getan, das diese gefährden könnte. Doch als ihr jüngerer Bruder
in die Drogenszene gerät, sieht sie sich gezwungen, ihn mit
allen Mitteln daraus zu befreien. Dabei trifft sie auf einen
gefährlichen Unbekannten, der den gesamten Londoner
Schwarzmarkt beherrscht. Er ist jung — verdammt gutaussehend —
und passt so gar nicht in die düstere Welt der Vorstädte rund
um London, in der sie aufgewachsen ist.
Was ist sein Geheimnis? Welche Rolle spielt sein treuer Freund
Davies? Und was geschieht, wenn sie der dunklen Anziehungskraft
des Dark Prince verfällt und dabei in einen Strudel aus Gefahr und
Lust gerät? Wird sie ihrem Bruder helfen können?

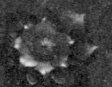

Band 1 der royalen Romantikthriller-Reihe,
die dich in die dunklen Gassen Londons entführt
und im prunkvollen Westminster enden wird. Mit
jedem Band wird die Geschichte royaler.

**Release
19.03.2024**

Band 1: Dark Prince
ISBN: 978-3-98595-972-3

Mehr Bücher von J. S. Wonda:

VERY BAD KINGS
Erstes Semester

○ Wunschliste
○ Schon im Regal

VERY BAD ELITE
Zweites Semester

○ Wunschliste
○ Schon im Regal

VERY BAD LIARS
Spring Break

○ Wunschliste
○ Schon im Regal

VERY BAD CHOICE
Die Entscheidung

○ Wunschliste
○ Schon im Regal

VERY BAD TRUTH
Graduation Gala

○ Wunschliste
○ Schon im Regal

VERY BAD BASTARDS
Drittes Semester

○ Wunschliste
○ Schon im Regal

VERY BAD DEVILS
Der Widerstand

○ Wunschliste
○ Schon im Regal

VERY BAD SINNERS
Winter Break

○ Wunschliste
○ Schon im Regal

VERY BAD REVENGE
Viertes Semester

○ Wunschliste
○ Schon im Regal

CATCHING BEAUTY
du gehörst mir

○ Wunschliste
○ Schon im Regal

CATCHING BEAUTY
du entkommst mir nicht

○ Wunschliste
○ Schon im Regal

CATCHING BEAUTY
du bedeutest meinen Tod

○ Wunschliste
○ Schon im Regal

HUNTING ANGEL
ich werde dich jagen

○ Wunschliste
○ Schon im Regal

HUNTING ANGEL
du wirst mir verfallen

○ Wunschliste
○ Schon im Regal

HUNTING ANGEL
fürchte dich vor mir

○ Wunschliste
○ Schon im Regal

TAKEN PRINCESS
du bist mein

○ Wunschliste
○ Schon im Regal

TAKEN PRINCESS
mein Herz ist dein

○ Wunschliste
○ Schon im Regal

TAKEN PRINCESS
das Ende ist unser

○ Wunschliste
○ Schon im Regal

BASTARDS

○ Wunschliste
○ Schon im Regal

SISTERS
Fortsetzung

○ Wunschliste
○ Schon im Regal

CATCH THE BILLIONS, BABY!

○ Wunschliste
○ Schon im Regal

FALLEN
Band 1

○ Wunschliste
○ Schon im Regal

FALLEN DEEPER
Band 2

○ Wunschliste
○ Schon im Regal

FALLEN HEART
Band 3

○ Wunschliste
○ Schon im Regal

LIAM HARSEN
be my fire

○ Wunschliste
○ Schon im Regal

LIAM HARSEN
feel my love

○ Wunschliste
○ Schon im Regal

LIAM HARSEN
only you

○ Wunschliste
○ Schon im Regal

SMOKE
Du bist sein Besitz

○ Wunschliste
○ Schon im Regal

BLAZE
Er ist dein Feuer

○ Wunschliste
○ Schon im Regal

CINDER
Sie ist dein Tod

○ Wunschliste
○ Schon im Regal

WINTER
Sie bringen dein Ende

○ Wunschliste
○ Schon im Regal

UND TÄGLICH
ohne dich

○ Wunschliste
○ Schon im Regal

UND TÄGLICH
mit dir

○ Wunschliste
○ Schon im Regal

MIT DIR UND
doch ohne dich

○ Wunschliste
○ Schon im Regal

NIEMAL WIEDER
ohne dich

○ Wunschliste
○ Schon im Regal

TIMELESS
Liebe gegen die Zeit

○ Wunschliste
○ Schon im Regal

DARK PRINCE
Gefährliches Spiel

o Wunschliste
o Schon im Regal

DARK DESIRE
Vebotenes Verlangen

o Wunschliste
o Schon im Regal

DARK ROYALTY
Königliches Begehren

o Wunschliste
o Schon im Regal

DARK DUTY
Dunkle Pflicht

o Wunschliste
o Schon im Regal

DARK PRINCESS
Dunkles Geheimnis

o Wunschliste
o Schon im Regal

DARK KING
Königliche Liebe

o Wunschliste
o Schon im Regal

BAD PRINCE
Royales Spiel

o Wunschliste
o Schon im Regal

BAD PRINCE
Royale Flucht

o Wunschliste
o Schon im Regal

Lesezeichen, Planer und weiteres Merchandise
zu meinen Büchern findest du in meinem Online-Shop:

www.wondaversum.de

Scann mich!